FOLIO SCIENCE-FICTION

Alain Damasio

AUCUN SOUVENIR ASSEZ SOLIDE

Postface de Systar

Gallimard

Né à Lyon en 1969, Alain Damasio caracole sur les cimes de l'Imaginaire depuis la parution en 2004 de son deuxième roman, *La Horde du Contrevent*, qui a reçu le Grand Prix de l'Imaginaire 2006 et le prix Imaginales des lycéens 2006. Il explique sa prédilection pour les récits polyphoniques, et pour le travail physique, physiologique de la langue, par un besoin vital d'habiter plusieurs corps, et de se laisser lui-même habiter. Après la réédition par la Volte en 2007 de *La Zone du Dehors* (prix européen Utopiales 2007), récit d'anticipation inspiré par Michel Foucault, et un recueil de nouvelles, *Aucun souvenir assez solide*, Alain Damasio publie son roman *Les furtifs*, qui réunit ses préoccupations politiques et son amour du vivant, fondus dans une langue très inventive. *Les furtifs* a été élu Meilleur Livre 2019 par le magazine *Lire*, a reçu le prix Libr'à Nous 2020 dans la catégorie Imaginaire et le Grand Prix de l'Imaginaire 2020.

Amplement salué par la critique, dévoré par le public, Alain Damasio construit une œuvre rare, sans équivalent dans les littératures de l'Imaginaire.

Être du bond. N'être pas du festin, son épilogue.

RENÉ CHAR

Les Hauts® Parleurs®

Ce texte est dédié à Cécile et à Estelle. Continuez.

Il est dédié à tous les altermondialistes, actifs et potentiels, morts ou vifs.

Parmi les vifs, salut debout à mes sœurs et frères d'armes du Vercors — ces branleurs altiers…

Lorsqu'une poêlée d'historiens se penchera sur la fin du xxe siècle, qu'ils s'aviseront des techniques de fabrication du temps qui y furent secrètement testées puis appliquées, ils devront à mon sens reconnaître à la Weather Corp. au moins deux réussites : la mondialisation du n'importe quoi en matière de bricolage quotidien du climat et la mort du chat vrai de Clovis Spassky, le 1er septembre 1995, suite à un orage de grêle rouge déclenché par un climaticien nonchalant.

Il entre toujours une part de séduction vulgaire dans le fait d'associer la grande et la petite histoire et de marier l'anecdotique aux analyses stratégiques.

Rien de ce qui suit n'échappe à ce défaut. Certaines destinées humaines, pourtant, font l'effet d'un transect : elles coupent avec une telle précision l'époque qu'il suffit d'en suivre la trajectoire infime, la minuscule échancrure dans l'étoffe rugueuse des faits pour filer du même geste les mouvements sociétaux et la trame qu'ils déchirent.

La trajectoire Spassky est un tel transect. Elle s'ébauche au quarante-neuvième et dernier étage de la tour de Leuze à Phoenix, Arizona. Tour qui, avec les seize autres qui l'entourent, forment l'ultime tache de verticalité dans une métropole pavillonnaire à la planitude par ailleurs irréprochable. Ensemble, elles constituent ce que la Gouvernance d'Entreprise Américaine a compacté sous le vocable « zone 17 ». Il aura fallu douze ans de squat, d'occupation illégale légalisée, de batailles homériques à repousser artificiers, promoteurs, pelleteuses et bulldos, à la zone 17 pour gagner son statut de *Château-Faible*, avec ses dix-sept tourelles de béton craquelé, ses vagues douves, ses toits en friche bio hérissés de yourtes et sa kyrielle de passerelles suspendues dont la moitié faseyent au vent. Les peuplent un petit millier d'anarchistes, d'érudits militants, d'insoumis, de parleurs et de branleurs, d'artistes authentiques ou autoproclamés, de paysans d'appartement, bref de résistants de l'Altermonde, comme nous avons fini par nous baptiser. À cette précision près que l'Altermonde tient pour l'instant sur un kilomètre carré, plus quelques niches éparses de par le globe, qui nous écoutent parfois et qui parfois nous répondent.

Comme tous les Hauts Parleurs, j'ai participé à la lutte, d'abord souterraine et mouchetée, puis rapidement publique, féroce et mondiale, contre la privatisation du langage. S'il faut nous reconnaître une quelconque utilité, disons simplement que nous fûmes les premiers, dès 1993, à anticiper la dérive du droit de propriété, à repérer, dans le maquis aménagé des jurisprudences commerciales, l'extension dangereuse et mal contenue des noms de marque — les premiers surtout à comprendre que l'annexion mondiale du mot « Orange » annonçait un mouvement inexorable qui aboutirait au coup de tonnerre de la loi sur la propriété du lexique, ou loi Sharush, promulguée le 12 septembre 2001 par l'Organisation mondiale du commerce et rendue publique quatre ans plus tard, après un jeu plutôt subtil de rumeurs et de demi-dénis qui n'eurent d'autre but que d'acclimater l'opinion à l'irréparable. « À l'irréparé », aurait corrigé Spassky.

La « libéralisation des mots », telle qu'elle fut présentée par les multinationales qui allaient en tirer profit, n'est (comme toute libéralisation) qu'un droit léonin auto-institué et auto-octroyé par ceux qui sauront en gérer intelligemment les abus. À partir de 2005, elle allait soumettre la totalité du lexique des langues et des dialectes de la planète à la législation des noms de marques et donner lieu à une inflation codificatrice sans précédent pour en moduler la gestion commerciale et l'application circonstanciée aux sphères d'expression et aux cultures nationales. L'amendement Jové, qui limite le versement de royalties à la seule utilisation *publique* des mots (livres, chansons, publicités, articles, interviews, discours, expression médiatique…), a été complaisamment présenté comme une victoire de l'Altermonde. Rions. Il n'est à l'évidence qu'une concession implicitement voulue par l'OMC qui fut dès l'origine consciente que le contrôle des dialogues privés s'avérerait impossible, ou alors tellement coûteux, économiquement et politiquement, qu'il aurait ruiné l'intérêt d'une loi qui ne peut donner son plein rendement financier qu'à travers la taxation d'acteurs publics généralement solvables.

La vente des langues — par lots thématiques pour l'anglais, le mandarin et l'espagnol, en bloc pour beaucoup d'autres — bénéficia d'abord aux États propriétaires, à travers leur académie gestionnaire, avant d'être cédée, à des tarifs vertigineux, à deux multinationales : la Wor[l]d Inc. et la Lexicon Corp. En Italie par exemple, la revente du corpus par le président Berlusconi à Lexicon (dont il était également actionnaire) rapporta un tel pactole à l'État italien que celui-ci permit pendant huit ans la pure et simple annulation des impôts sur le revenu — ce qui facilita grandement, sinon força, son acceptation par les citoyens.

Après une courte période oligopolistique, sanctionnée par une croissance exponentielle, Wor[l]d et

Lexicon épluchèrent leur comptabilité analytique. Ils s'avisèrent que le coût de collecte et d'exploitation des noms à trop faible fréquence d'utilisation publique ne permettait pas, ou plus (en fait n'avait jamais permis, sauf aux yeux d'actionnaires hébétés de croissance à deux chiffres) de dégager des marges suffisantes. Ils se recentrèrent dès lors sur un corpus plus compact, labellisé *Master Corpus*. Et ils commencèrent à céder par larges pans les segments moins rentables du lexique à une multitude de médias, d'organismes parapublics, d'entreprises et d'associations culturelles, de PME réactives et même de particuliers, inaugurant ces cycles d'éparpillement et de reconcentration partielle typiques du capitalisme.

L'histoire de la propriété du mot «chat», dans ce contexte chaotique, est une plutôt étrange histoire, mais moins que celle de Clovis Spassky lui-même, révolté du langage, haut parleur fabuleux, rhéteur fou, qui renia trente ans d'écriture méticuleuse pour une quête strictement dérisoire. Cette quête, ce fut de vouloir racheter, à son profit personnel et exclusif, le mot «chat».

Si j'entame aujourd'hui ce récit, si j'y utilise, effrontément, la totalité du vocabulaire que je me sens en droit d'utiliser, si je prends le risque des poursuites plus que probables qui me seront intentées, je le fais d'abord en hommage à Spassky. Mais je le fais aussi pour vous. Pour moi. Chaque fois que cela m'a paru inévitable, j'introduis des extraits des *Carnets de l'inconsistance* de Spassky.

*

Le 1er septembre 1995, celui qu'on connaissait alors comme un troubadour jovial, à la militance plutôt timorée, un artiste certes, mais individualiste, auxquels certains anarchistes reprochaient ouvertement l'occupation de son studio (les places ont toujours été chères en zone 17 et ce d'autant plus qu'elles sont gratuites), était accoudé à son balcon. Spassky regardait une escadre de vélivélos rentrer précipitamment vers la tour Borgès. Les ailes delta qui surmontaient les vélos hoquetaient sous les pompes thermiques. Les pilotes ramenaient avec peine le nez à l'horizontale, à grands coups de pédales. Au-dessus d'eux, dans un ciel sans cohérence, un cumulonimbus de type *Mammatus* menaçait de les aspirer.

« Ajola ! Ajola ! » cria Spassky à son chaton qui jouait dans la friche jardinée du toit, juste au-dessus de sa propre terrasse. N'obtenant pas de réponse, il le siffla. Il cria des choses comme « Chaton, viens ! Chatonsky ! Bébé ours-chat ! » Il resiffla. Qui sait ce que veut bien entendre un chat — et plus encore un chat vrai ? Puisque Spassky hébergeait un chat vrai ! Pas une copie ADN, pas un de ces clones mollasses d'angoras que les vieilles payent des fortunes parce qu'ils résistent à la pollution. En violation de la loi sur les animaux sauvages, il l'avait ramené d'Afrique et avait bon an mal an apprivoisé cette boule de poils tigrée de gris, de blanc et de roux.

L'orage approchait. Spassky relut le *Consensus Climat* de la Weather : la synthèse des votes débouchait sur un « variable » pour la semaine, et l'équilibre des hautes et des basses pressions dans les tores avait été programmé dans ce sens. Les excuses pour la gêne occasionnée viendront demain, se dit-il. Pour l'instant, la Weather cafouillait et les bruits d'un linge rétif qu'on déchire laissaient craindre le pire : la grêle rouge.

Le chaton, ainsi l'a raconté Spassky, émergea finalement à l'aplomb de la terrasse, apeuré et miaulant. Il hésitait à sauter. Spassky tendit les bras : le chat se pencha, mis en confiance. C'est à cet instant que la Weather crut commercialement adéquat de déclencher l'alerte. La sirène automatique couplée au serveur météo se mit à hululer de toutes les tours à la fois. Terrorisé, le chaton disparut dans la friche du toit. Il était trop tard pour aller le chercher, sauf à risquer sa peau, ses poumons et sa vie pour lui, ce que Spassky, quoi qu'il affirmât plus tard, eut raison de ne pas faire. La grêle rouge dura dix minutes, pas plus. Il ne s'agit pas véritablement d'une grêle au demeurant : plutôt d'une pluie acide à grosses gouttes, trouante, ignoble. Il a été prouvé par une cinquantaine d'experts indépendants qu'elle provient des nappes chimiques utilisées par la Weather pour favoriser la neige d'hiver sur les Rocheuses. Mais aucune organisation ni groupement de victimes n'a pu ébranler la plus puissante multinationale du monde. Le marché du temps, tellement lié à l'agroalimentaire et au tourisme, est devenu trop énorme, trop rentable pour qu'on en revienne au climat naturel d'avant. C'est trop tard — ou trop tôt.

Spassky sortit dès la fin de l'orage et se précipita sur le toit. Il avait mis un masque, mais il suffoquait. Il retrouva son chaton sous un auvent de buis. Il était vivant encore. Il gisait sur le flanc, secoué de spasmes. Son pelage fumait, comme poinçonné à coups de bec brûlant, mitraillé à la grenaille.

Avec lui — mais on ne le sut que plus tard — avec lui disparut le dernier *chat vrai* de Phoenix. On vous dira : « Ça ne fait rien, avec le clonage, nos généticiens en referont des comme lui, soyez patients. » Mais quelque chose d'essentiel à l'espèce chat, quelque chose de sereinement vif et libre a été perdu qu'aucune recomposition ADN ne pourra nous ramener. Vous connaissez le complexe du clone. Vous savez comme tout le monde qu'aucun clone humain n'a dans ses tripes cette vitalité, ce feu viscéral d'une mère qui l'a porté, cette ressource vive d'un père réel dont il est la chair et le sang chaud. Pourquoi voudriez-vous qu'un chat cloné… Enfin bref. Allez vous faire anusser.

La souffrance qui tenailla Spassky jusqu'à la fin de sa vie est presque impossible à comprendre si l'on s'en tient à l'anecdote. Bien sûr, elle le disciplina, bien sûr elle explique en grande partie son parcours : son devenir-résistant, sa montée en puissance, sa rage, sa grandeur finale. Mais ce que je dois vous faire saisir, c'est ce qui explique cette souffrance.

Spassky avait été amoureux — amoureux comme peu de gens savent aujourd'hui en prendre le risque, amoureux comme le troubadour qu'il était, avec une générosité dont on ne comprit la beauté et l'ampleur qu'à sa mort, grâce au chrome qu'on retrouva dans la médiathèque de son studio. Cette histoire dura six ans, elle dura cinquante ans, elle dura en fait jusqu'au bout car il ne perdit jamais tout à fait le contact avec la femme qu'il avait aimée. Ce qui en fait l'originalité, n'est pas les ruptures, de désir puis d'affection, la lente délitescence complice, la nostalgie comme un ruisseau court, jamais complètement étanché ou tari. C'est la folie qu'en entretint Spassky, à travers l'écriture et le cri, à travers ses exordes en *cha* majeur, mais surtout à travers une « réincarnation charivariée » (selon ses propres mots) qu'il déploya grâce et au travers des chats. Il est des poètes qui associent leur amour à une étoile du ciel, à un objet fétiche ou à un paysage. Spassky l'associa aux chats, à tous les chats vivants, caressés ou croisés, écrits, chantés ou peints, à tous les miaulements entendus ou espérés, à tout ce qui s'avança (dans son cœur) griffu ou fourré, vif et ronronnant, à tout ce qui lui rappelait, par bouffées crues, cette femme dont il était convaincu qu'elle ressurgissait, qu'elle se prolongeait dans le plus chétif des chatons. Non pas symboliquement mais réellement, en écho chatoyant et actif à sa chair de femme, réincarnation qui n'avait pas attendu sa mort pour ronronner sous chaque livrée de poil et faire signe à Spassky, discontinûment mais pour toujours.

La mort de tous les chats vrais enkysta donc un deuil insupportable en Spassky. Elle transforma son rapport au monde en irradiant l'absence dans toutes les poches de joie que lui offrait la rencontre impromptue d'un chat, çà et là, au hasard de la ville. Elle assura brutalement une conversion décisive. Elle le mit, au sens propre, hors de lui.

Spassky :

« Jusqu'ici, j'avais vécu en zone 17 sans trop savoir pourquoi. On m'y avait accepté parce que j'étais troubadour, pour la centaine de mots que j'apportais avec moi, sans que j'eusse prouvé quoi que ce fût sur un plan artistique — et encore moins politique. J'avais participé deux fois à la défense du Château-Faible en restant dans mon studio et en crachant quelques pitreries de mon balcon dans un micro. Longtemps, j'avais cru que ça suffisait. Pour moi, le simple fait de créer me semblait une résistance à notre monde de la reproduction et du clonage. Le simple fait de penser par moi-même. J'habitais en égocentre-ville, dans des quartiers chaque mois plus personnels et plus restreints. Et j'y étais bien. L'escadre des Hauts Parleurs, avec ses vélivélos et ses parapentes, ses porte-voix, ses harangues au-dessus des zones pavillonnaires, ses hérauts et ses martyrs, sa fraternité un rien excluante, j'en comprenais vaguement le sens et l'utilité. Je voyais bien, en ouvrant radio ou télé, en lisant les journaux, à quel point la privatisation du vocabulaire avait appauvri l'expression publique. On m'apportait les livres des écrivains sous contrat avec Lexicon, ces balayeurs falots du lexique qui se baladaient comme des touristes dans le vocabulaire mondial. Je ricanais, avec les autres. Je lisais les écrivains "gratuits" qui n'utilisaient, fiérots, que le corpus des mille mots libres de droit que la France, par exception culturelle, était parvenue à extraire du champ d'application de la loi Sharush. Je les trouvais banals et sans aspérités, oui, mais sans voir le pathétique de leur fausse révolte et la caution qu'elle apportait *de facto* aux libéraux. Il avait fallu la grêle acide. Il avait fallu que je voie Ajola, ses spasmes, s'éteindre délicatement comme une lampe qui clignote, sans même un miaulement. Il avait fallu que je sorte dans les avenues, dans les parcs, dans les terrains vagues de Phoenix. Que je voie ce que mes amis anars m'avaient juré voir sans que je les croie : l'extermination discrète, à base de meurtre commandité, d'amputation sur place, à base de rapt, des chats vrais. Il avait fallu que je tombe sur un cadavre empoisonné. Il avait fallu que je surprenne cette camionnette des cloneurs d'A-Chat en train d'en charger un discrètement. Le business du clonage avait décidé de passer la vitesse supérieure. Il avait besoin de matière première. Il faisait place nette. Déjà, il aménageait la pénurie, la nostalgie des chats anciens… Et, à leur place, ils sortaient à la chaîne ces angoras blancs omnipotents, obèses de soins, qu'on apercevait par-dessus les clôtures des villas… Dans trois ans, ils lanceraient sur le marché des sortes d'Ajola *pièce unique, certifiée sans clonage…* »

*

Ma première rencontre avec Spassky eut lieu deux semaines après la mort du chaton. Je l'avais déjà croisé auparavant. Je connaissais son visage joufflu au nez épaté et aux yeux verts, ce sourire qu'il avait abondant et ses gestes ronds. Je n'avais pas remarqué, sous son embonpoint, la tension qui l'habitait, encore moins sa finesse. Il était venu directement de sa tour par la passerelle Guattari et il avait escaladé le balcon avec une aisance qui m'avait surpris. Pour la deux cent soixantième fois environ en un an, la Weather avait programmé « pluie » sur les quartiers nord (sur vote majoritaire des quartiers sud et ouest, comme d'habitude). On s'abrita dans mon salon. Lui choisit de s'asseoir par terre dans le coin gazonné, contre la commode. Je me mis dans le hamac. Un écureuil entra se réfugier. Plutôt bon signe.

— Respect à toi, Spassky. Parle. Qui t'amène ?

— La colère.

— Elle t'a accompagné jusqu'ici ?

— Disons plutôt que je l'ai laissée dehors m'attendre sous la pluie. Lorsque je ressortirai, j'espère qu'elle aura perdu patience et qu'elle sera repartie.

Je suis venu te voir pour apprendre à devenir Haut Parleur.

— Je doute que nous ayons grand-chose à t'enseigner, Spassky. J'ai lu tes recueils. Tu as déjà l'envergure, le phrasé, du souffle…

— Je n'ai jamais parlé au porte-voix à cent mètres au-dessus du sol en pédalant, encore moins en improvisant…

— Tu commenceras avec un parapente, comme tous les apprentis. La technique vient vite.

— Kulenkamp m'a dit que la formation serait longue avant d'intégrer l'escadre. Il m'a parlé de cours de rhétorique, d'épreuves, d'initiation, d'un rituel…

— Il aurait dû te parler des valeurs. De ce que tu veux transmettre. La libre parole publique est un art dangereux. Elle est parfois indissociable de la propagande, parfois s'avère pire qu'elle : un cri pathétique, ton mal-être vomi en pluie, à des milliers de gens qui n'ont pas besoin de ça. Ce qui est difficile, tu le comprendras vite, n'est pas tant d'éviter d'accumuler trop de mots payants dans tes discours. Tu feras de toute façon beaucoup de conneries au début, surtout quand tu improviseras. Comme tu le sais, les Hauts Parleurs sont très surveillés. On ne nous passe rien. Le moindre mot copyrighté nous est facturé au tarif plein, que notre audience soit de 1 000 ou de 50 000 personnes. Nous t'apprendrons à t'exprimer à l'aide du corpus de la zone auquel tu ajouteras tes néologismes et tes flexions, ton argot.

— Je sais déjà le faire, en grande partie.

— Oui, nous t'apprendrons simplement à le faire à la volée et selon ton propre style. Sais-tu déjà l'école que tu vas choisir ?

— Je ne les connais pas toutes. Mais j'ai mon idée.

— Il y a quatre grands styles chez les Hauts Parleurs. Le plus courant est le *style gratuit* qui consiste…

— À n'utiliser que les mots du corpus gratuit — je sais ça.

— Le second est le *style néologique* qui s'appuie sur le vocabulaire archivé ici, que nos érudits enrichissent sans cesse. Le troisième est à mon sens le plus ambitieux, mais aussi le plus beau. Il s'agit du *style torse*. Beaucoup d'artistes le confondent avec le néologique quoiqu'il soit très différent. Il consiste à tordre le langage commercial, à plier et à découper les mots, à préfixer et à suffixer, à verbaliser des noms, substantiver des verbes, transformer des conjonctions en adjectifs. Il consiste au fond à imprimer, par des flexions, une force de résistance à l'intérieur du langage pour le rendre inapte à toute récupération. Tu le sais, notre corpus 17 est menacé de revente, mais les mots torses, eux, échappent aux pressions : trop durs à réutiliser hors contexte, trop dépendants de la phrase où ils déploient leurs effets.

— Pourquoi dis-tu que notre corpus est menacé ? Nous en sommes propriétaires, non ?

— Justement. Nos paysans bio pensent qu'il faudrait revendre certains mots qui se diffusent bien hors zone 17.

— À qui ?

— Aux multinationales, tiens. On a eu la semaine dernière une proposition de Wor[l]d pour *Volte, Volté* et *Volution*. De quoi financer nos plantations pendant deux ans. Nous avons refusé mais la tentation est là. Certains parleurs de la tour Rawls voient ça comme une revanche aussi. Leur *revendre* des mots, ça les fait saliver comme de jeunes chiots.

— Il y a là-bas une confusion politique qui ne rassure pas. Qui utilise le style torse chez nous ?

— Pour l'instant, je suis le seul…

— Je vois… Et le quatrième style ?

— C'est le *style monomonème*, avec ses deux variantes : maniaque et large. C'est un style qui ne pardonne pas la médiocrité puisqu'il consiste à n'utiliser qu'un seul mot par phrase, avec ses dérivés, et à démultiplier les effets de rythme et de scansion autour de ce seul mot.

— Je crois savoir quelle sera mon école.

— Je t'écoute.

— Ce sera le *monomonème*. Dans sa version maniaque.

*

Je me souviens, avec une clarté qui me cloue, du visage de Spassky lorsqu'il revint de son premier raid de Haut Parleur. Il avait assimilé nos techniques avec une facilité peu ordinaire. Trois mois, à peine plus, lui avaient suffi pour développer une parole publique qui soit autre chose qu'un cri du cœur, autre chose surtout que l'exposé didactique de nos valeurs. Le Haut Parleur, j'y insistais toujours, ne devait parler qu'en son propre nom, mais pour tous. Il devait parler pour contrer certes — contrer la connerie ambiante, nuire à la paresse — mais au-delà pour ouvrir et pour libérer — libérer la vie partout où elle était encagée, anesthésiée ou ternie. Pour la première de Spassky, nous avions équipé près de 30 kilomètres carrés de zone pavillonnaire avec des relais sono, certains sur des scooters roulants, d'autres fixes chez des sympathisants, les plus puissants en l'air, baffles volants suspendus à cinquante mètres d'altitude. Spassky venait d'achever un vol circulaire d'une heure au-dessus de Phoenix. Il avait été suivi par trois hélicoptères de la Gouvernance, une dizaine de parapentistes de l'armée et une cinquantaine de vélivélos amis qui lui servaient d'escadre de protection en cas de problème. La routine, quoi. Lorsqu'il posa son parapente sur le toit de la tour Borgès, il avait le visage ensoleillé. Toute l'escadre l'attendait dans le jardin. L'alcool local était prêt et déjà frappé :

— Alors, combien de bourdasses ?

— Trente-quatre mots soumis à royalties, plus soixante au forfait. Tu t'en sors magnifiquement.

— Et le discours ?

— Je ne sais pas quoi te dire. Demande aux autres…

— Soyez francs, ça vous a plu ? J'ai apporté quelque chose ?

Je me souviens que Lyotar s'est alors levé, un verre à la main. Lyotar a une mémoire extraordinaire et il s'en sert volontiers. Des militants commençaient à affluer sur le toit par les passerelles, par la trappe ou par les airs, ils sifflaient, ils applaudissaient… Lyotar a donc déclamé :

« Chat et Pas-Chat coabritent en chat-qu'un. Chat-qu'un avec sa chat-qu'une. Le chat avec la chatte dont il s'enfarouchat, laquelle chatoyante® déjà s'échatte ; le Pas-Chat en châtelain® avachi®, qui compte® ses chatons comme on dompte® ses a-chats, achis près d'une chattemite sans chame qui, mais-chat-ment, machouille® ses chaveux chat-teints. »

Dès sa première sortie, qu'il avait préparée avec un soin rare, il fut clair que Spassky n'apporterait pas seulement aux Hauts Parleurs un nouveau style, aussi inouï fût-il. (Il aurait écrit « aussi inouï-futile ».) À mon humble avis, on a accordé une place trop importante à la forme *monophonème* des exordes, bien peu au sens explicite ou encapsulé qu'ils libèrent dans la série parfois labyrinthique des calembours dont l'œuvre est truffée.

Les figures qu'inventa Spassky, ses trois personnages conceptuels si l'on veut — le Chat, le Pas-Chat et le Non-chat lent — furent présents dès le début dans sa prose. À travers elles, il oppose le chat, force souple, force vive et noble, à son triple contraire lexical et théorique : le Pas-Chat (pacha), citoyen-roi avide d'être amusé, cajolé, mystifié et nourri ; le

Non-chat lent (nonchalant), corps avachi de plaisirs biodégradables, privé d'énergie et de vitesse interne, impropre aux ruptures créatrices et à la révolte ; enfin l'A-chat (l'achat), principe de cadrage et de canalisation des désirs qui opère la reterritorialisation de ce qui jaillit ouvert et fuyant en nous.

Ce qui fait l'originalité de Spassky, son nietzschéisme si l'on veut, est qu'il ne céda jamais à l'illusion dialectique de la lutte entre riches et pauvres, exploitants et exploités.

Jamais il ne crut que le capitalisme s'imposait à nous comme une force extérieure. Jamais il ne douta que la marchandisation de l'art, de la culture et de l'éducation, de l'air qu'on respire et de l'eau qui circule et qu'on boit, de la terre ferme et du ciel fluide, des corps et des émotions suggérées et vécues, que la revente des espoirs, des rêves collectifs packagés, des idées vierges aussi sec recyclées — et jusqu'au vivant dans toute son extension animale, végétale et humaine — et jusqu'à la mort même, monnayable et négociée, jamais il ne douta, Spassky, que cette tendance, ce pli du désir vers ce qui peut le cadrer en le quantifiant, cette conversion généralisée, si rassurante au fond, de tout en tout, ne fût active en chacun, sans doute même au sein de chaque désir, de chaque élan intestin.

« Je voudrais inventer le couteau qui tranche les ruisseaux en deux, coupe les lacs, sépare l'eau vive de la boue liquide. Mais même s'il existait, ce couteau, et que je sache trancher, je ne serais jamais sûr que le plus

cristallin des désirs ne contienne pas en germe sa part de boue chiffrée. »

« *Chat et Pas-Chat coabritent en chat-qu'un* » est devenu un leitmotiv dans l'œuvre de Spassky. Il n'introduit pourtant qu'un dualisme de façade tant la figure et les *chat-mailleries* des deux ennemis sont multiples, éclatées, et définissent plus une ligne de front complexe, avec ses anses et ses bosses, ses niches et ses poches, ses zigzags et ses enspiralements où nord et sud deviennent indécidables, qu'un simple combat entre bien et mal, entre matière et antimatière. Pas plus le personnage ambigu du Non-chat lent n'introduit-il une trinité. Il est plutôt comme la récurrence, la ritournelle jamais congédiée qui propose à la fatigue des territoires d'accueil, à l'esprit las des solutions faciles, au cœur blasé de *chat-qu'un* un cynisme reposant. Figure de transfert, le Non-chat lent est comme l'opérateur d'altération du *chat-beauté* en *chat-rogne* puis en *chat-rognard*, sa figure dégradée. Il prépare en ce sens l'A-chat, principe de fixation du manque sur une chair polymorphe, l'argent — lorsque le chat, précisément, est coupé de ce qu'il peut. Coupé du bond.

*

Pendant près d'un an, les discours de Spassky gagnèrent en assurance et en popularité, en particulier chez les enfants.

Parallèlement, Spassky découvrit un Altermonde dont il n'avait jusqu'ici qu'effleuré de la main la surface. Il comprit aussi mieux l'histoire de la zone 17, dans ce qu'elle avait eu d'improvisé et de hasardeux, avec ce miracle d'une mobilisation soudaine autour du projet que j'avais lancé au fond de cette nuit de rage qui avait suivi la révélation de la loi Sharush :

— Il faut protéger le langage…

— Quoi ?

— Il faut créer un dehors, un à-côté de toutes les langues utilisées et connues ! Un corpus monstrueux, secret, énorme…

— À base de quoi ? Comment tu veux faire ça ?

— Il faut réunir ici — ici même à Phoenix, dans nos tours — tout ce que la planète porte de dialectes, d'argots tordus, de langages cryptés, de mots rares et oubliés — toute la lie, toute la crasse du lexique mondial, avec toutes ses graphies braques. Il faut qu'on en fasse une bibliothèque vivante, une bibliothèque parlée avec les hommes qui portent ces lexiques, qui parlent ces langues.

— Tu nous refais le coup de la tour de Babel, Spire, ou quoi ?

— On va aller chercher ces gens sur tous les continents, lettrés ou illettrés, savants ou pas. On leur expliquera ce qu'ils représentent, ce qu'ils vont sauver. On leur dira que le corpus qu'ils vont aider à constituer sera acheté par le Château-Faible et couvert ainsi par notre droit de propriété — le copyleft 17 — pour être ensuite mis sous licence gratuite. Qu'il sera ouvert à tous, donc irrécupérable par les groupes privés.

— Et on alimentera ce corpus chaque jour, on le complétera de mots nouveaux, on y mettra tous les écrivains disponibles ici, jusqu'à rivaliser en taille et en ampleur avec les langues officiellement commercialisées !

— Ouais, et on archivera ça sur chrome, en banque de données.

— Non !

— Pourquoi non ?

— Parce qu'il y aura toujours quelqu'un pour les pirater ! On les inscrira, comme les anciens copistes, dans des livres. Et on stockera ces livres au centre de chaque tour, sur les quarante-neuf étages ! Dix-sept bibliothèques géantes, de vraies tours de Babel !

— Tu dis n'importe quoi Kulenkamp ! Le but est de faire circuler ces mots, de les offrir gratuitement, pas de les cacher !

— Mais si tu les offres, n'importe quelle multinationale pourra prétendre les avoir inventés et elle les brevètera aussitôt !

— Pas si on les a déposés avant ! Je t'ai expliqué qu'on les achète d'abord pour les protéger !

— Comment on va faire vivre ici, ensemble, tous ces gens qui parlent des langues inconnues ? C'est pas un peu dingue ?

— On parlera français !

— On fera des tours groupées par continent, on se démerdera !

— On va finir par créer une sorte de nouveau langage, l'argot planétaire de Phoenix…

— Et personne ne nous comprendra, fabuleux, les filles… Super lyrique !

— « *La zone 17 mondialise le charabia. Dans un communiqué parfaitement abscons, les têtes chercheuses de la zone 17 annoncent la mise en circulation d'un sabir fondé sur le bric-à-brac compacté de tous les dialectes glanés dans la brousse…* » J'adore ! Je vois d'ici les titres !

— Pour moi, il est hors de question de vivre en quémandant du mot aux multinationales ! Il faut riposter immédiatement en vidant de sa valeur tout le lexique officiel ! C'est la seule solution ! L'idée de Spire est excellente ! L'Altermonde, c'est ça : une autre mondialisation, fondée sur l'échange intense des différences, une autre façon de relier les peuples !

— Tu relieras rien en empilant quatre cents sauvages dans des tours pour leur sucer du lexique ! Ce qui nous sauvera, ce sera notre productivité littéraire : c'est au travers de nos œuvres qu'on amènera un langage neuf, inaliénable. Pas à pas.

— Réformisme de merde ! Ça pue la concession !

Ça dura ainsi toute la nuit, toute la semaine, tout le mois. Il y eut un référendum dans chaque tour, quarante-huit cycles d'amendements, soixante-huit propositions alternatives, un nombre incalculable de variantes. Mais l'idée de réunir toutes les langues du monde à l'intérieur des tours, d'en permettre l'expression orale, la diffusion publique et l'archivage patient reçut le soutien peu attendu de militants de tous les pays. La demande qui afflua sur Phoenix fut telle qu'une sélection dut s'opérer, dans la plus intense confusion. Ce fut *in fine* une forme d'élite, que nous le voulûmes ou non, qui habita la zone 17. Une élite d'écrivains, de chercheurs et d'érudits dont l'enthousiasme et l'entraide finirent par faire émerger un iceberg extraordinaire de mots inconnus qui dépassa bientôt en quantité le corpus commercial. Le problème est que seule une infime minorité en connaissait le sens. Avec le recul, on peut dire qu'environ deux cents mots issus de cette montagne nous servent à échanger aujourd'hui. Ce qui n'est pas si mal. La jeunesse aisée de Phoenix tourne sur une centaine de mots. Et le mot « free », qui est d'ailleurs devenu le mot le plus cher du monde depuis qu'il a été racheté par Wor[l]d à Lexicon, figure dans la moitié des phrases de ces pingouins. « Cette poufiasse est pas free… », « Sois free, love, tu veux ? », « Cette fête est trop free ! », etc.

À sa façon, Spassky participa à la circulation du corpus. Il rencontra beaucoup d'Africains, d'Asiates et d'Arabes et s'efforça d'intégrer leur terminologie à ses discours. Il joua beaucoup sur le contexte pour amener ces mots neufs, leur donner une chance d'être compris et repris par d'autres. Sa fascination pour le phonème *cha*, à ce titre, le protégea des préjugés autres que sonores et il assimila des listes entières de mots de toutes origines contenant la syllabe — cette fricative dont il disait que la simple prononciation amenait en gorge la présence même du souffle, en bouche le pur exprimé : *cha.*

Spassky fêtait son centième raid lorsqu'il apprit ce qui le détruirait. Il venait de se poser près des iourtes de la tour Gorki quand il aperçut nos visages :

— Chat va pas les boanas ?

— Pas trop, Spassky, il y a un huissier qui t'attend.

— Le cravaté là-bis, en bout de terre-as ? Zek qu'il veut ? J'ai réglé messires dettes sur « griffe » et « ronronner ». Nek plus d'ardoise !

— Il n'est pas de la Wor[l]d.

— Qui l'empaie alors ?

— C'est un multicarte, mais qui travaille principalement pour le cloneur DupliCat. Il vient t'arrêter pour violation délibérée du droit des noms.

— Solo est ?

— Ne. Il a une brigade de six vigiles qui attendent sous la trappe d'accès au toit.

— Porquel motos velléitaire-t-il que je l'empaie ?

— Pour le mot « chat ».

Le silence qui suivit ma réponse fait partie des instants que je ne voudrais revivre par aucun type d'implant mémoriel disponible. Le visage de Spassky, rond et joufflu, d'une humanité extraordinaire, se stria comme d'un cri, mais terriblement muet, et avalé.

— Motos « chat » est libre, que je chache !

— Plus maintenant, intervint l'huissier qui s'était résolu à approcher. Il est la propriété des entreprises DupliCat et A-Chat qui m'ont mandaté expressément auprès de vous pour faire valoir leurs droits. Je me présente, Dick Wolfovitz…

La main de l'huissier resta une dizaine de secondes à l'horizontale. Puis ce fut subitement son corps tout entier qui trouva une forme de parallélisme avec la terrasse. D'un raffut, Spassky l'avait projeté au sol, à moins d'un mètre du vide. Il ne hurla pas, c'était pire. Il appuya les crampons de ses semelles sur la cage thoracique du fouille-merde.

— Morphe chat m'à part tient, chat-cal. Chamais toi ni tes pas-troncs ne me le chat-parderont !

— Personne… ne vous interdira quoi que ce soit… monsieur Spassky. Vous êtes parfaitement… libre d'employer chat… chatte ou chaton. Nous vous demandons juste de verser les royalties afférentes… Nous vous ferons un contrat sur mesure…

Un coup de talon sur le plexus est rarement une invitation à s'exprimer plus amplement. L'huissier hoqueta d'une façon pénible à voir puis il plia index et auriculaire : c'était une saloperie de clone à système d'anti-agression intégré. Les vigiles jaillirent de la trappe d'accès, trop tard toutefois pour un Spassky désormais aguerri qui décolla d'un coup de pédale.

Il faut rappeler ici que le mot «chat» était longtemps resté dans le corpus gratuit. Une chance pour Spassky qui en avait fait son arme de poing. En 2014 pourtant, sous l'effet du lobbying actif des cloneurs d'animaux de compagnie, «chat» fut finalement soumis au droit commercial et cédé par l'Académie française, sous licence d'exploitation illimitée, aux deux principaux acteurs de ce marché en forte expansion : DupliCat et A-Chat.

Il est difficile de décrire la souffrance de Spassky, le lent enserrement de sa vie de troubadour dans un réseau d'oppression juridique dont aucune mesquinerie ne lui fut épargnée. Tout au plus la ressent-on, par éclats griffus, dans les exordes qui précédèrent sa condamnation ferme (*Chat rit, va, rit* notamment, *De quoi fouetter un chat* et bien sûr le glaçant *Le Pouvoir d'A-chat*) et dans les poèmes en prose, déchirants, qui émaillèrent son procès. Jusqu'à la fin, Spassky resta un Haut Parleur, c'est-à-dire un orateur prodigieux, insurpassé dans le courant de prose combat qu'il lança et qui lui a survécu — je parle évidemment du courant monomonème. À aucun moment, il ne renonça à sa double quête, celle d'explorer jusqu'aux limites d'un champ lexical pourtant ténu les possibilités du phonème *cha*, celle d'acquérir les droits personnels de «chat» et de ses dérivés.

On discutera longtemps de sa dérive paranoïaque. On pourra y lire les effets directs du harcèlement ou ceux, plus subtils, d'une solitude affective que je n'ai, pas plus que d'autres, été capable d'aérer des rencontres qui lui auraient été nécessaires. Spassky :

« Partout, les collexiqueurs me poursuivirent pour être payés. Je n'avais plus de lieu fixe où aller, juste des caches précaires du réseau 17 où l'on m'accueillait, des cafés où je payais mon repas avec des émotions, des arrière-salles de boutiquiers remplies d'étudiants qui se prostituaient avec des étudiantes pour s'acheter un loft. Je découvris un troisième monde qui n'était ni celui des résistants ni celui des collabos du système libéral. Un monde délité où l'on troquait du chien cloné contre un loyer, où on baffrait le pire de l'alimentation de synthèse. Même pas du fast-food : du *free-food.* Un monde où les meilleurs écrivains comme les pires *motards* raclaient les quais des bouquinistes pour y racheter un mot rare qui soit à eux, aussi inutile, aussi débile fût-il. Et ça, je comprenais. J'avais séparé une bagarre dans un bar *underground* où une sorte de poète concret offrait son cul pour racheter *Discourtoisie.* "Je paie de mon corps mes mots", qu'il disait, et il payait, devant tout le monde. "*Discours, discours,* il y a toute ma vie dedans, j'achète ma vie, baisez-moi…"

« Je fis les foires aux mots, déplorables, sur des toits de hangar aveuglés de soleil où l'on vendait *Forlonger* au même prix que *Motoriser.* Un margoulin qui cachait dans sa sacoche ses brevets proposait à l'encan *Internettoyer* et *Overwindsurfer* en "bundle", avec *Matsukaze* en bonus, sans comprendre une seule seconde qu'il offrait une opale japonaise pour deux bijoux fantaisie ! Écœuré, je me rabattis sur les bouquinistes, à l'offre trop éclectique, puis sur les grossistes en mots, enfin sur les sémantiquaires, avec un seul objectif : "cha", "cha", "cha". Je réussis à glaner *Chatonsky* pour une bouchée de pain. Je négociai *Chatounet* à crédit, *Chacunière* en leasing et je revendis huit mots de valeur (dont *Bergamasque*) pour acquérir un rubis : *Entrechat*. Mais ça ne me suffisait pas. Je rêvais de remonter la filière de *chaton*, je rêvais sans cesse de *chat*, dont une licence écriture à durée limitée, me fit miroiter un intermédiaire, aurait circulé sous le manteau. J'écumai le réseau secondaire, le réseau cadre, le réseau ternaire, je pris des contacts avec la mafia. *"Chat appartient à DupliCat et à A-chat. Ils ont obtenu une licence exclusive et illimitée. Adressez-vous à eux."* Autant parler au loup de ses dents en lui tendant le bras.

« Je fis encore quelques raids en vélivélo, quelques harangues sauvages de nuit, sous la protection d'une poignée de militants. Je n'en avais plus pour longtemps avec les milices des cloneurs. Ils avaient pris le relais des collexiqueurs. Ils étaient sur mes traces. Je sombrais mentalement, je me cachais de moins en moins et de plus en plus mal. Lorsque j'entendis parler d'un sémantiquaire qui cédait une partie du vocabulaire de Mallarmé, j'aurais dû me méfier. La vente se faisait aux enchères dans un parc d'attractions désaffecté. J'y fonçai en vélivélo. En atterrissant, je remarquai que mes roues crantées marquaient sur l'épaisseur de la poussière. Je ne cherchai pas à les effacer. Quand je pénétrai dans la salle, la vente avait déjà commencé. Il y avait peut-être douze personnes, pas plus, dans une atmosphère de chuchotis. Sept mots en cuivre brut étaient posés sur des tables de billard. Avec une émotion qui me fit monter les larmes aux yeux, je suivis le sémantiquaire qui les soulevait lentement en les polissant avec un chiffon de soie puis qui les reposait comme des reliques sur le feutre des tables. Il saisit tour à tour *Ptyx*, puis *Nixe*, puis *Guivre*, puis *Lampadophore*… Les pièces, d'un étincellement sombre, avaient une présence impressionnante. Le sémantiquaire s'arrêta quelques minutes sur *Azur* dont la Weather Corp, m'expliqua-t-il, lui avait cédé une licence nationale. Il ne cita pas de sommes. *Éployé* s'étalait maintenant devant moi, avec une noblesse mate. Les chuchotis s'étaient assourdis. La poussière se soulevait et se redéposait partout.

— Fermez les yeux si vous le voulez bien, monsieur Spassky, murmura alors le vieillard aux joues serpées. Celui-ci va vous intéresser…

« Je ne m'étais pas présenté jusque-là. Comment ? Mais déjà je sentis la densité d'un mot de bonne dimension peser sur mes mains et je caressais, l'une après l'autre, le cuivre poli des lettres soudées qui le composaient… Lorsque je rouvris mes yeux, ils étaient ruisselants de larmes.

— *Nonchaloir*, une superbe pièce, n'est-il pas ?

« Je restais sans répondre. J'étais ébloui. Le *non-chat loir* — celui qui toujours dormait… Par ce seul mot, une autre figure naissait, elle sortait du cuivre, elle fuyait de la salle par la verrière brisée là-haut… un autre animal fantastique qui ferait écho au *non-chat lent*… qui pourrait même incarner sa continuation assoupie… l'étape ultime de l'homme dévitalisé et repu, apte seulement à se rouler en boule dans son cocon de confort… Le *Non-chat loir*, par le Saint-Lexique !

— Combien… À combien est fixée la mise à prix ?

« Le vieillard me prit par l'épaule et il m'invita à m'asseoir dans un fauteuil au cuir incarnat, vieux comme un visage de peau. Il avala un verre de cuivre liquide. Puis :

— À zéro… Je vous le donne. Je suis de ceux qui pensent encore que les mots appartiennent à ceux qui sauront les faire vivre. J'ai été… piégé, monsieur Spassky. Je n'ai pas eu le choix… Ou plutôt, en bon sartrien, le choix d'aller en prison à votre place… Ce que je n'ai pas eu le courage d'accepter. Je suis… hautement désolé, sachez-le… Cette vente n'a été faite que pour vous. Les gens que vous voyez dans ces fauteuils là-bas ne sont pas des acheteurs. Ils ne connaissent même pas le sens de ces mots. Plus personne ne les connaît.

— Vous et moi, si.

— Vous et moi peut-être, monsieur Spassky. Eux non. Ils n'en connaissent que la valeur. La valeur d'échange.

— Qui sont-ils ?

— Il y a ici le directeur délégué aux biens culturels de la Gouvernance, le directeur lexical de Wor[l]d, le directeur stratégie de Weather. Plus deux écrivains sous contrat et un rhéteur. Le reste, ce sont des miliciens de Duplicat et leurs huissiers.

— Qu'est-ce qu'ils veulent ?

— Ce qu'ils veulent toujours, j'imagine : vous proposer un marché. »

*

D'un auteur qu'on aime, on ne se souvient pas forcément des plus beaux textes. Ceux qui restent vivants en nous le doivent à une affinité inexplicable avec certains rythmes furtifs qui nous traversent. Quand ils surgissent alors, ils forment comme une mise en son, comme une mise en souffle du passage. Ainsi de la scène d'amour des chatons (Île et Aile) qui me revient souvent au réveil :

« Elle le chair-chat. Aile le doux-chat, Île la cou-chat. Aile le tout-chat. Ils étaient comme drap et peau, pattes écoulées sur museau. Ils chat-huttèrent dans une prairie de couette, la hutte devint tanière, chaleur et chalet, datchat, chateau fourré et rond, rond, rond… »

Ou encore, le dialogue qui ouvre *Chalice* :

« Chalom !

— Chalut. Chat va ?

— Comme chie, comme chat, pastichat le Pas-chat.

Ce disant, il s'approchat, non-chat lent, de son pas chat-loupé. »

Ce que les directeurs proposèrent à Spassky était effectivement un marché. Ce qu'il avait à y gagner était l'annulation de ses dettes et sa liberté. Ce qu'il pouvait y perdre concernait l'ensemble de la zone 17 : tout simplement l'opportunité d'être enfin écouté et peut-être compris par le grand public. Nous avions jusqu'ici refusé toutes les sollicitations médiatiques. Un Haut Parleur ne s'adressait jamais aux autres par média interposé. Il parlait directement, avec porte-voix au besoin, aux gens. Depuis longtemps, une collusion d'intérêts unissant trois multinationales cherchait à récupérer cette parole libre, mal maîtrisée, dans ses réseaux classiques de télédiffusion. Ce qui les gênait était moins nos discours anticapitalistes (aucun discours ne les gêne pourvu qu'il ait un public solvable) que le fait que ces discours, qui disposaient d'année en année d'une réelle audience, ne puissent servir efficacement la promotion des mots à haut rendement. Comprenez bien que la réduction du vocabulaire public ne devait rien à une volonté politique d'imposer une novlangue. Au contraire, les politiciens se plaignaient avec régularité, et sincérité, d'un assèchement verbal dont eux-mêmes pâtissaient. Cette réduction n'était qu'une stratégie commerciale : celle de concentrer le champ d'expression public au *Master Corpus*, c'est-à-dire à la centaine de mots que les lobbies lexicaux faisaient sans cesse circuler dans les cercles médiatiques afin qu'ils soient le plus fréquemment possible utilisés, générant ainsi de confortables royalties.

En proposant un débat d'idées entre « le Monde et l'Altermonde », comme les médias l'annoncèrent, la collusion conjoncturelle de ces lobbies visa, je crois, deux objectifs : faire une audience record et ridiculiser l'Altermonde, son vocabulaire et ses valeurs.

Sur ces deux objectifs, ils en atteignirent un. Spassky, autant le dire, fut brillant. Nous eûmes quatre semaines pour le coacher, mais ce qu'il fit ne tint qu'à lui. Sur le toit de la tour de Leuze, où les médias installèrent leur caméra, Spassky mena son débat avec éclat et pertinence, en utilisant, au gré de ses besoins, les quatre grands styles des Hauts Parleurs : gratuit, néologique, torse et bien sûr monomonème, où il excella. Le rhéteur de la Wor[l]d qui lui fut opposé (un écrivain sous contrat, mielleux et bronzé) fut conforme à sa mission. Il était rapide, il jouait vite, mais Spassky, avec nos mots rares, riches, touffus, déployait une syntaxe tourbillonnante et impactée, qui frappait fort. De l'avis des spectateurs, sondés en temps réel, il menait à 57-43 à dix minutes de la fin de l'émission. Le rhéteur obliqua alors vers un discours plus chaleureux, plus fleuri, et il revint à 55-45, mais en ayant quasiment épuisé son temps de parole.

Bon. Voilà. Personne ne saura jamais ce qui se passa dans la tête et dans les tripes de Spassky au moment où le rhéteur de la Wor[l]d appuya sur l'horloge. La compacité de Spassky, son aisance verbale, lui laissait à ce moment-là près de quatre minutes d'avance sur son adversaire. Il les utilisa entièrement. La harangue qu'il développa alors, et dont il nous avait confié le texte écrit, par prudence, avant le débat, est sur le plan juridique la propriété du groupe Richter, lui-même filiale de Wor[l]d, comme tout ce qu'il prononça ce jour-là. Sa reproduction est évidemment illicite sans l'accord exprès desdits enculés. Mais on n'est plus à ça près. Alors lisez ça, lisez-le lentement, en épousant les flexions qu'il a imprimées et celles qu'il s'est refusé à exploiter. Lisez-le nerveusement, puis vite — comme Spassky lui-même le déclama. Avec cette voix chaude, ce léger accent slave, un peu roublard par moment, dont il s'excusait parfois en disant « je n'y peux rien, j'ai un chat dans la gorge » :

« La mondyalisation que vous proposez® se fronde sur l'échange® chiffré®. Une émotion®, un sentiment®, un rêve® peuvent être échangés® grâce à vous avec tout : avec une autre émotion®, un autre rêve®, du temps® de travail®, des biens® privés® ou collectifs®, un motos déposé®, des œuvres®, des objets®, le droit® de polluer®, l'honneur®. Tout peut être échangé® avec n'importe quoi — grâce à l'argent®, cet opérateur® polymorphal, cette eau® vitale®. On a longtemps cru que cet échange®, que cette convertibilité absolue® ne pourrait pas dépasser® certaines limites®, ni investir® certains domaines® nobles®, ou trop abstraits® ou simplement® intimes®, ou suppose-et-ment inquantifiables. Payer® un désir®? Pailler une émotion®, ou pour une émotion®? Pailler pour à-prendre, pailler pour airspirer, pailler pour emboire, pour envoir, pour encontrer un nomme ou une femme®? Pailler pour avoir un nenfant? Pailler ses zenfants maintenant, sacheter des rapents, comme les clownes le font aujourd'hui, avec les ducations et la chat-leur qui va avec? Pailler sa petitamie dès le lit-C parce qu'on n'est pas assez beau®? On avait cru que le cas pitalisme s'arrêterait® aux fronts-tiers de certains pays®, buterait contre des cultures® plus hautes®, des valeurs® plus altières® que les siennes. Il a pénétré® par tout, partout il a converti®, rendu® monnayable® l'intransmissible et le strict® Saint-Gulier, quantifié® les qualités®, hacheté et vent-dû, re-vent-dû et cracheté. Tout, n'importe quoi, n'importe où. N'importe comment. Alors vous jouissez®, vous le petit rhéteur® du cas Pital, l'agent® de change®, le courtier® d'air® et d'eau®, le courtier® de mots®. Vous jouissez® de cette pénétration® indéfinie®, de cette ex-pension sans cesse repoussée®, étang-dû® — maintenant les chats®, maintenant les marmouflets clownés, hier le climat® demain Mars™. Vous jouissez parce qu'à chaque marchié ouvert®, à chaque domaine® éventré®, votre logique® des quantités® s'installe® et contamine®. Vous jouissez® parce que la grille® s'applique® sur les formes® les plus bizarres® et les plus courbes® et qu'elle quadrille® toujours — ou donne toujours, tout au moins, cette impression®

de cadrage® et de rationalisation® qui vous paraît prouver® sa validité® et son universalisme®. Ce que vous mondyalisez, c'est l'extorsion® de la plus-value®, l'inégalité® à-ménager au cœur® des échanges®, ce petit différentiel® de rentier® qui prélève® sa marge® de A à B, de B à C, de C à A. Et effectivement®, la différence® est unie-vers-celle : il y a toujours moyen® de l'acréer, de vendre® à n+1 ce qu'on a tacheté n, surtout lorsqu'on fixe® soi-même les prix® sur un marchié émergent®.

« Ce que je voulais vous dire, à vous que ce jeu® floue et embrhume, c'est ceci : nous autres, des Altermondes, nous sommes porteurs®, tels des chats®, d'un autre mouvement®. D'eux nous avons hérité®, par don® au dernier vivant®, la no-bless et l'indépendanse, la chat-leur fourrée® et la douce-sœur, la vitesse® féline® surtout, en peu de pas, et le coup de griffe®. Et encore la plénitude® intérieuse, qui se conquiert® et ensuite se suffit®. Ce que nous et-changeons n'a pas besoin du support® argent® pour passer d'un cœur® à l'autre, d'un S-pris à une multitude d'esprits®. Nos mots® ne sont pas des mots® d'ordre®, des injonctions® à voter®, des sues-gestions d'a-chat, des conseils® ou des cons-signes de vie®. Ce sont des mots® de désordre®, des mots® de désirs® sans report®, offerts® et donnés sans attente® de retour® parce que le retour® est déjà vécu® à plein® dans la « vertu® qui donne », comme disait Nietzsche. La générosité® pure® d'âme à âme, la gratuité® d'un Amour™, d'un acte®, d'une attitude®, peut-être est-ce encore un marchié dont vous salivez®.

Il vous est ouvert® depuis toujours, sachez-le bien. Sauf qu'il n'y a rien à y hacheter.

« Le cas pitalisme que vous et la Weather incarnassiez, n'operd et ne survite qu'à travers une écognomie bien particulière® des désirs® puisqu'elle est tout entière artenculée autour du manque®. Manque® de soleil® ou manque® de neige®, sécheresse® programmée® ; manque® de confiance® ou de confort® ; pénurie® tactiquement® élaborée® et reconduite® ; chômage® voulu, besoins® suscités® et frustrés®, eau® volontièrement polluée® puis apurée® puis recyclée® puis revendue® — manque® partout, comme une case® vide® qui circule® à travers les corps et les têtes, pour leur intimer® de combler® le trou® d'urgence®.

« Nous autres, des Altermondes, nous n'inoenculons pas, par souches®, ce rétrovirus® si puissant® qu'est la peur® (la peur® de manquer®, de mourir®, la peur® de perdre®) puis le vaccin®, ou la tes-rats-pillent si-amant-infini qui n'en conjurera® jamais complatement les effets®. Nous nous a-dressons en vous à la grande santé® qui fait que le virus® ne pourra plus avoir de prise®. Nous nous a-dressons, entre les deux lames® d'un désir® bifide, à celle que la paresse® multiple® n'a pas encore émoussée®. Nous parlons au Chat® vif® en vous — pas au Pas-chat ; au félin® à l'écoute® et aux aguets — pas au Non-chat lent ; au Chat® qui croit que lomme est plus qu'un animal® d'hommestique à-mot-lit et gavé®, oui, bien plus qu'une bête savante® encagée® dans ses égocentres-villes à réclamiauler des nourratures spirituées et terrestres® qu'il ne sait plus chiasser — pas à l'A-chat qui comble® et mascotte cette déchéance®.

« Nous proposons® une autre mondialisation® en mouvement®. Plutôt que l'échange®, elle aime® le partage® ; plutôt qu'hacheter et revendre®, elle reçoit® et elle donne ; plutôt que de comm'uniquer et d'informer® de haut® en bas, d'un point à une masse®, elle é-coûte et elle parle®, de bouche® à bouche®, domme à homme®, de chat® à chat®. C'est une mondialisation® de proche en proche, pas en gros®, par avion® et de loin. Alors elle n'a pour elle rien de bien spectaculinaire, rien qu'on puisse médiattiser en tous foyers®. Elle balbutie® et elle chuchote®, de mur® en mur®, de mer® en mer®, en kayak®, en pirogue® et en barque®. Elle est souvent inaudible®, à force d'épars-pillements, de polyphonies®, de liberté™ assumée® des écumes®. Votre cri® monocrade — *profit® !* — passe mieux, mais lassera® vite®. C'est que vous n'avez réussi qu'à universaliser® l'identique® quand nous identifions® le Divers®. Vous faites de la pôlitique, soit. Mais nous, nous sommes des polyticiens. »

Il restait encore vingt-trois secondes. Spassky souffla. Le rhéteur en face était hébété sous la salve. La friche armée de la tour de Leuze vibrait sous la bronca. Des tambours répondaient aux gongs. Ça montait du sol et des dômes, inexorable. Le rhéteur voulut articuler quelque chose mais Spassky jeta un œil rapide sur une note, sourit au public et acheva :

« “Le petit-bourgeois, c’est l’homme qui s’est préféré”, a dit Gorki. Vous vous êtes préférés partout. *Terra cognita* du fast-mood et des freeways. Jusqu’en A-Fric. Votre *Tant* est venu®, aviez-vous cru. Mais le *Tant* passe. Il est grand® temps® d’à-prendre que la Terre™ n’est pas bleue™ comme une Orange™. »

Lorsque Spassky rappuya sur l’horloge, tel un joueur d’échecs dans un blitz soudain stoppé net par le mat, le collexiqueur électronique, sous le titre « Mots payants », indiquait 267. Dans la colonne « Royalties dues », la somme inscrite dépassait les 17 millions. L’animateur lui-même resta bien muet quatre à cinq secondes sous la stupeur. Spassky venait de se faire *seppuku* devant un milliard de spectateurs. Mais entre le début et la fin de sa harangue, il venait de faire passer 1 050 mots qui allaient catalyser les émeutes que nous espérions sans trop y croire. Il le savait. Il le fit pour nous, pour les gens.

L’émeute qui partit de la zone 17 s’étendit sur la centaine de kilomètres de la banlieue pavillonnaire de Phoenix. La totalité des parapentes, des ailes et des vélivélos du Château-Faible décolla dans le quart d’heure qui suivit les derniers mots de Spassky. Une nuée cacophonique inonda la ville, suscitant comme autant de points-feux des fêtes improvisées, le saccage exhaustif des centres commerciaux, des compagnies d’assurances et des fast-foods, des discussions et des rencontres irracontables, des histoires d’amour nouvelles et des amitiés qui allaient s'évaporer avec l'alcool, et qui allaient durer.

L'incarcération de Spassky fut immédiate. Elle avait été soigneusement préparée. Elle fut protégée de la fureur des militants par trois rideaux infranchissables — armée, police et milices.

Il est parfois dérangeant de se l'avouer. Mais sans Spassky, sans l'erreur politique de la Gouvernance qui voulut en faire un exemple, sans son suicide en Quartier de Haute Sécurité, sans cette poignance qui révolte les viscères, il n'y aurait sans doute pas eu la Pollène. La zone 17 serait restée ce qu'elle fut trop longtemps : un beau kyste de résistance, fier de son isolement.

Cette fois-ci, l'idée ne vint pas de moi. On la doit au Haut Parleur Mat Naychee qui n'avait d'ailleurs jamais cessé de la promouvoir :

— Il nous faut essaimer. Notre corpus de mots est suffisamment vaste aujourd'hui. À Phoenix, il étouffe à l'étroit dans nos tours. Il ne vivra que s'il pollinise d'autres villes et d'autres pays, que s'il devient une langue vivante et échangée. Nos érudits, nos écrivains et nos troubadours doivent repartir d'où ils viennent, retourner d'où ils parlent, mais avec dans leurs bagages et leur gorge ce vocabulaire métissé qu'ils ont contribué à forger à Phoenix.

— Et qu'est-ce que nous allons devenir ?

— Qui, « nous » ? Les Hauts Parleurs ?

— Oui.

— On va devenir ce qu'on aurait dû être depuis le début : des colporteurs, des nomades.

— Des ambassadeurs du vocabulaire que nous avons développé ?

— Si vous voulez. Des ouvreurs de crâne, des jeteurs de mots par poignée, des gens qui apporteront avec eux de quoi libérer le lexique partout où on l'empêche de respirer. Il est facile d'avoir raison entre amis. On va maintenant essayer de partager nos mots, de troquer nos trouvailles, d'enseigner à qui veut notre jargon. En confrontant notre sabir avec les langues officielles, dans tous les pays où nous irons, il en sortira des greffes — du turc enrichi, du français élargi, de l'argentin tordu, un autre anglais. Nous allons enfin mondialiser quelque chose. À notre tour.

— Quelque chose comme une nouvelle langue ?

— Quelque chose comme une nouvelle façon de truffer. D'insinuer des poches d'air, une sorte de dehors au cœur même du système clos officiel où tout est catalogué et payant. Nous allons apporter plus qu'un vocabulaire d'appoint ou une langue de rechange, fût-elle celle de la résistance. Nous allons insuffler un style, j'aurais envie de dire. Le style torse.

*

La zone 17 a aujourd'hui disparu. Elle a été entièrement rasée. À sa place, ils ont construit un laboratoire génétique. On y clone des écureuils domestiques, des cochons d'Inde et des hamsters joviaux. Les chats n'ont plus la cote.

J'ai reçu ce matin le cahier de prison de Spassky. La procédure juridique pour le récupérer a pris six ans. J'ai dû le racheter à la Gouvernance, à un prix qui dépasse la décence. Il y a aujourd'hui 2 500 Hauts Parleurs qui sillonnent le monde. La « langue 17 », comme on dit maintenant, a fait des greffes. Le style 17 est devenu une marque de vêtements. Je crois que le monde, grâce à nous, change un petit peu. Certains pays africains ont refusé la mise sous climat de la Weather. Ils vivent sous soleil libre. En Europe, on arrive maintenant à ouvrir le robinet d'eau froide sans que celui d'eau chaude, géré par Rivendi, soit fermé pour cause de grève des clones. L'éducation et la santé publique sont de retour en Amérique du Sud et en Océanie. Enfin, dans quelques gouvernances… On respire maintenant à peu près bien au Japon. L'air des États-Unis pue — mais ça, ça ne change pas. Voilà. J'ai donc ouvert le cahier de prison. On m'avait prévenu qu'il contenait son testament. Kulenkamp était là. Il revient d'Australie avec un peu d'argot aborigène. Il y avait aussi les anciens : Balbaïan, Lyotar, Tono Négro, la Baudrille… On s'est récité quelques exordes. On a bu. Puis on a lu.

*

Le testament de Spassky tient en une phrase qui ouvre et tout à la fois clôt son cahier de prison, par ailleurs vide de mots. Sauf si l'on considère comme des phrases les dessins de chat, admirables de rondeur et de gaieté, qui saturent les pages intérieures. Sous le titre « Mon testament », on lit cet unique legs :

Je donne ma langue au chat.

Annah à travers la Harpe

— Il avait quel âge ?
— Elle… C'était une fille.
— Quel âge ?
— Deux ans.
— Ça fait combien de temps qu'il est mort, votre fille ?

J'ai déjà envie de repartir. Le type ne ressemble pas à grand-chose. Il est avachi dans un creux de roche, les mains posées sur des accoudoirs de calcaire brut. Le bloc forme une sorte de trône raté, sans pied. L'homme a les cheveux en broussaille, givrés de sel. Torse nu et short crasseux. Le Trépasseur, hein ? Et c'est ça qui doit me ramener ma fille ? « Va le voir, m'a supplié Sofia. On dit qu'il parle aux morts, qu'est-ce que ça coûte ? »
— Ça fait un mois.
— Vous auriez dû venir plus tôt. Vous croyez en Dieu ?
— Pas vraiment.
— Moi non plus.

Il tripote des pierres, bleues, les jette comme des dés. Peut-être du lapis-lazuli. Il tourne la tête vers le soleil rasant, ferme les yeux et les ouvre subitement, aussi bleus, aussi délavés que ses pierres. Sa peau est tellement cuivrée qu'elle brille comme un bronze. Il est beaucoup plus musclé que je ne l'avais jaugé d'abord. Surtout, il a une voix puissante, précise et timbrée — qui jure complètement avec sa nonchalance. Il lance :

— Vous croyez en moi ?

— Disons que je demande à voir…

— Honnête, hein ? J'aime. Qu'est-ce qui peut vous convaincre ?

— C'est si important, que je sois convaincu ? Je suis venu. Voilà.

— C'est important pour ce que je vais vous demander de faire. Si vous doutez, vous ne ramènerez jamais votre fille. Or elle est là.

— Où ?

— Là.

Il pointe la mer. La houle, je la scrute longuement, creux et crêtes, jusqu'à perdre repère et flotter, léger vertige. Les vagues virent au bleu pétrole à la vertu du crépuscule, le mistral hausse le ton, ça moutonne aux franges, à monter, à descendre — et à la lisière de l'écume, quelque chose, furtivement, scintille et passe…

J'ai la respiration coupée.

Cette impression de la voir courir à tire-d'eau en tintinnabulant gauche-droite sur ses pieds de lait frais, comme un culbuto de rire roulant et clair, son babil neuf jonglé en bouche et lâché à la hurle parmi la couleur des sons — Annah —

Annah qui coupait à travers la vague avec sa frimousse fraîche et m'appelait, pas à la façon d'une bouée, plutôt comme horizon de course, point d'attache, fil de pêche, comme si elle traversait de nouveau d'un galop court à cahots notre terrasse de tommettes en tambourinant le sol, talons nus, bras jetés et bouille tout-soleil — Papa !

— Elle vibre. Grâce à vous, à votre femme. Ce sont vos fibres qui font cordes. Votre mémoire viscérale qui la tient en suspension, juste sous la ligne de vie. Toute proche. Vous connaissez la légende du Golem ?

— Vaguement…

Le Trépasseur se lève et m'agrippe au colback. Il visse ses yeux dans les miens et change radicalement de ton :

— La première chose que tu dois comprendre est que tu retrouveras jamais ta fille.

— Je…

— Tu vas la réenfanter. Avec tes tripes, petit homme. Tu vas l'accoucher une seconde fois, avec ton cœur et ta gorge, tu saisis ? Avec ta mémoire de bête sauvage. Tu vas le faire en raclant au canif chaque souvenir d'elle sur la gaine de tes nerfs. Clarté ? Qu'est-ce qu'il faut pour te convaincre, crache-le !

— Je ne sais pas…

— Ta fille s'appelle Callirhoé. Ta femme s'appelle Sofia. Le kayak que tu as laissé arrimé dans la crique est rempli d'eau et dedans, il y a maintenant une physalie.

— Une quoi ?

— Une méduse ! Pars, si tu doutes encore…

Je suis à trente centimètres du sol. Il me lâche d'un coup. Ma cheville vrille.

Sa fureur, toute subite qu'elle fût, a reflué aussi vite. L'ermite est de nouveau d'un calme torpide, presque hypnotique. Il attend. Je dis :

— Je vous crois.

— Vous ne me croyez pas. Allez voir le kayak.

Je repasse l'épaule de roche par laquelle je suis venu et redescends en claudiquant une centaine de mètres de garrigue pétrique, jusqu'au kayak. Il est en train de couler. Je le prends par la poupe, en trois fois, pour le retourner, et je regarde minutieusement le filet d'eau qui se déverse par le trou d'homme. Pas la moindre méduse. L'ermite a bluffé. Ma fille ne s'appelle pas Callirhoé, de toute façon. Elle s'appelle Annah. Callirhoé est son second prénom. Le soleil commence à mordre la ligne d'horizon, l'air a singulièrement fraîchi et je suis à deux heures de pagaie de Callelongue. La vérité, c'est que je ne le crois pas. Rester ne sert à rien, je le sais. Je me casse. D'un coup de reins, je m'enchâsse dans le kayak et je plaque mes cuisses contre la coque pour assurer la gîte. Aïe ! C'est comme si mon genou droit venait de toucher une grille haute tension. De panique, je bascule à la baille. Lorsque je rejoins la berge, une masse de gélatine rose brûle mon genou : méduse. Je remonte la pente en traînant la patte. L'ermite m'accueille avec un sourire rêche et verse du vin sur ma plaie. Tout en me soignant, il dit :

— Vous voyez le phare du Planier, là-bas ?

— Je connais, oui. J'habite les Goudes.

— Vous n'habitez rien, c'est précisément votre problème. Vous bougez, ça ouais. Mais quand on vous regarde, y a personne derrière le carreau des yeux. Le Planier est à huit kilomètres d'ici.

— Et alors ?

— Alors vous allez enlever votre Arva, vos pompes qui comptent les pas, votre portable et vos habits, et vous allez vous foutre à l'eau et vous allez nager en direction du Planier jusqu'à ce que la mer s'ouvre enfin sous vos bras.

— C'est débile !

— Votre fille est morte le 7 mai 2009 devant le 530, avenue du Prado. Elle portait une robe Bior en tissu émotif, qui devient toute rouge quand elle court, des brassards fluo, un bracelet GPS à chaque poignet et un radar de hanche anti-collision. Rien de tout ça n'a évité l'accident. Qu'est-ce qui est débile, à votre avis ?

— Comment… vous savez… ça ?

— C'est en boucle dans votre tête. Même en me bourrant le crâne de terre, je pourrais l'entendre.

Je me suis déshabillé, j'ai tout posé au sol et j'ai accepté. Sa folie. Sa logique. Ses dons. Les règles et leur absurdité. Il m'a parlé des heures, il m'a parlé jusqu'à ce que la mer ne soit plus qu'une masse acide qui ronge l'île — plus qu'un son ; que le ciel oublie jusqu'au souvenir d'un soleil et qu'au loin, rien ne soit plus, dans la nuit dense, visible, si ce n'est l'éclat jaune, pulsatile, du phare circulaire du Planier.

J'ai pensé à Sofia et à son visage de ravage, crevassé des yeux jusqu'aux lèvres, à ses sillons tremblants dans ses joues drainées aux antidépresseurs. J'ai pensé à notre maison tapissée des murs au plafond des photos d'Annah, Annah à la naissance, rouge fragile, Annah à trois mois fascinée par un chat, Annah à un an, prunelles illuminées, qui suce son pouce et me regarde ; Annah qui joue, qui marche cahot, qui crie, qui découvre l'eau, Annah qui danse sur une chaise haute, Annah qui rit dans ses pleurs, boit la tasse en nageant, se blottit dans nos bras, s'emmitoufle dans notre bonheur. « Veux la voir partout où je regarde, veux pas de vide, qu'elle soit partout, avec nous, on lâche pas, on lâche pas. » Et chaque pièce qui se couvre de sa bouche, de son nez en patate, de sa joie qui perce à chaque fois le ventre et qui n'arrive pas du tout à mourir, à passer, à nous laisser enfin tranquilles, bien morts, étales et défoncés aux médocs. Chaque pièce devenue un mausolée puisque la vie qui nous reste ne peut plus dépasser le volume qu'a délimité Annah, qu'elle nous laisse et qui se refermera sur nous, notre caveau, à trois. J'ai revu le sourire sans nerf de Sofia, échappé d'elle, qui l'a lézardée quand elle m'a vu sortir le kayak pour aller sur l'île de Jarre, rencontrer le Trépasseur, enfin.

J'ai surtout pensé à Annah et c'était tellement vivant en moi, tellement terriblement là, tactile, que j'ai eu l'impression de sentir son petit corps de *putti rigolator* se lotir au creux de mon coude et relever sa bouille coquine que je mangeais, tout plein de son odeur magique de lait et de miel cuit aux cheveux.

Tu es parti vers minuit et tu as nagé aussi droit que possible vers le phare du Planier. Tu avais froid le premier kilomètre, puis tu n'as plus rien senti et tu ne savais pas si tu avançais vraiment tant la houle était forte. Au bout de trois heures, tu as aperçu un ferry, tout carrelé de lueurs, qui arrivait sur toi et tu as levé les deux bras quelques secondes, haut, hors de l'eau, dans l'espoir qu'ils te repêchent, avant d'avoir honte de ce geste et de t'enfouir dans les bouillons du sillage, en priant pour que personne ne te repère et ne t'empêche d'aller au bout. À partir de la quatrième heure, tu ne sentais plus tes bras et tu n'arrivais plus à coordonner ton crawl, et le Planier te semblait tantôt incroyablement loin, tantôt proche à pleurer. Tu as commencé à t'épuiser par paliers, puis à puiser dans l'épuisement, sans savoir jusqu'où tu tiendrais, puis à avaler de l'eau et à perdre conscience, puis à sentir que tu allais partir… Et là tu t'es souvenu du Trépasseur qui t'avait dit nage, nage jusqu'au moment où tu vas sentir la mort monter dans ton corps, nage jusqu'à ce que tes poumons respirent de l'eau aussi naturellement que de l'air. Tu as eu un dernier doute, un ultime accès de panique, tu as fait la planche parce que tu étais terrifié par la mort qui salait ton sang; pourtant tu t'es retourné encore face aux fonds et tu as continué à nager. Ça, je ne l'oublierai jamais.

C'était ta plus pure preuve d'amour.

Alors tout s'est ouvert pour toi.

J'avais la sensation d'atterrir en douceur à travers l'eau, yeux grands ouverts, respirant encore, respirant de mieux en mieux, même. Calmement et amplement. Je chutais dans le bleu profond comme si j'avais sauté d'un avion dans un ciel accueillant et liquide, et que le sol, tout au fond, m'attendait toute hâte bue, prêt à me recevoir, à mon heure, au creux de son sable. Sauf qu'il n'y avait plus de sol et que l'eau s'ouvrait, par clartés, s'ouvrait sur un grouillement de formes rondes, billes ou boules… avec des gens dedans. « Tout ce que je te dis maintenant te reviendra là-bas. Ça te reviendra au bon moment, c'est ma façon d'aider. C'est la seule », avait dit le Trépasseur. Mais rien ne me revenait, rien du tout — j'étais aimanté malgré moi, le temps me coulait dessus, et je tombais vers l'amas, incapable d'un seul geste, comme une pierre lente, avec cette seule certitude à l'esprit : j'étais en train d'approcher les premières formes de l'Enfer.

Il y en a des milliers, qui bourgeonnent, flottent et tournent. Une houle de boules. Certaines s'accouplent et copulent — un son de succion —, un petit orbe en sort, difforme, qui enfle… D'autres se dilatent et se distordent. L'enveloppe se déchire dans un cri métallique. S'en détache un adulte blanc, le visage mangé par son œil. La tête-œil se détache et valdingue, tombant vers la planète, pendant que le corps se dilue et reforme plus loin une poche visqueuse qui semble accoucher de son propre embryon. Écœuré, j'essaie d'éviter les cocons qui me frôlent en chuintant. Par trajets courbes, à la façon de chiens veules, les cocons se rapprochent pourtant, bien trop près, comme s'ils voulaient que je regarde… à travers la membrane… Alors j'ose. Et je recule, glacé. Ce sont des humains qui bougent. Enfin… ils en ont les gestes des bras et l'agitation panique des jambes — sauf que ces gestes sont tous circulaires, centripètes, itératifs. Chaque être répond à la sphère et semble lui commander en lui obéissant, et la manipuler en retour, sous un incessant cycle stimuli-réactions, une boucle monomaniaque de feed-back rétroactifs. Aucun temps mort. Rien de vivant. Les parois luisent. Un placenta d'écrans organiques, de technologies fluides, de calques holographiques tellement superposés, tellement denses qu'ils forment la matière même du cocon, son piège épileptique.

— Cherche ta fille partout, cherche et *elle* te trouvera. Il y a un enfer pour chaque enfant mort et une porte d'accès, une seule, qui n'est faite que pour toi. L'erreur est de croire que ton instinct te guidera. Ton instinct fera tout pour éviter la rencontre avec elle.

Ton instinct hurlera vers la vie. C'est ta force mentale qui la sauvera. Ou pas. Donc cap vers le pire, chaque fois que tu peux.

Surmontant mon appréhension, j'agrippe une sphère et plonge à travers, tête en avant. La paroi est comme une eau glacée, mais dedans, j'étouffe dans la tiédeur. L'humanoïde qui s'y loge, j'essaie, du cœur du technococon, de l'extraire, je l'empoigne au bras, il se débat — j'ai l'impression de malaxer une bouteille de soda à moitié vide, le plastique se froisse et couine, son torse est plat comme un écran et l'homme caquette des clics de souris, frénétiquement. Finalement, il éclate en gouttelettes. Au bout de mes mains qui brûlent, il y a une manette qui se loge, un joystick, un volant, des gants haptiques qui s'enfilent tout seuls et enveloppent ma paume moite. Je les arrache et ma main part avec. Je crie sans aucun son que déjà ma main droite repousse dans l'axe du poignet — paume d'abord, phalanges et ongles d'une seule coulée obscène — et au bout de mes doigts neufs, il y a maintenant des touches, des boutons que j'enfonce, des claviers de chiffres, de piano et de lettres, qui crépitent — et des surfaces tactiles qui les prolongent, dès que je retire les mains, dès que je rue des pieds pour en retirer les pédales qui s'y fixent.

— Laisse venir parfois. Laisse la technique inonder, et utilise.

Je sens la combinaison de *motion capture* monter le long de mes cuisses. Je souffle pour chasser la panique. La matière moulante épouse mes côtes et m'oppresse le torse, ma cage thoracique se comprime, par degrés, et je cherche, pour l'arracher, mes mains qui courent comme des araignées blanches sur les parois de la chrysalide, je cherche mes mains qui déroulent des menus à hauteur de mes yeux, déplacent des fenêtres, en ferment et en ouvrent, je cherche jusqu'à ce que la combinaison stoppe à hauteur de gorge et que je voie Annah, dans une trouée d'écrans, Annah à travers une paroi translucide, Annah dans sa monade à elle, qui m'apparaît enfin, piégée dans son hamsteroïde opaque, à pédaler aussi et à agiter ses bras minuscules, pour me faire le coucou pâli qu'elle esquisse lorsqu'elle a tellement peur…

D'un spasme, j'ai giclé hors de la combinaison. Ressoudé mains et pieds, retrouvé mon bloc-corps. Je me jette dehors et je crawle vers l'amas de monades qui entourent Annah. Des bigarreaux autour d'une bille de cristal. Ils semblent, comment dire, lui parler, communiquer avec elle ? Sa sphère en tout cas s'illumine en chaque zone de contact et je dois dégager, ou crever, ces cocons qui l'entourent, si je veux l'atteindre, je le sens.

Le premier des cocons m'arréte net : un air de familiarité qui me donne la chair de poule, l'impression d'approcher du cœur de mes peurs… qu'une épreuve tout à fait personnelle va commencer.

La silhouette qui oscille dans la bulle, je la reconnais, oui, sans hésitation possible, à l'allure leste et fêlée, tellement féminine — c'est Sofia. Par réflexe, je cogne à la paroi afin qu'elle se retourne. Le corps semblait sain. Le visage, lui, me terrifie : un nœud de rides, de crevasses lacérées, autour d'une bouche qui a tout avalé (les yeux, le nez) et crie, seule, au milieu de la face.

Sous le choc, je recule, sans pouvoir m'arrêter de regarder à l'intérieur de la monade. Parce que j'y retrouve, tremblant, notre chambre avec le fameux berceau cododo d'Annah fixé à notre lit, son matelas à détection de mouvements (vingt secondes sans bouger et l'alarme se déclenche), le module autoberçant, la tenture filtrante pour l'air pur, l'absorbeur de sons parasites pour la nuit… Notre univers. Sofia me tourne le dos et je la vois répéter, en automate, les gestes que je l'ai vue mille fois faire : doser moit'-moit' le lait en poudre et les granules Nuit Douce, plier les bodys bio, ajuster le tapis Garochute sur notre parquet à lattes molles et surtout, ce qui m'attendrissait et m'exaspérait soir après soir : ouvrir et fermer tiroirs, portes, fenêtres et placards pour vérifier les anti-pince-doigts. Après quoi, elle réglait la veilleuse Lumilove, l'Angelcare sur « Sérénité » et le chauffe-biberon pour 08:00.

J'ai d'abord une longue hésitation flottée, en nageant autour de la chambre, et je me rends compte que je chiale, que c'est notre vie que j'ai sous les yeux, et ça me semble tellement abject, tellement loin d'Annah, tellement à côté de ce qu'on aurait dû être et faire que ça me donne la force de surmonter ce que cette Sofia m'inspire. J'éventre en sauvage la bulle, j'entre — et le berceau et les objets dans l'espace, je jette. Sofia vient sur moi et m'enlace gentiment, sa bouche ignoble me mordille au cou, je fais voler sa tête d'un coup de coude et déjà ressors.

À la monade d'Annah, une autre s'est collée aussitôt. Elle vampirise son énergie de façon atroce. Le corps d'Annah enfle et se réduit, au rythme de la succion.

Intuition ? Même pas : évidence. Je comprends sur-le-champ qui je vais devoir déloger. La forme aux joues rondes et au ventre rond, qui fait des gestes ronds dans son cocon oblong, c'est évidemment moi : Papa. Papadannah. Et ce qu'il fout, gère, régule et manipule, pathétiquement, je le devine trop bien. Ce sont les pare-four et les pare-feu, le bloque-gaz, le mitigeur à code couleur contre les brûlures de robinet. C'est aussi la sensibilité de l'écoute-bébé à 8 canaux et 400 m de portée — activation à la voix ; c'est le rendu de la vidéodo et la stabilité au choc de la Kidcam ; c'est la portée du radar de hanche anti-collision, les semelles compte-pas — « *Quand on aime, on compte les pas* » —, le bracelet Anywhere pour la géolocaliser partout, c'est le Santest affiché en permanence sur mon portable avec le pouls d'Annah, sa tension, sa température, sa sudation, les courbes d'hyperactivité et le repérage des plages de pré-sommeil. C'est tout ce que l'accident m'a renvoyé comme un pavé de plomb en plein dans ma gueule ronde de technoconnard, c'est tout ce que sa mort m'a déjà hurlé à m'en fendre les os.

Le Trépasseur a été direct :

— Un classique de l'Enfer, *hombre* : l'alter ego. Prend souvent la forme d'un clone, effet miroir, parfois fantôme. Pas se laisser prendre. Mettre le froid dans sa tête et rire.

Comment je suis parvenu à décoller mon clone de la monade d'Annah ? Rage crasse, j'imagine. J'ai eu une absence, des trous. Quand c'est revenu, je suis là. Devant la monade. Et je regarde sans fléchir. Je m'accroche à l'espoir. Que ce monstre qui bouge comme un bébé froissé, qui se dilate à chaque expiration, à chaque inspi se contracte, puisse être Annah. Je m'accroche à ma quête. Aux mots du Trépasseur, toujours :

— Ce que tu verras est une Annah bouffée. Décomposée déjà. Pas avoir peur. Cette chose parmi les Limbes, c'est sa persistance vivante.

— Une sorte de double ?

— Poupée vibratoire, disons. Semblera chair et sang. N'est faite que de fibres pourtant. Qui vibrent. Chaque fibre est un souvenir vivant. Tant que ça vibre, ça vit. Sinon s'effiloche.

— Qu'est-ce qui fait vibrer le fil ?

— Nous : les vivants.

— Il faut sans arrêt penser à elle pour la ramener vers la vie, c'est ça ?

— Pense harpe. Harpe troubadour. Harpe triple. C'est joli quand on touche toutes les cordes à la fois, non? Fais de ta mémoire singe agile, effleure vers la joie. Souvenir vers avenir. Au son, tu sauras quoi faire.

D'Annah, le double a gardé le buste joyeux, la voix et certains gestes magnifiques — cette façon de courir en jetant les bras, comme un brouillon d'ailes ou un lancer de fleurs à la volée, hop! ou de hocher la tête toujours deux fois quand elle veut vraiment quelque chose, et le naturel du pouce qui vient en bouche dès que l'ennui monte, qu'il faut se replier ou que le monde l'impressionne, un peu. Mais la voix surtout, l'empreinte intacte de sa voix. Les syllabes braillées en saccades — badagaba! batau! poasson! patate! le waff-waff, il est pa'ti le minou elle-est-où-maman? Le oui si court, presque avalé, une merveille. Le non sonore, projeté comme si chaque décibel accroissait d'un mètre cube le volume de sa liberté.

Ça, à l'oreille, c'est bien elle. Je reprends un peu courage pour l'approcher.

Grandir en confiance. Les protéger pour mieux les libérer. Pour leur épanouissement et votre sérénité. Sécuriser l'enfance.

La monade d'Annah brille tel un nid froid. Je n'ose pas y toucher, peur d'échouer, de répéter l'absurde. Elle porte encore sa robe Bior en soie émotive, qui rosissait avec l'excitation et qui nous intimait par pictogramme, lorsqu'elle virait au rouge, de la calmer. La robe est maintenant couleur paille. Annah manipule ses doobots, ses robots doux, qui parlent et s'amusent comme des enfants — la patience infinie en sus, l'agressivité, la chair chaude et les moments fous en moins. Sur ses oreilles est resté vissé son casque-comptine et elle fredonne par son piercing de lèvre qui intègre le micro relié à un dispositif d'orthophonie. Ça boucle et la boucle la fait progresser. Plus vite qu'avec les parents, les études disent. Sous son coude est coincé le boobook, 20 000 contes illustrés — il faisait jeux éducatifs, tablette à dessin, télé, ardoise magique, lecteur de tout et il tournait à l'énergie solaire et à notre paresse parentale. Et devant Annah, indexé sur son champ de vision, il y a bien sûr le ballet des hologrammes, l'interactivité grandeur nature, la présence pleine et spatiale du virtuel. L'hologramme geste-juste qui corrige la tenue de cuiller et le posé de verre. L'hologramme du chat, qui est mort l'année dernière. L'hologramme des parents, avec nos visages animés et nos vraies voix. Holopapa, holomaman, holochachat ! Holo Akbar ! Alleluia ! Optionnel, personnalisé et paramétrable, contrôle parental, s'adapte à chaque enfant… C'était notre catéchisme et notre catéchèse. Avant…

— Épluche l'oignon. Va extraire l'humain, à travers l'écorce. Traverse la coque techno. Avec les mains. Épluche et pleure.

Des deux mains, je m'accroche à la monade d'Annah et je dégage à coups de pied les cocons qui viennent s'y accoler. J'arrive à la stabiliser à peu près sur une orbite et je tente de percer la coque, sauf que la matière n'a rien à voir avec ce que j'ai rencontré jusqu'ici. C'est dur, presque métallique par endroits, et j'entaille avec difficulté une première couche de matière à la périphérie de la sphère. Je tire de toutes mes forces et ça se déchire comme des épluchures — la première est saturée de signes, de lignes, de glyphes et de graphes, on dirait un livre vitré ; la seconde radiote, sonne et blablate, elle semble faite de bruit blanc, de voix mêlées, de bips et de jingles, elle se détache facilement et virevolte dans l'air, emmenant au loin un brouhaha bavard qui s'éteint lentement. La troisième a la texture des écrans souples organiques, l'épluchure est fine et feuilletée, couverte d'images fixes et animées, photos, pubs, clips, logos, je n'arrive pas à séparer les calques, tout se superpose jusqu'à la nausée et j'arrache ça par grandes lames de plastique épaisses, comme s'il me fallait dépecer toute la société de l'information pour atteindre Annah, qui est en dessous, à quelques mètres, qui me regarde et me fait signe d'arrêter. Des larmes coulent de ses joues.

— Annah ! Anouchka ! Papa va te sortir de là !

Ma main a touché quelque chose de solide, de spécial, de sorte que la sphère d'Annah se met à grossir d'une manière sidérante. La surface où je me tiens double, triple et décuple, la courbure s'aplanit à une vitesse irréelle et, après quelques minutes durant lesquelles je suis resté tétanisé par la métamorphose, je me retrouve debout, sur le sol translucide d'une lune. D'une sorte de dune solide, un humanoïde en forme de X descend vers moi et me tend une tablette de reconnaissance palmaire. Sa façon de saluer ?

— Vous êtes très recherché, monsieur. Je suis le Moteur, enchanté. Puis-je vous aider ?

— Bon Dieu… oui ! Je cherche ma fille, Annah.

— Vous avez ses coordonnées ?

— Vous…

— IP, phone, mail, ID ? Un pseudo ? Les sites qu'elle fréquente ?

— C'est une petite fille de deux ans… Elle est morte à Marseille, France, Terre, il y a un mois, avenue du Prado. Je ne sais pas si ça peut vous aider…

— Je l'ai. Annah Callirhoé Meyris. Née le à de et de résidant à…

— Pardon ?

— Latitude 43° 17' Nord, longitude 5° 22' Est.

— C'est par où ?

— Vous la préférez en GPS ? Monsieur ? Monsssieur ?

— Quoi ?

— Je sais tout de vous.

J'ai envie de l'éclater. Je m'avance vers lui. Il ouvre la bouche de stupeur et il dégobille. Il vomit un flot torrentiel de chiffres gras, de grumeaux de dates, une véritable boue d'images liquides qui se déverse sur le sol vitreux et le ronge comme un acide. Une large plaque de verre se décroche et tombe. Dessous, cent mètres plus bas, il y a une autre strate, un autre désert avec un petit culbuto qui court en riant, fuyant la pluie de verre et de données. Je saute sans réfléchir dans le vide, plane et atterris. Et aussitôt je trace, je trace comme un fou furieux à la poursuite d'Annah et un souvenir subitement me monte, se superpose à sa course et se déploie à travers, je cours derrière le souvenir d'Annah qui déboulait à fond les ballons entre les hautes lames de rouille de la *torsion spirale fermée ouverte fermée ouverte fermée* de Richard Serra au musée Guggenheim de Bilbao, je cours et se reforme cette mémoire en miettes, à chaque pas plus intense et précisément — tant et si bien que le corps d'Annah devant moi s'allège et file de plus en plus vite, mon bidouchat, mon jeune caillou, libérant son rire de bouille de loute qui rebondit entre les parois et lève une joie irrépressible. Encore Annah, encore ! Cours ! Fuis !

— Vous voulez bien être mon ami ?

— Où est Annah ? Elle était là, à peine vingt mètres devant moi et elle a disparu !

— Vous voulez bien devenir mon ami ? J'ai soixante-sept amis.

— Où est Annah ?

— Elle est là.

— Où ?

— Quelque part. Vous êtes ici dans le Connecticut. Tout le monde est relié. Personne ne se perd. Nous allons vite la retrouver. Elle est en ligne en ce moment ?

La gamine a des allures d'Alice, avec sa robe boule faite de câbles boas. Elle a un visage de faïence et une voix normalisée.

— Je veux bien être votre ami si vous me retrouvez Annah !

Un air de malice vrille la figure d'Alice. À mes mots, un câble de sa robe s'est dressé. Il siffle et vient se plugger directement sur mon nombril. Ça ne fait pas mal, curieusement. Au contraire : une immense sensation de bien-être et de sécurité. À infiniment plus vaste que moi je me sens relié. Dilué et amplifié à la fois, tout soulagé aussi du poids de mon ego. Alice a déployé dans l'espace sa volée de câbles vers ses 67 amis. La sensation subite de tout saisir à la fois. La planète entière est désormais visible et lisible, limpide et appropriable. Tous les êtres et les choses, hommes et femmes, ciels, sols ou soleils, sont situés et étiquetés. Chaque objet peut être regardé sous n'importe quel axe, focale ou perspective. Tout est individualisé avec clarté. En même temps parfaitement catégorisé et apparié aux objets et thèmes de même champ. Connectivité affine, communication, continuum.

Annah apparaît. Elle est entourée d'amis. Il lui en arrive sans cesse, par vagues. Tous tirent un câble sur elle pour se plugger : dans ses orbites, sa bouche, une oreille, le nombril et le sexe, le plexus cervical, lombaire et sacré, sous les genoux, partout. Annah se débat autant qu'elle peut, mais à chaque câble qu'elle détache d'un œil, un autre vient se loger. C'est ce qui m'est arrivé aussi sans que je m'en rende compte. Je suis devenu aveugle à mon environnement proche. Je vois tout par les liens.

J'ai demandé à Alice de me télécharger sur la zone où se trouvait Annah et de me déconnecter aussitôt. Elle a d'abord refusé, puis elle l'a fait, parce que c'est une amie. C'était trop tard. Quand je me suis matérialisé, Annah avait disparu dans la Carte.

— La Carte ?

— C'est le nom que les amis donnent au réseau. C'est le diagramme de tous les liens si vous préférez.

— Vous êtes qui, vous ?

— Je suis le Désir. Mais ici, on m'appelle Cut.

Il a l'air tout à fait sain et humain, si ce n'est ses pinces coupe-boulons à la place des bras.

— Si vous êtes le Désir, vous devriez être dans le réseau avec les autres…

— Vous croyez ? C'est mon frangin le Besoin qui se balade dans le réseau. Moi je suis là pour couper les câbles. Remettre de la distance. Je les déconnecte. Je casse le continuum. J'aère tout ça, quoi. Ce sont des ados, ils ont besoin de fusion pour s'oublier, pour ne pas avoir à se construire. Je leur apprends à articuler l'écart. Ils n'aiment pas ça.

— Aidez-moi à ramener Annah.

— Elle est déjà passée dans la strate inférieure. Je suis désolé. Ce n'est pas forcément une bonne nouvelle pour vous…

— Aidez-moi, je vous en supplie.

— Vous venez de la surface, n'est-ce pas ?

— Oui…

— Vous êtes en Enfer, vous le saviez ?

— Je ne sais plus rien.

— Si vous êtes là, c'est que vous avez traversé la couche des monades, puis celle de l'Information, pour atterrir ici, dans le désert de la Reliance, qui n'est pas le pire. Je vais vous aider à en sortir. Mais dessous, vous buterez sur l'ultime strate, la plus dure, celle qui décide. La strate des Nornes : la Harpe.

— Qu'est-ce que c'est ?

— Vous verrez… Annah y est.

Le Désir m'a amené à un escalier. Il m'était familier. C'était la descente de granit de Bonifacio où Annah avait réussi la première fois à tout dévaler debout sans nous tenir la main, sans tomber. Debout, libre. En bas des marches, elle était là, à m'attendre. Son visage et son corps étaient presque complets. Une joue manquait encore et ses yeux avaient deux fois leur taille normale, mais je m'habituais.

Dès qu'elle m'a vu, elle s'est mise à galoper en braillant de joie, comme d'habitude. Elle était tellement près à ce moment-là, j'aurais pu la toucher, mais elle fila d'un coup en sens inverse et s'enfuit. L'espace devant nous était infini et plan. Un fin maillage de lignes architecturait un peu les distances. J'ai choisi d'avancer en marchant puisque Annah s'arrêtait de toute façon de courir dès que j'étais à plus de vingt mètres d'elle. Ça a duré des heures comme ça. Je marchais, elle marchait, je courais, elle se mettait à galoper — toujours plus vite que moi.

Je marchais donc et je me souvenais. Et surtout je lui parlais à haute voix. Je lui racontais ce qu'elle avait fait à trois mois, à huit mois, à un an, quelle enfant-soleil elle était. Je lui disais que le premier mot qu'elle avait prononcé était « en'cor », qu'elle avait marché le 1er janvier 2009 sur les dalles vernies de la gare Saint-Charles. Alors le sol du désert se pavait de marbre sur quelques mètres et Annah disait « encore ! » À huit mois, notre escalier de pin clair, celui qu'elle grimpait toute seule, émergea du sol devant nous. Et bientôt le massif de Marseilleveyre avec la lame oblique des Goudes et le cirque de falaise blanche au-dessus de Callelongue où j'amenais Annah randonner dans mon sac à dos ventral, ils commencèrent à s'élever sur notre droite, comme une escorte, par la seule force du souvenir vibrant. Et je ramenais avec le petit port en conque avec les ba'taus, et je formais pour elle l'île de Jarre et l'archipel du Riou, jauni par le soleil de décembre à cinq heures du soir, et la fêlure austère des bunkers sur la ligne de crête… Devant nous, un bout de Méditerranée scintillait par moments en une flaque trouble, d'un grain violet, comme après le coucher du soleil. Il ne fallait pas m'arrêter, je le savais, alors je ramenais tout du plus profond de ma mémoire sur l'étendue vide, parce que je ne savais plus quoi faire de plus, tout ce qu'Annah avait vu, rencontré et découvert, tout ce qui l'avait fait grandir et s'épanouir et qui défiait au cœur cette putain de bulle technologique qui l'avait tuée. Tous nos souvenirs de treks courts dans les calanques, les premiers goélands aperçus tête levée alors qu'elle n'avait que quatre mois, les premiers buissons secoués de mistral, qui fascinaient ses yeux neufs. Et le vilain waff-waff du voisin qui jappait aux chevilles, Cyril et Ka'ine, leur canapé de toile, la terrasse perchée, le 'calier rouge prune, les rochers, le romarin d'hiver, les f'eurs. Bientôt Sofia vint à notre rencontre et Annah se lova dans ses bras et maman fit monter la plage de la Maronaise et le petit sac du bidou qui ne transportait que de l'air, le premier trou d'eau à la main, les câlins du coucher, la c'èche. Le parc Borély, avec les kaanards ; le 'boggan du bateau-épave, tout de bois robuste et la petite plage du port des Goudes, avec son sable sale, ils flottèrent devant nous, tout flous, tellement près. Et la mer ne nous lâcha pas. La mer qu'on distinguait à peine dans notre course, mais qu'on entendait sans cesse. L'écume fraîche contre la digue, le grésillement du sel, qui pique l'air. La mer qui faisait toujours dodo aux yeux d'Annah. Même quand elle était déchaînée.

Après quatre heures d'intenses réminiscences, Annah s'arrêta enfin et elle se retourna pour sourire.

J'avais devant moi ma petite fille.

Ça dura quelques poignées de secondes avant que sa joue ne flageole tant j'étais ému, à ne plus pouvoir soutenir son visage vers l'existence, incapable de la reformer encore et encore, par la seule force de ma mémoire. J'étais exténué.

Elle se remit à courir. Devant nous, l'horizon était de nouveau désespérément lisse. De tout ce que j'avais reformé, seuls résistaient quelques rocs brouillés, issus de ma garrigue.

Les rocs s'effacèrent à leur tour et des lignes apparurent à la surface du sol. Espacées tous les demi-mètres à peu près. Ce n'était que des traces, un guide optique pour la course, une façon d'étirer la perspective au loin, longitudinalement — je n'y prêtai pas trop d'attention au début. D'instinct, Annah trottait en alignant ses petits pieds dessus, comme tous les mômes, sauf qu'à un moment, elle dévia du trait et aussitôt s'enfonça jusqu'aux genoux dans le vide. Un moment plus tard, je ripai à mon tour — immédiate fut la chute. J'accrochai la ligne du bras, réflexe, et me hissai à nouveau dessus, en équilibre, tremblant. La matière même avait changé. La suspension. Le sol. Ce n'était plus une étroite bande de terre, d'environ dix centimètres de large, c'était maintenant une poutre de métal flexible ou, pour tout dire, une sorte de câble à section carrée, oscillant un peu plus de minute en minute et dont les bords, oui, s'arrondissaient. J'étais tout près de rattraper Annah car elle glissait beaucoup et ne devait qu'à son incroyable agilité erratique de bébé de ne pas basculer dans un vide qui s'accroissait jusqu'à la démesure. Par précaution, j'avais pris une ligne parallèle à la sienne pour éviter, par mon poids, de susciter des oscillations trop amples pour elle. Un vent venu de nulle part s'était en outre levé et l'impression d'avancer sur des cordes en plein ciel devenait prédominante.

— Papa !
— Oui !
— Papa !!
— Oui, mon amour.
— Papa !!! Mu'sique !

D'un bond irréfléchi, Annah venait de décoller de sa corde — elle flotta un instant en l'air — puis retomba en ripant sur ce qui n'était à présent, ni plus ni moins, qu'une ligne de vie — pour elle comme pour moi. Le son que produisit ce saut et le léger frotté de la corde fut extraordinaire — un son infiniment profond de contrebasse, qu'Annah répéta quatre fois, sans la moindre crainte, tout en avançant — course, saut, touché de corde, slap, saut, pop, gratté de pied — dans le roulis braillard de ses rires sonores qui scandaient l'intensité de sa jubilation, cette espèce de joie explosive qu'ont les enfants à découvrir, par eux-mêmes, quelque chose de neuf ou d'inouï.

— Papa *fait* !! intima Annah.

Terrifié par le vide, je fis glisser mon pied gauche sur ma corde et un *si* de crécelle sinua dans l'espace.

— En'cor ! cria Annah.

J'accumulais les *si* tandis qu'Annah signait des *do* amples — mais la modestie de mes sons la lassa vite — de sorte qu'elle se mit à sauter latéralement de fil en fil, en multipliant les risques, les zigzags, les pas chassés et les bonds, dérapant çà et là, glissant et se rattrapant d'une corde l'autre avec ses pieds et ses mains tandis que tout autour de nous, dans le ciel, résonnait en écho la musique de ses gestes, aussi puissante que le battement d'une cloche de village et aussi imprévisible qu'un bariolage au violon, sans qu'une mélodie véritablement en sorte puisqu'Annah improvisait au hasard sans écouter encore, sans encore comprendre qu'elle avait aussi le pouvoir de composer, au-delà du son pur. Trille — trémolo — spiccato — staccato — saltati — ricochet, elle balayait, elle réinventait tout. À un moment, fut-ce la fatigue ou l'intuition, elle se retourna vers moi et son visage blanchit. Son bras désigna quelque chose derrière mon dos et sa voix cassa :

— Papa… Laà !

J'eus toutes les peines du monde à accomplir un demi-tour sur ma corde, me stabilisai de justesse et levai la tête.

Le ciel n'était plus qu'une harpe. Au loin, de hautes silhouettes de métal avançaient. Vaguement humanoïdes. Chaque pas qu'elles faisaient tirait des cordes une note terrible, suraiguë. Une mélodie sifflante et ténue, pleine de fausses harmoniques, en montait — une sorte de version viciée de l'*Oiseau de feu* de Stravinski —, si atroce que je reculai instinctivement.

« Si tu vas au bout, tu affronteras les Nornes », m'avait dit le Trépasseur. Et ça, je ne pouvais pas l'oublier.

— Qu'est-ce qu'il faut faire ?

— Fixe leurs pieds et danse !

Les Nornes, une dizaine, étaient maintenant à quelques longueurs de nous et je ne lâchais plus leurs pieds des yeux. La mélodie avait cessé. Seule subsistait la vibration sourde des cordes. J'attendis. Ne pas reculer. Faire face. Le pied d'une Norne soudain se contracta — un crissement de pince — clac ! siffla une corde coupée. D'une enjambée, la Norne était déjà passée à un autre fil, qu'elle trancha aussi froidement — avant de glisser d'un pas chassé sur le mien, puis sur le fil d'Annah.

— Annah, saute !

Mais Annah avait déjà compris et elle avait bondi. Les Nornes avançaient de nouveau sur nous, en cadence, *glissando*, et la mélodie stridente qui naissait sous leurs pas avait maintenant la voracité d'un requiem.

— Cours Annah, cours ! Joue ! Joue musique !

Je ne pourrai jamais dire si Annah me comprit ; si, à ce moment-là, mes mots pour elle eurent un autre sens que l'angoisse viscérale qui rauquait de ma gorge, mais je sus immédiatement au son, sans me retourner, qu'elle avait *capté* — et qu'elle courait avec ses pieds minuscules et ses sauts de chaton bancal, qu'elle galopait à travers les nuages, à l'instinct, sautant chaque fois sur le fil libre, se guidant au son, aux vibrations, qui sait, qui saura ? Moi j'étais déjà sur la première Norne et je la poussais d'une ruade désespérée dans le vide. J'en poussai ainsi plusieurs, mais il en arrivait sans cesse sur la ligne d'horizon et les cordes claquaient sec — sec — dans l'axe d'Annah, dès qu'elle effleurait le fil qu'une Norne avait en ligne de mire.

Subitement Annah s'arrêta. Elle tenait à vrai dire à peine debout, la tête penchée, tintinnabulante, et sa petite silhouette de bidou potelé oscillait droite gauche, en équilibre fragile sur deux fils souples. Pourtant, elle ne tombait pas.

— Rega'der papa !

Alors ses pieds jouèrent, vraiment, et pour la première fois. De là où j'étais, isolé sur un câble, incapable de m'approcher, on aurait dit un numéro de claquettes funambule. Une sorte de rumba-zouk ou de samba-rock pogoté et fou — ça ne ressemblait qu'à elle — les cordes étaient comme frappées et frottées à la fois — et une musique, une musique oui, primaire — commença à en sortir, à vibrer jusqu'à moi, une comptine enfantine et scandée, qui sortait de son subconscient rythmique le plus enfoui et sur laquelle sa voix hasardait quelques paroles :

Jamai-zon-na-vu,
jamai-zon-ne-ver-ra,
la famille tords-tue
cou'rir aprè les rats…

Derrière moi, les Nornes s'étaient figées. De toutes les cordes qu'Annah faisait vibrer pour sa chanson, je me rendis compte qu'elles avaient retiré leurs pieds de rouille. Peut-être parce qu'elles avaient peur, peut-être parce que cette mélopée qui grésillait dans l'âme des cordes jusqu'à elles était quelque chose de tellement étranger ici, porteur d'une vie si perçante, qu'elles ne pouvaient en supporter le frémissement électrique.

le papa tords-tue,
et la maman tords-tue…

Peut-être aussi que quelque chose en elles d'humain y trouvait une trop ancienne résonance, un souvenir coulé brut dans le métal des os et qui, à nouveau, grinçait. Toujours est-il qu'elles reculèrent…

et les zenfants tords-tue,
iron toujour au pas…

Annah en profita et elle s'enfuit — comme je n'aurais jamais cru possible que quelqu'un s'enfuie. Cependant, les ultimes mots du Trépasseur m'étaient revenus et il disait directement dans ma tête :

— Personne sort de l'Enfer. On s'en va pas avec son corps. On le laisse là-bas, c'est plus poli. Sur la Harpe. Sur le Wyrd. On sort avec sa musique de corps. Ou on y reste. T'inquiète pas si la petite court en morceau. Plutôt bon signe…

À toute blinde sur la Harpe, Annah n'était à présent plus que fuite, fuite farouche sur la seule ligne de vie flexible qui lui restait, et elle courait en laissant derrière elle ses mains, ses coudes et ses épaules en une seule coulée de chair ronde, elle courait en laissant filer ses hanches et ses genoux comme des cailloux qu'on sème, elle courait en larguant à la hâte ses pieds de lait frais comme on retire ses sandales ; mais le fil menaçait toujours de se rompre et elle se débarrassa encore de son buste si fin, si léger qu'il se détacha sans qu'elle eût besoin de faire plus qu'un pas décalé de danse-bébé, et alors il ne resta plus d'elle qu'un bruissement de cuisses et de tue-tête, qu'une traînée de sourires mange-bouille qui se propageait en silence dans son sillage. Annah continua à trotter comme un souvenir qui déjà rejette sa mue, et elle dévida son visage en une seule épluchure de peau qui se désenroula dans l'air sans que j'y distingue plus que ses billes couleur de forêt et son nez de petit sanglier qu'elle tenait de moi, et elle alla jusqu'à souffler ses cheveux comme si cette touffe était encore un poids qui pouvait l'empêcher de s'envoler — si bien que la seule chose qu'elle conserva jusqu'au bout, la seule chose qui continuait à provoquer l'espace comme une corde frissonnante arrachée aux Nornes, comme un contre-cri volé à leur requiem rapace, c'était son rire clair comme un bruissement de sable sur un tambour tendu à tout rompre et soudain assoupli et chaud, c'était ce rire qui crépitait comme une pluie vagabonde sur une verrière, c'était ce râle de joie pure dont l'haleine sonique lavait la crasse du monde et décollait la tristesse des bitumes et des murs — et ça, la mort ne pouvait le retenir, encore moins le réarticuler.

Alors Annah, au bout de son fil élastique, au bout de ce filet de lait élégant qu'elle laissait derrière elle, Annah décolla d'un bond et s'éleva à travers le ciel liquide.

*

— Je voulais vous remercier.

— C'est lui qu'il faudrait remercier. On l'a retrouvée où exactement ?

— Au Tiboulen de Maïre, sur un rocher… Elle chantait.

— Ah… Vous savez qu'on dit « la Tortue » ici ?

— Pardon ?

— Le Tiboulen : on l'appelle la Tortue. Elle se souvient de l'accident ?

— Non… Mais elle réclame tous les jours son père… Vous croyez…

— Que vous pourriez aller le chercher, hein ? À votre tour ? Le ramener à la surface ? Bah… Les Nornes, vous savez… z'ont gardé de foutues vieilles règles. Un pour un, c'est comme ça. Si vous le sortez lui, vous y resterez, vous. Pour Annah, ça servirait à quoi ? Papa ou maman ? Ça vaut pas le coup.

— Mon mari a bien réussi…

— Il a réussi à mourir sur la Harpe, ouais, et c'est déjà ça. Au fond, je vais vous dire… c'est toujours le mort qui se sauve lui-même. Qui se sort la tête de l'eau en se tirant par les cheveux. Votre fille, c'est sa musique de sang qui vous l'a ramenée.

L'ermite est d'une beauté déstabilisante. Il me dévisage en souriant. Peut-être que j'aurais dû amener Annah, elle voulait venir. J'aurais tellement de choses à lui demander, à lui. Mais je ne trouve que ça :

— Est-ce qu'elle sera… spéciale… à cause de ce qu'elle a… vécu ?

L'ermite rit franchement. Il prend un caillou dans sa main et le retourne.

— Est-ce que je suis « spécial » à vos yeux ?

— Oui.

— Alors elle sera spéciale. On est tous spécial quand on revient de Là-bas. Ça nous laisse un goût. Amenez-la-moi quand vous pourrez. Je lui apprendrai quelques bricoles sur les pierres.

— Elle viendra. Vous…

L'ermite me coupe. Il me montre du doigt la mer, ou une vague, je ne sais pas, peut-être l'écume ? puis replonge dans mes yeux :

— Juste par curiosité…

— Oui ?

— Elle chantait quoi, votre petiote, quand on l'a retrouvée ?

Le bruit des bagues

À Fabrice Capizzano

Axall Assurances • Réunion d'urgence • Aujourd'hui 08:00

— Audi Beloch, je dirige le Bloc Sérénité Extérieure chez Axall. La situation est la suivante : à 2 h 30 ce matin, la centrale électrique de Paris-Cœur a subi un black-out de quatre heures. Piste probable : attentat. Nos drones ont trouvé une bague dans la nappe de câbles. Areva récupère en ce moment le noyau. On aura une identité dans l'heure avec tous les packs de données : Travail, Famille, Santé, Logement, Assurances, Loisirs, Préférences… Plus le son, ses conversations en site public, des images, toutes ses consommations, tous ses déplacements et leur durée…

— Une bague dit tout sans rien lâcher, vous le savez très bien, Audi. C'est un traceur idéal pour profiler un consommateur et pour lui vendre le bon produit au bon moment. Ça livre rarement un réseau terroriste…

Tour Ikéo • Paris XXXe • Hier 09:00

Je me suis réveillé en savourant les draps. C'est la même chambre, où que j'aille. Calibrée pour les vendeurs multimarques comme moi, sans autre chef que le chiffre, sans horaire ni attache, qui foncent. Comme je fonçais — ¥€$! hier encore. C'est le même studio standard de quatre mètres sur quatre clippé comme une brique de Lego au ixième étage d'une des millièmes tours de Plug-In City, périphérie de Paris, banlieue de partout — la même niche intelligente, qui s'autonettoie et recycle ma pisse — et ce n'est pas la même. Plus du tout, depuis minuit. La perspective a changé ? Pas sûr. Plutôt qu'il y a maintenant ces blés que je sens frissonner en moi, une odeur de souffle. Cet appel d'air. Elle.

Les six faces du studio sont tapissées d'écrans souples. Pour que chaque locataire puisse « personnaliser » son intimité. Ainsi va le rêve : à chacun ses posters, ses clips, ses canaux porno et ses cours de Bourse, son plafond de lagon ou ses nébuleuses à rotation lente. Chacun ses photos fixes de gosse sous assurance-divorce, croisé trois jours par mois, et ses montages d'ex passés en boucle ; chacun ses vidéos d'étudiantes d'un soir, qui s'achètent une formation dans un autre Ikéo avec d'autres écrans et une caméra pour monnayer le malaise. Je ne me serais jamais cru capable de tout renverser d'un coup. Sur quelle base ? Vers où ? Une rencontre ? Oui. Une fille dans un parc dont la ligne d'épaule, quand elle bouge, et sa bouche sans qu'elle sache, ouvrent comme un jour à travers les murs.

Ma cafetière roucoule déjà sans vocaliser mon nom — ce type était bien. Je ne connais pas les affiches qui décorent mon mur. Je ne sais pas comment sera mon café. Je ne sais pas où je suis né et quand, ce que je vends, achète ou négocie, quel est mon style de femme et si j'ai des enfants ; j'ignore absolument quelles sont mes routines de loisirs, mes parcs préférés et mes trajets de référence, où je fais mes courses, si je suis gras ou grand, si je mange bio, light ou fat, avec qui je joue à *Ninth Life* et combien de points Sony j'ai sur mon compte. Je n'ai pas la moindre idée de ce que j'ai lu, dit, bu ou vu chaque jour que Profileur fait, depuis quarante ans. Reset ? Mieux que ça. Je m'appelle « Rem Koolhaas ». M'a dit le hacker d'identité. Je me suis réinventé une vie hier soir, à minuit. Et j'ai vendu l'ancienne — exit Sony Delmas.

Linkin Park • Avant-hier 11:00

La cible oscille à quarante mètres, main gauche, huit heures — trouble encore, presque fuyante. La fille n'a pas l'air franche en trace, elle sort souvent du sentier dallé, s'arrête, m'embrouille. Je lustre l'écran qui colle sur mon avant-bras rasé et j'arme ma bague. La carte s'affine. Le localisateur anticipe une trajectoire curviligne et lente derrière les bambous jusqu'à la sculpture sonore d'Iro Toho, la seule réussite de ce Linkin Park qui n'a jamais réussi à faire se rencontrer quiconque sinon des solitudes en grappe, sur des bancs sériels, qui s'autodébitent sous désir dataguidé leur tutoriel de drague douce. Je sais de quoi et de qui je parle, j'y ai passé dix-huit week-ends, un baiser, zéro miracle. Je respire et j'essaie de me détendre en manipulant bague, casque, écran et micro. Tout est fluide et ergonomique, sous contrôle, tout me répond au doigt et à la voix, ça me rassure. J'ai peur qu'un autre marcheur surgisse et dégaine avant moi. Respire, Sony, prépare tes mantras, ton argu, enchaîne. *Ta bague est ta dague…*

Les packs de données défilent. Timelock à 5 avant contact-cible. Loréal Taj, 24 ans, cliente enceinte de 4 mois, échographie saine, pas de trace du père, quel hobby ? Elle aime lire sur papier. Écouter de la musique acoustique en plein air, les bugs climat, les animaux sauvages, la gratuité, espérer. Bon…

— Bonjour mademoiselle.

— Salut.

L'enflure… Un marcheur mi-lourd, avec une technique paléolithique du coupage de route, m'a soufflé la priorité sur la cible. Je recule et me repositionne en aval du sentier, écœuré. Le puceau au visage d'Italien de clonage travaille aussitôt Loréal Taj, laquelle l'accueille avec un calme souriant, elle semble… heureuse, non, mais presque ravie de la rencontre et désespérément disponible. Le Rital sent sa vente. Il déroule sa gamme *Be Belle avec Bébé*, déplie sa chirurgie plastique et génétique — le forfait seins, le tire-fesses, les vergetures et le kit cellulite. Bide. Il enchaîne sur le môme, ce garçon qu'elle attend, elle ne le savait pas, il gaffe, s'excuse, enchaîne, parle des assurances-vie vite, cause clause délinquance, s'enferre, enchaîne, passe au couffin autoberçant, maman-bis diffusant son odeur, copiant sa peau, chantant avec sa voix, et la baignoire à mode fœtus, et la Blédinappe, et…

Debout, la main glissant parfois sur son ventre qu'on devine à peine, la jeune fille m'impressionne assez vite, elle est fine, désarmante souvent, elle a des gestes spontanés et lestes qui coulent de ses épaules, elle habite ses mots — chose que j'ai tellement appris à contrôler que je ne sais plus rien dire sans le surjouer. Sans apprêt est sa coupe, plutôt courte, lâchée, ses cheveux bouclent à la courbe de la nuque, d'un blond non travaillé, tirant en douce sur le roux, l'iris de ses yeux, un vert mat, à l'envers de toute mode, n'est pas rétrocoloré, ses lèvres ne lipstickent rien, ni rouge ni gloss, elle ressemble à sa photo, une rareté aujourd'hui — en tellement plus vivante, plus vibrante, plus complètement secouée de grâce que j'éteins mon écran de bras et la regarde. Le Rital lâche. Seppuku. Compteur à zéro. Loréal Taj le laisse, s'approche et le parc entier se déplace…

— Loréal ?

— Bonjour… Sony.

— Voilà. Je voudrais… enfin… si c'est possible… selon ce que vous… Je voudrais… vous *acheter*… un quart d'heure… de conversation.

— D'accord. À une condition…
— Accordée.
— Que je vous l'offre.

Axall Assurances • Dérushage son • Aujourd'hui 08:50

— *Vous aimez votre prénom?*

— *Sony? Ben… C'est un nom de marque, comme le vôtre. Ça permet à mes parents de recevoir un cadeau Sony par an. Et j'ai 2% sur leurs produits. Disons que je fais avec. J'aime bien Loréal.*

— *J'ai échappé à Barilla. Cette ville vous plaît?*

— *Ça ressemble à partout. Je suis allé à Rome et Moscou l'an passé. À part les monuments, j'étais chez moi. Pour être honnête, j'ai horreur des capitales. J'ai l'impression de me rencontrer dans toutes les rues. Des marcheurs à chaque pas, qui me vendent ce que je vends, avec le même enthousiasme vide.*

— *Je vous ai regardé en coin tout à l'heure. Vous avez des gestes ronds, vous vous parlez tout seul, vous vous écoutez. Coup d'œil sur l'écran, vous tapotez, vous tournez votre bague, vous vous touchez la nuque. Ça m'a donné une sensation de sphère. Comme si vous avanciez enveloppé d'une paroi de gestes et de sons, avec tous vos gadgets qui se répondent, vous au centre, tout un système d'échos qui forment un monde, comme si la technologie filtrait pour vous le parc, les gens, vous protégeait.*

— J'ai... La bague me rassure, c'est sûr. Elle nous relie à tout, on reste connecté. Elle me situe aussi. En même temps... je me sens complètement à part... détaché, vous voyez? Je visualise les choses, je les entends bien, mais loin, assourdies. Et quand je ressens ça, je bague encore plus. C'est bizarre.

— L'écran fait écran, c'est bête à dire. Il nous coupe de la rue, de la présence des corps. Je parie que vous avez chargé ma photo avant de chercher mon visage, non?

— Peut-être.

— La bague gère si bien les flux de sons et d'images qu'elle nous donne l'illusion d'une interaction, toute proche, intense même. Alors qu'on reste en court-circuit... Moi j'ai l'impression que les gens se mettent en résonance tout seuls. Plus besoin des autres, le feedback nous nourrit, comme une boucle vidéo. Notre rapport au monde se résorbe dans la bague.

— Areva, pouvez-vous accélérer ce blabla et sérier le contenu par pôle sémantique? Il est 8:55. La Holding veut son coupable dans une heure!

— J'ai lancé un rendu en parallèle sur *Collexis*. Vous le voulez tout de suite?

— Sur table, oui.

Rendu par sèmes dominants

- Perte de lien, coupure, citoyenneté mitoyenne, côte à côte, foule solitaire

- Bille, bulle, grain, île, îlien, i-liens, urbanité moléculaire, grumains
- Écorce, enveloppe, cocon, coque, monade, repli, isolation thermique/sociale
- Distancier, médier, fuir, éviter//télérelier, connecter, mettre en réseau
- Feedback, retours, résonance, boucles, systèmes écho-logiques, self-control
- Nomade, flexible, sans attache, cosmopolite, multicarte, schizo//libérôle
- Transparent, visible, traçable, marqué, bagué, géolocalisé

— C'est le rendu théorique, ça ?

— C'est le plus compact que je puisse fournir. Vu l'urgence…

— On est clairement dans une lecture social-critique. La plupart des termes puent le jargon de l'Archipel. Vous avez croisé avec leur corpus théorique ?

— Le lexique colle à 80 %. Chez la fille surtout.

— Faisons bref : Loréal Taj, 24 ans, recruteuse d'activistes pour l'Archipel, rencontre ou repère Sony Delmas, 40, marcheur en bout de course, aucun antécédent, et lui retourne le cerveau en deux heures trente. Deux jours plus tard, on retrouve sa bague dans un rat furtif, hacké pour dynamiter une centrale électrique. C'est plausible ? Qu'en pensent nos égologues ? Que donne le rendu sentimental de leur entretien ?

— La communication sous-jacente, élaborée à partir des inflexions de voix et de la position précise des corps, apporte une interprétation plus…

— Accouchez !

— « *Taquine-t-elle. Rougit-il. Chuchote-t-elle. Lâche-t-il, séduit. Répète-t-elle, soudain émue. Il acquiesce. Elle approche sa main. Il contre-attaque, déstabilisé. Corps en recul, avançant, debout, marchant un peu. Elle, la tête inclinée, légèrement cambrée, jambes croisées, jouant avec sa jupe. Figé, nerveux, très près d'elle, buste en retrait, oscillant. Elle hésite…* »

— OK, on arrête là. Conclusion ?

— Sony cherchait à l'évidence une valorisation externe de son moi. Ego déficitaire… perte de confiance dans ses ressources. Il est en quête d'une présence maternante.

— Il pouvait aller se faire cajoler chez Egoland ! Il l'a fait trente fois en trois ans, d'après sa bague ! Vous voyez pas que ce type est en train de tomber raide dingue de cette fille ? Rien qu'à leur voix ça sent la baise, merde ! On vous paie pour quoi, bande de connards ? Dégagez !

Quartier de l'Horloge • Aujourd'hui 10:00

J'ai pris un cappuccino délicieux sur le toit de Renzo Piano. Sony Delmas appelait ça Beaubourg. Sony Delmas n'avait pas l'idée de prendre un cappuccino, il ne se baladait jamais à 10h le nez au vent et les yeux ouverts. Il n'avait pas un huit avec quatre zéros derrière sur son compte, faut avouer. Ça n'excuse rien. C'est la première fois que j'éprouve cette ville, que je réalise que chaque bâtiment a été *conçu*. Rem Koolhaas était un architecte — il est mort en 2029, m'a lâché le hacker qui l'a ressuscité pour moi. Il m'a laissé ses prises de notes, à la volée, archivées dans la bague, ses éclairs, son regard. Ça remue. Il a un jeu d'une centaine de promenades dans Paris : ses parcours à lui. J'en ai pris un au hasard. J'ai traversé une dizaine de zones (Montorgueil, Rambuteau, le Marais) qui m'étaient hier interdites. Moi Rem, j'ai le forfait Tout-Paris. Je peux emprunter les rues privatisées — un tiers de la ville — et les quartiers « à circulation choisie ». Vous, marcheurs et pauvres, circulez ! Votre ville, ce sont les *junk spaces* des squats et des friches, les cubes plugués à l'arrache sur des tours inachevées, les quais spammés par les anarchitectes avec yourtes, tentes et conteneurs-cabanes. Rem l'a vu, je vous le dis : l'habitat futur sortira de votre chaos bricolé. Le déconstruit, il adore, partir du « tel quel », *as found*. Il est étonnant, ce type. Il me change. J'aime m'adapter à lui, être secoué par ses goûts, guidé par ses choix. Il mange léger, raffiné. Il ne répète jamais d'achat. Il n'a même pas assuré ses organes. Dans sa peau, j'ai une impression poignante de liberté, d'élévation, de découverte. Il me dévulgarise et m'embarque — architecture de flux, rubans d'escaliers, pente fluide — enfouir et intégrer. « Apprécie comment entre et sort la lumière, une merveille. » Je regarde. *« Plus la société se globalise, plus elle tend à se subdiviser »* (Mac Luhan).

J'ai laissé huit messages sur le serveur de Loréal. Pas de réponse. Inconstance ? Ma bague vibre. C'est elle.

— Rem ?

— …

— Écoute-moi et fais exactement ce que je dis. Ne pense pas, ne cours pas, ne panique pas. Tu as un marcheur devant toi à dix mètres avec une veste *Expansion* temps réel. Tu vois la une qui s'affiche sur son dos ?

— Putain…

Black-out : Axall livre le suspect ! Je pivote. Mon visage défile sur les supports, partout : dalles, tram, murs, textiles intelligents. *Sony Delmas. Wanted!*

— Marche droit devant toi… Colle-le. Tourne à droite… 25 m… Droite encore… Passe devant le téléchargeur de livres… Doucement… Caméradar en contrebas… Descends… Traverse la place, mouche-toi, scanner facial… Encore. Prends le second Vélib devant toi… Choisis le pilote auto… Enclenche… Laisse rouler…

— Bon Dieu, c'est toi, Loréal ?

— Je contrôle ta trajectoire. Respire. Tu as deux traqueurs Axall derrière toi à 40 m. Remonte vers les Halles…

Du front, la sueur me coule par nappes, une goutte se loge dans le creux de mon oreille, l'écouteur grésille. C'est bien sa voix — tendue comme un arc. Elle recouvre ses inflexions quand j'atteins la tour Dior dont je passe les trois sas d'une coulée, un miracle.

— Dernier étage. Le loft *Slimane*.

Étage désert, j'avance à tâtons dans un couloir dallé de sarcophages de verre où des corps de femmes, robes Dior fendues, poitrine couverte de tatouages vidéo, jouissent. Leurs cris se diffusent, feutrés, jusqu'à la porte du loft. C'est Loréal qui m'ouvre — un baiser furtif d'une seconde, succulent. J'entre… Une dizaine de personnes, décalées, m'attendent dans un salon hypraclasse. Des baies respirantes ouvrent sur Paris. Casque intégral au crâne, quatre hackers manipulent dans un coin des softballs avec une dextérité fulgurante. Leurs doigts pressent et pivotent la balle de commande pendant qu'ils crient du pur code à jets brefs, comme on gifle.

— Salut à toi Sony. Passe vite ta bague, Axall trace le réseau. On va te délocaliser. Sur les scans, tu seras en réunion au premier.

Je reconnais le hacker qui m'a troqué Rem pour Sony. Toujours cet aplomb *cool*, exaspérant.

— Où je suis?

— Tu comprends ta situation, j'imagine?

— Je comprends que tu t'es foutu de ma gueule! Je suis traqué, enculé!

Loréal intervient:

— Sony, ta bague a été reformatée pour une action. La bombe magnétique devait détruire les données-cœur qui pouvaient permettre de t'identifier, mais la bague a résisté. Axall, l'assureur de la centrale, a récupéré ton profil et l'a aussitôt diffusé. Ils ont tes données biométriques. Et les miennes.

La sérénité de Loréal me désamorce, je prends le fauteuil qu'on m'offre, ça va trop vite.

— Qu'est-ce qu'on risque ?

— La prison Axall. C'est la pire. Vinci et Bouygues limitent le travail à douze heures. Là c'est du quatorze heures, trois cent soixante-cinq jours par an, pendant dix ans. Et dans six mètres carrés.

— Sachant qu'Axall trace les empreintes vocales, la signature gestuelle, la démarche. Et que ces fumiers prélèvent l'ADN résiduel dans tous les lieux publics.

— Ça signifie que tu dois tout changer en toi, Sony. Devenir furtif, comme nous.

— Excusez-moi… je suis largué. Où je suis et vous êtes qui ?

Loréal lance un regard à un quadra avachi, cheveux en vrac, qui se redresse :

— Sony, tu es là dans une des centaines d'îles de l'Archipel. Une île, chez nous, ça peut être un café, un parc, une route, une rame de tram qui roule, ou un loft d'entreprise, comme ici. C'est une unité tactique, toujours logée dans l'angle mort du contrôle. Elle émerge selon nos besoins et disparaît dès qu'elle est repérée.

— Magique. Et ça sert à quoi ?

— Dans une société où tout ce qui n'est pas quantifiable se vend, où l'on assure la vie, s'achète une beauté, des organes, une mémoire, où l'on a privatisé à peu près tout, de la Lune au ciel d'Europe, de la mer

Rouge aux fleuves et aux rues, où toute rencontre se paie, tout service humain a son prix, où les parents signent des contrats avec leur enfant, où les collégiens prennent un crédit pour leurs études et licencient leurs profs, où l'on monnaie l'amour et l'intime, la santé et le temps de cerveau disponible…

— Je suis fatigué, abrège…

— Nous cherchons à ouvrir des brèches. À faire des trous dans la plaque en argent soudée aux os de nos crânes, et à les élargir, ces trous, pour qu'y passe un peu d'air, d'échange pur, de gratuité.

— Vous attaquez des centrales pour ça ?

— Tout ce qui bogue un instant le système et réveille en nous la part humaine, collective, nous paraît vital. Nous vivons dans un monde de monades mobiles où acheter et vendre est devenu la seule chose qui nous relie ! Concrètement, le black-out a obligé les gens à… je sais pas… redécouvrir la nuit. Ils ont été obligés de parler à leurs voisins, ils se sont entraidés. Quelque chose a eu lieu, une poignée d'heures. C'est modeste, bien sûr…

Loréal me regarde, je ne sais comment réagir. Un hacker enchaîne :

— Pour moi, plus on nous connecte, moins on partage. Ici, dans l'Archipel, on cherche à retrouver un côté direct, une sensualité sociale comme dit Loré. Chaque île expérimente, bricole : c'est souvent anar, on se réunit par affinités, pour une action, par exemple construire des yourtes pour les sans-bague ou rouvrir une avenue privée. Perso, j'ai déjà monté un bar furtif gratuit, de pleine rue, qu'on déplace… Il apparaît, il éclate quand un digile le signale, puis se reforme plus loin en concert, en troc gratuit, en pillage, hop, on redistribue !

— C'est un enjeu majeur pour nous : comment échapper à un cadre où tout acte laisse une trace sur une carte ? Où des banques de données, sans cesse, notent et stockent nos voix, nos pas, nos choix ? Renverser ce système ne servirait à rien : la majorité muette consent à sa sécurisation. Plus on l'isole, plus elle réclame cette enveloppe de technologies douces qui s'occupe si bien d'elle.

— Ma bague, mon loft, mes softs. Privatiser, Médier, Séréniser ! Alleluia !

— On peut toujours vivre en marge…

— La marge nourrit le système, s'intercale Loréal, soudain grave. Dans une ville-réseau, couvrante comme la nôtre, personne n'est hors système. Même un sans-bague se construit par le réseau et grâce à lui. Nos corps sont rendus passifs. Ils font conduction pour le courant continu du contrôle, pour la pulsation du fric ! Je me sens câblée du dedans. Des fibres optiques à la place des tripes. J'aimerais me couper ça à la pince, pas vous ? Me faire un beau bouquet de nerfs et vous l'offrir. Je délire, hein ? J'essaie juste, à mon niveau, de crever la bulle qui asphyxie les gens. J'ai commencé par toi, Sony, et je vais en perdre ce soir mon visage. Comme toi. Mais je ne regrette rien. J'ai le sentiment que quelque chose de neuf s'ouvre, traverse tout… Ça respire dans mon ventre, ça…

Tout le monde la regarde, me regarde, elle est à ce moment précis tout à fait irrésistible, partie, le vert mat de ses yeux s'embue un peu, elle n'ose pas se lever, ou peut-être si, elle va à la vitre. Le soleil acheté par Paris I tombe sur ses épaules avec la même clarté joyeuse que ses cheveux. J'essaie de l'imaginer avec un autre visage, en brune, avec d'autres gestes fabriqués pour tromper les logiciels traqueurs. À quoi ressemblerons-nous demain, après la chirurgie ? Qu'est-ce qui lui aura été volé ? Ses lèvres ? Son timbre ? Quelque chose de sa grâce, tellement déjouée et reconstruite que je n'y reconnaîtrai plus rien de ce qui m'a tant bouleversé et arraché à ce que j'étais : un mort ?

Elle se retourne vers moi — toujours cette sensation de fenêtre…

— Comment tu me rêves, Sony ? Plus grande ? Une voix plus aiguë ou plus rauque ? Rouquine ? Dis-moi…

J'aimerais juste que le quarteron de hackers cesse de presser leur balle, qu'ils posent leur casque et dégagent, que tout le groupe sorte et nous laisse seuls, deux minutes ! Le quadra avachi me sourit. Il doit lire mes ondes EEG sans décodeur ou avoir une copie pirate d'*&motion*, le logiciel de lecture croisée geste/visage car il se lève, fait un signe crypté à la troupe et lâche un miraculeux :

— On vous laisse. Vous avez l'après-midi. On revient vous chercher ce soir.

Loréal s'approche. Ses bras fins filent sur ma nuque, je frissonne jusqu'à l'échine, elle m'enlace. À cette distance, je ne vois plus rien, je bois de la couleur, du rouge et du blond au goulot, j'ouvre la bouche pour respirer, elle y cueille ma langue d'une sucée, d'une lampée délicieuse et tout part dans le flou, dans le flou prodigieux d'elle, qui s'offre, là, et se reprend par jeu, et se donne corps et seins, et me dissout. J'ai comme des trous ensuite, je descends, je plonge et je monte, je perds toute notion d'altitude ou d'azimut, de temps ou d'urgence, elle me dit des mots rares, je la regarde enfin, au bout de la caresse, au bout des baisers. Elle a posé sa joue sur sa main, son coude sur le coussin de cuir, son épaule souple laisse bâiller son maillot simple. Elle me sourit sans rien dire, en hurlant tout avec de la couleur. Je ne sais s'il existe une bonne définition de l'amour. Je sais juste que je n'aimerais être nulle part ailleurs avec aucune autre personne qu'avec elle, ici, et maintenant. Sans même y penser, sa main vient lisser son ventre, petit, déjà dense, d'enfant qui pousse. Sous son sweat, je glisse mes doigts puis ma paume entière sur le nombril… ça vit…

De qui est ce môme, je me fous. Il est déjà de nous, il nous attendait. Quoi qu'il arrive, je ne peux pas supporter l'idée qu'on modifie Loréal, qu'on touche à la forme de son visage, au dessin de sa bouche, à ses mains, qu'on dépigmente ses prunelles, qu'on lui retimbre sa voix en trafiquant sa glotte. Il y a forcément une autre voie, une autre île dans l'archipel qui échappe au contrôle. Je pense au huit avec des tas de zéros derrière que j'ai sur mon compte Rem Koolhaas. Je pense à sa phrase célèbre : *« Fuck the context ! »* Je pense à un riad de la médina de Fès où je sais pouvoir nous cacher longtemps. Pas par avion, pas par le train : y aller en voilier. L'Atlantique jusqu'à Rabat, sans passer par Gibraltar. Puis Meknès, Fès. Jouable.

— Je voudrais qu'il vive libre, avec nous. Je voudrais qu'il ne soit jamais bagué.

— Qui ? Lui ?

Loréal effleure son ventre de l'index et sourit, mutine. Je lance :

— Ou elle…

— Tu as quelque chose à nous proposer ?

— Moi non. Mais Rem Koolhaas a des tas d'idées… Et les moyens de ses idées, surtout. Tu es prête à le suivre ?

Elle paraît hésiter quelques instants. Une moue brève la déforme, elle souffle sur ses boucles et dégage son visage d'un mouvement vif, enfantin. Lorsqu'elle quitte le sofa, on dirait que son corps se lève d'une coulée. J'attends, raidi. Au moment précis où je me glace, en anticipant un « je ne sais pas », elle lâche du haut du ciel, avec une déroutante et splendide nonchalance :

— On y va ?

C@PTCH@

À mon frère

1. ABSTRACT

La légende urbaine réticulée autour du sème c@ptch@ est constituée de 314 fichiers de type texte, son et image, auxquels s'ajoutent des flux de streaming et podcast, une cinquantaine de narratars, des sites actifs et dormants, le tout complété et souvent corrompu par un petit millier d'applications exécutables, certaines de nature virale. Les formats utilisés sont sans cohérence, tour à tour normalisés et libres, avec une prédominance de code source fantôme de type frisson, ratava et tatar, de videus ex machina issus directement des intechtes et des drones et de données numériques compilées à partir des banques de capteurs physiques par des IA propriétaires, que nous avons annexés à la fiction.

Les hypothèses de constitution de ce corpus qui, assemblé, forme la légende de la c@ptch@ sont les suivantes :

1. Un récit à narrateur subjectif unique, vraisemblablement humain, obéissant aux critères de production textuelle référencés sous le nom de science-fiction ;

2. Une fiction autogénérée à partir de réseaux sociaux robotisés (résoros) sur la base de forums automatisés, de twits et de tchats mis en chambre d'échos et ayant franchi de façon artificielle le seuil de développement autonome Mucchielli ;

3. Un narraver très puissant d'origine Black Hat métabolisant à chaque réplication des matériaux narratifs hétérogènes et néanmoins convergents ;

4. La production fictionnelle d'un avatar narratif (narratar) issu de la dématérialisation récente d'un enfant de la zone libre et bénéficiant, pour substrat nutritif, d'une infosphère saturée en éléments de récit (scénarios, faits divers, rumeurs, flux RSS, scripts, nouvelles, romans…) ;

5. Le reportage documenté, bien que fragmentaire, de la construction de l'International Business District de Songdo en Corée du Sud, de 2006 à 2015.

Parmi ces hypothèses, seules les N°2 et N°4 ont un taux de probabilité supérieur à l'epsilon.

La version monomédia que nous donnons ici à lire a été formatée en mode page à partir du protocole de sémantisation son-image-texte de Log Golem Corp. Nous déclinons toute responsabilité pour les approximations sémantiques résiduelles du récit.

2. CONTENT

[FICHIERSON # TOM2102]

— C'est comment là-bas?

— C'est chouette…

— Dis-moi la vérité vraie.

— Ça va vite…

— T'as l'impression que t'es… vivant?

Le cran est tout pâle. Mon frère Primo, il est bleu blanc maintenant. Il sourit puis l'image rembobine toute seule. Et il re-sourit, pareil. J'ai plus que deux briques, ça va couper tantôt.

— Ça veut pas dire grand-chose ici, Tom. J'ai plus besoin de manger, tu sais…

— Tu me manques.

— On m'a vu 102 fois. J'ai 44 amis et 203 visiteurs uniques/jour, juste pour hier. Je tiens le coup. Fais ma pub!

— Me laisse pas tomber, Primo…

Le cran a clignoté puis s'est éteint dans ma main. Ya plus que Touffe qu'est pas partie. Les autres, ils ont rejoint le feu. Touffe, c'est ma meilleure copine. J'ai pas envie de partir à la chiale devant elle. Elle me dit:

— Il parle déjà comme un vatar, ton frelu. Pas vrai?

— Chais pas… C'est sa voix quand même.

— Il était à combien de la Lande quand ils l'ont démat'?

— Cinq cents mètres…

— Woooa, il était arrivé !! Personne a été foutu de le trapper de l'autre rive ?

— Mon papa, il a couru vers lui mais on lui a volé sa vue. L'enculomètre…

— *L'oculomètre.*

— Ça l'a veuglé d'un coup et il a tombé. Alors mon frère, il a tout zappé et il a couru à la gouzarde. Il a rien calculé…

— C'était beau. T'as vu les images ?

— C'est mon frère qui m'a dit.

— Moi j'ai vu une vidé. Il avait encore tout, ses bras, ses jambes, ses œils, sa voix, son poids, tout son cœur et son caca dans lui, il était encore tout viandu de bas en haut, jamais vu quelqu'un aller aussi loin dans la Ville debout comme ça !

— Je sais ! Mon frère, c'est le meilleur.

— Les capteurs lui ont tout pris en dix mètres. Même pas. Ils l'ont dématé sur place.

— Touffe…

— Quoi ?

— C'est possible. Mon frère dit que c'est possible, Touffe.

— De traverser ? Possible *de traverser ?*

— Oui.

— N'essaie jamais, Tom. Jamais. Tu m'entends ? JAMAIS !

— Je vais pas essayer. Je vais… Je vais le faire.

— T'es ouf ! T'as quatre ans, petit chat !

— Quatre ans *et demi.*

[PODCAST # MAMTOM2102]

De mon drone tombent chaque soir les mêmes images, les mêmes cinq ronds nets des feux de camp agglutinant les mômes, à la lisière sud de la Ville, entre l'asphalte et la mer de lait, la décharge et la plage, dans ce que les plus grands ont baptisé *le Libre* et qui n'est qu'une steppe boursouflée de buissons et jonchée de machines, où la seule chose qui se mange se désosse directement des boîtiers. Tom et Touffe s'approchent du plus petit feu. Des souris sans fil rôtissent sur une grille d'aération. C'est la même éternelle pitance qui grésille, immangeable pour un adulte, quotidienne et digérée par eux. Tom prend une brochette de touches de clavier, enfilées sur un câble, et croque ça comme du caramel noir. Ça me retourne à chaque fois l'estomac. Il mord avec une telle faim qu'il arrive à peine à desserrer les molaires pour la seconde bouchée. Chaque mastication suivante lui silicone un peu plus la mâchoire. Sa copine Touffe agrippe une part de disque dur, tranchée en triangle, et l'avale d'une becquée comme si c'était une quiche. La vingtaine d'autres mômes mâche des cartons d'emballage découpés en salade et assaisonnés d'encre jaune et magenta. Je zoome sur les paraboles qui servent de gamelle, j'essaie de stabiliser l'image et de directionnaliser le son. Tom me fait un vague signe de la main — « Salut… » ou « Lâche-moi ! », difficile à dire.

— Y a ta mère qui nous pompe le pixel, vocifère un gosse qui arme son lance-pierre vers mon drone.

— Laisse maman tranquille, dit Tom. Maman nous aime.

J'ouvre la trappe du drone et j'en fais tomber huit mandarines. Au sol, c'est une explosion de clefs de bras et de coups de coudes, de judo sauvage et de loi du plus grand. La redistribution se fait au quartier près. Le silence qui suit la coulée du jus dans les gorges est l'autre cri de la jouissance. Précieusement, les pelures sont stockées dans un sac et cachées sous une pile de câbles.

[STREAMIN # TONITTFOU2302]

Je voudrais rester l'œil sur les flammes. À leur tourner le dos. Je voudrais ne pas me lever quand la clameur tonne, quand tous ils se lèvent et galopent en braillant. Toutes les bandes, tous les âges, de trois à vingt ans, tout ce que le Libre compte de chiards aptes à poser un peton devant l'autre, tous, ils ont posé leur gamelle en vrac et ils sont debout, à beugler, à piailler, à sprinter comme des dératés jusqu'à la frange pour avoir les meilleures places. Pour pouvoir plaquer leurs naseaux de mômes éberlués contre la vitre immatérielle de la frontière, à l'extrême bord du premier trottoir, des premiers capteurs. Regarder le triple écran de vingt mètres par trente où *ça va se passer* — où ça se passe, chaque soir. La c@ptch@! Le plus impressionnant n'est même pas les grandes façades aveugles des trois barres d'immeuble où scintille le générique. Ce n'est pas la lumière réfractée, l'orgie de lumens, qui suffit à éclairer la steppe une demi-heure durant. C'est le jingle lancinant tonitrué par les haut-parleurs avec une fidélité sidérante de souffle, si doux d'abord, si rêche, cette guitare sèche qui slashe et que double vite une batterie mate comme une marche — et déjà on avance au pas, déjà on vibre de bas en haut, cœur et os, comme un bloc de béton… Le Libre n'est plus qu'une harde de louveteaux qui houle à la lune, fondu dans le jingle, plus qu'un long riff de pur grésil qui nous démolécularise l'âme pour mieux nous électriser la tripe — synchrone.

Oooooooouuuh — stop!
With your feet in the air and your head on the ground
Try this trick and spin it, yeah…
Your head will collapse But there's nothing in it And you'll ask yourself
Where is my mind?
Where is my mind?
Wheeeerrrre isssse mailllle mind?

Et chaque soir, je me dis que j'aimerais trouver un chant de révolte pour nous, un chant qui nous secoue des pieds jusqu'aux joues qui soit aussi simple, âpre, mélancolique et arrache-âme que cette introduction volée par la Ville aux Pixies, qui lance sur orbite la c@ptch@. Ce ne sont pas leurs images qui nous sidèrent et qui nous piègent. C'est ce rock, qui dit qui nous sommes mieux qu'aucune des gueulantes de Toni Tout-Fou, le fugueur qui vous parle : oim.

[VIDÉOTOMAT # PORTALC@PTCH@2302]

— Héros et héroïnes, approchez ! Approchez du Paradis !

La voix sort de nulle part : j'ai vérifié cent fois. Elle flotte puis rayonne. Il y a une vingtaine de candidats dans le box. Le plus jeune doit avoir cinq ans. Ils sont déterminés, hagards ; ils sont paumés. Certains sont candidats depuis un mois et n'ont jamais été tirés au sort. Ils trépignent. Tous, ils ont les yeux rivés sur l'avenue devant eux, à tenter de déchiffrer la position des nouvelles dalles, des capteurs fixes et des caméras biométriques. À repérer les nids d'intechtes, le trajet routinier des rats d'art au sol et des drones à mi-ciel. Ce qu'ils vont pouvoir facilement éviter. Ce qu'ils vont pouvoir brouiller parfois, leurrer peut-être, saboter qui sait ? Et ce qui semble inesquivable… Tout autour d'eux, ça pépie et caquette, ça encourage et ça commente, ça donne des conseils aux copains et ça retrace sans cesse dans sa tête le meilleur trajet possible, la plus pure fuite qui puisse s'imaginer, celle qui nous mènerait à l'autre bout de la Ville. Entier. En chair.

— Gaffe au capteur de démarche : sixième dalle à droite.

— Détecteur de poids, dalle blanche, après l'abribus !

— Un essaim, juste au-dessus du lampadaire, celui avec la poubelle…

— La poubelle cache un gyromètre, comme d'hab…

Pendant que ça jase, les écrans géants passent le résumé de la c@ptch@ d'hier : Sam Riderche, 11 ans, qui nous a claqué un petit 26 % : 1 208 mètres parcourus avant d'être dématérialisé par une stique, qui lui a pris sa tension, son pouls et sa température avant de faire de son sang une colonne de chiffres. Il n'a rien laissé dans le réel, Sam, à part son odeur, comme beaucoup, qui flottera dans les rues jusqu'à ce qu'un nez électronique l'abstraie. Mais il est déjà là, dans le réseau, à nous enfler l'infosphère, comme tous ces putain de vatars.

— Alors Sam, comment tu te sens ?

— Je me sens *vite*, brillant. Ça pulse, je débite.

— Est-ce que tu peux revenir sur ta course ? Comme on le voit sur les images, tu pars très bien, en esquivant le tachymètre et deux caméras à reconnaissance de forme avant de perdre ta première main sur un lecteur palmaire puis ta voix sur un microphone de poteau, pourtant assez visible…

— La voix, c'était pas important pour moi. C'était surtout les oculomètres et les iriflasheurs que je voulais absolument éviter parce que la vue, c'est la clé dans la c@ptch@ ! Si on vous démate les yeux, c'est fini…

— Tu perds ensuite tes deux pieds sur une dalle à détection de démarche et tu continues sur les tibias. Ça fait quel effet de courir sur des bouts d'os comme ça ?

— C'est pas si désagréable, on gagne même en vitesse…

— Là, on te voit leurrer un accéléromètre en jetant une poignée de puces RFID puis deux procédures d'identification en lançant des portables dans le champ des capteurs… Est-ce que c'était pas un peu tôt, Sam ?

— Je… J'ai un peu paniqué, c'est sûr… J'aurais dû en garder sous le coude.

— T'as par contre très bien géré les caméras, au lance-pierre et à la bombe…

— Je m'étais beaucoup entraîné au camp, j'ai pas de mérite !

Des rires de complicité éclatent, en gerbe, de diverses grappes d'enfants. L'écoute près de moi est forte, méfiante, souvent goguenarde. L'animatrice marque une pause, sur un ralenti étrange et saccadé où l'on voit Sam se mosaïquer lentement…

— À quel moment tu t'es dit que t'irais pas au bout ?

— Quand j'ai perdu ma main droite et que j'ai vu la nuée d'intechtes arriver de la place. Avec mes poignets coupés, j'avais plus rien pour leurrer et j'arrivais pas à brancher le brouilleur.

— T'as eu peur ? Dis-nous franchement !

— Non… J'étais prêt à la démate. Raide-ready ! Je la voulais !

— On voit ici la stique qui va te patcher et prélever tes données vitales… Outch… Ça t'a fait mal ?

— Du tout ! C'est comme un coup de jus ultra-rapide. Tout s'accélère et devient lumineux, on part dans le réseau, on ne sent plus rien, ça file…

— Tu fais maintenant *partie* du réseau. Bienvenue Samar ! Tu survis sous quel format ?

— Pour l'instant en vidéo compressée et en fichier texte. Beaucoup de mes datas personnelles sont perdues, je crois. Je n'ai plus ma voix et presque aucune donnée corporelle. J'ai quand même été téléchargé 330 fois et je suis cité 54 fois sur Twister.

— C'est un début Sam, et la Ville va t'aider ! Nous allons te mettre en page d'accueil, ça va booster ton audience ! Et tu seras peut-être repris en avatar dans un jeu massivement multijoueur, qui sait ? Nous te souhaitons beaucoup de liens, Sam ! Viva qui ?

— Viva la c@ptch@ !

[VODCAST # PORTAL/C@PTCH@2402]

« Et notre champion du jour, qui va avoir l'immense honneur d'affronter la Ville pour notre 160ᵉ c@ptch@ est… Carlito Photosmart. »

C'est le môme de cinq ans que j'avais repéré. C'est la première fois qu'il candidate et bingo ! Sa sœur, Najate, je la connais bien, elle s'approche du box, avec, sur son visage d'ordinaire doux et rond, un masque de panique et de fureur :

— Carlito ! Sors tout de suite de ce box !! Sors !

Une teigne le frérot, un vrai gadjo, tout en insolence et sauvagerie rentrée. Il la toise :

— Kès-tu veux ? Lâche-moi !

Najate hésite quelques secondes entre l'autorité brute et l'argumentation. Elle choisit :

— Tu vas mourir, Carlito. Mourir ! Dans dix minutes, t'es mort ! Les capteurs vont tout te prendre ! Tes mains, tes pieds, tes bras, ton ventre !

Tes yeux et ta tête de mule, tout ! Tu comprends ça ? Tu vas te faire démater en quatre foulées ! Pfffuiit ! Terminé !

— Tu me soûles… Le réseau, c'est la vie aussi !

— C'est pas la vie, Carl. C'est pas *ça*, la vie. Tu vas devenir un pixel, un bit, une information… Tu sais ce que c'est une *information* ? T'as déjà vu une information manger, rire ? Te faire un bisou ? Un gros câlin ?

Najate vient de franchir la barrière du box. Une dizaine de candidats, par réflexe, par identification sans doute, se sont entremis entre son frère et elle.

— Fous-lui la paix, la *sister* ! Carlito suit son instinct, il a ses raisons.

— T'as pas à décider à sa place : c'est sa life !

— SA life ? À cinq ans ! Il sait même pas se faire une brochette ! réplique Najate.

Autour du parc, la tension est montée d'un cran. Des bandes se forment, le sable crisse. Petits pas chassés et appuis nerveux. Je fais un clin d'œil à Toni, qui me le rend avec son sourire franco et sa belle gueule de cow-boy qui pense. Il a sa parka en alu sur sa chemise rouge, et ma trompe électrique en bandoulière sur la poitrine. Chiche qu'il fasse péter le prout ! La poussière de ciment charge les langues. Les arguments fusent :

— La c@ptch@ n'est qu'une grosse arnaque ! Tout le monde le sait ! Ils ont inventé ça pour nous croquer un par un, tranquillos, sans violence. Regardez-vous : vous vous battez même pour y aller !

— Combien on est aujourd'hui dans le Libre ? Deux cent cinquante ? On était combien il y a trois mois, hein ? Quatre cents ?

— On est deux cents cinquante parce qu'on crève de faim dans une décharge et que nos parents viendront jamais nous chercher ! Notre seul espoir, c'est le réseau !

— C'est la c@ptch@ !

— Viva la c@ptch@ !

— Vous n'êtes qu'une bande de vatars ! Regardez ce qu'ils deviennent, les dématés ! Regardez Sam, putain ! C'est qui aujourd'hui ? C'est qui ? Une vidéo de trois minutes qui repasse en boucle ! Dix fichiers texte, un gif animé, deux pauvres jpeg et une base de données ! Au mieux !!! Hier soir, Sam était encore un petit gars de chez nous, avec une peau et de la salive dans la bouche, je lui tirais des pénos et on rigolait ensemble. Aujourd'hui, il a sa bouille en vingt mètres par trente — sauf que c'est plus sa bouille ; et il nous parle — sauf que c'est plus sa voix ! Vous calculez ? C'est pas *lui*. Sam est mort.

Un post-ado de près de deux mètres s'est approché de la barrière. C'est Rote-Éric, le type même du « faites-ce-que-je-dis » qu'a jamais osé poser un orteil sur l'asphalte de la Ville mais qui rêve d'être un métavers à lui tout seul. Quand il jacte, ça sonne comme un infomercial pour le réseau :

— On dirait que vous avez peur de grandir, les petits chairis. Écoutez-moi ça… Ça respire la trouille de bébé ! Si vous voulez ramper dans une décharge jusqu'à la fin de vos jours, comme mes chenilles, libre à vous ! Mais grandir, c'est accepter la mue — je veux dire la digitalisation — et laisser sa chrysalide ici, sur le sable. Sans regret ! C'est devenir un papillon qui se déplace à la vitesse-lumière, qui a accès à toute l'information du monde, en un battement d'ailes, à tout moment ! Accès à *tous* les univers possibles, pas seulement à *un* univers, pas seulement à *un* ici et à *un* maintenant, toujours le même ! Grandir, c'est réaliser qu'on peut s'arrêter de faire pipi-caca un jour, vous ne croyez pas ? Arrêter d'avoir faim, d'avoir soif, de devoir dormir pour se régénérer, d'avoir mal ! Le réseau vous offre ce rêve magique : expérimenter une nouvelle manière de vivre, de penser et de sentir le monde. Quitter enfin le réel qui sue et qui pue. Et pour toujours !

— Si c'est tellement caca notre réel, pourquoi t'y vas pas tout de suite, te faire dématérialiser ? Va le retrouver ton réseau-chéri, Rote-Éric ! La Ville attend que ça : qu'il n'y ait plus un corps en vie, nulle part, juste des datas.

— Je respecte vos peurs. Je suis là pour accompagner la transition…

— C'est ça…

— Rote-Éric a raison. Il faut accepter la mue. Personne ne survivra dans la steppe plus de six mois en bouffant du plastique. Notre avenir est dans le réseau, avec tous ceux qui ont eu le courage de franchir le pas et qui nous montrent la voie, tous ceux qui comptent vraiment !

Je ne peux plus entendre ça. Je casse le cercle d'un coup d'épaule et me plante au milieu :

— Je vais vous dire, moi : vous rêvez de ce que la Ville vous vend, vous met dans les oreilles et devant les yeux. Vous rêvez des avatars les plus enviables, les plus rares : devenir une Radio Rock, tiens, ou une œuvre d'art numérique, un forum hyperfréquenté ou plus fort encore : vous réincarner en jeu de rôle massivement multijoueur, wouahou ! Pouvoir être toutes ses maps et ses persos et ses combats à la fois, accueillir en soi des millions de joueurs qui vont bruisser dans vos viscères, grossir chaque jour… Jouissif, hein ?

— Vous fantasmez sur des minots qu'on a ressuscités en application fun ultra-utilisée. Vous vous dites que vous pourrez être une héroïne de dark fantasy personnalisable… Mieux : un réseau social à vous tout seul !

— On veut juste être fluide, léger. Rien de plus. Juste pouvoir circuler sans contrainte en arrêtant de crever de faim.

— Vous rêvez qu'on vous programme, qu'on vous corrige, qu'on vous débugue, d'être l'image la plus vue, l'information la plus cliquée, le mot-clé qu'on indexe partout, un même. Vous voulez être le ver dans le réseau, un botnet, un virus qui mute, la ligne de code qu'on s'arrache, une backdoor. C'est ça qui vous fait briller les yeux !

— Vous voulez qu'on vous reboote quand ça va mal, qu'on vous télécharge quand vous flanchez.

Et qu'on vous mette à jour quand vous ne vous supportez plus !

— Vous finirez en image fixe ! Voilà la vérité de la c@ptch@ !

— Vous terminerez en feuille de calcul ! En camembert 3D !

— Des datas !

Les candidats n'ont pas supporté et les coups pleuvent. Ma bande me protège sauf que j'en prends quand même plein la gueule. À la fin, Carlito est parti droit devant — dans la Ville — sans demander son reste — et les caméras filment. Ça stoppe la bagarre. Il fait quatre-vingts mètres et n'a déjà plus de forme : la biométrie lui a tout pris. À cent vingt mètres de la lisière, il se retourne, fait demi-tour et court vers sa sœur, qui est restée debout, tétanisée par la trouille, sur l'étroite bande de sable qui borde le premier trottoir, juste à côté du parc d'où il a fui. On comprend qu'il regrette, qu'il veut revenir. Il est maintenant si près de nous que personne ne regarde plus les écrans. Il court à toute berzingue en hoquetant « Najate » mais ce n'est déjà plus un môme, c'est plutôt des jambes avec deux boules blanches informes au-dessus, à la place du tronc et de la tête. Les jambes se dissipent sur une dalle : la plus grosse des boules roule au sol et se dématérialise en passant sur un détecteur de poids, la plus petite rebondit comme un ballon de volley et file droit vers Najate, qui tend instinctivement les bras. Ce qu'il reste de la tête de son frère vient se lover dans ses mains. On dirait une balle de chiffon, sans nez ni bouche, mais avec les deux yeux verts intacts, grands ouverts, gelés dans une expression de terreur enfantine totale.

[TXTHACKED # PROTOBORGÈS2702]

L'univers (que d'autres appellent la Ville) se compose d'un nombre indéfini, et peut-être infini, de places hexagonales. De chacune de ces places partent six avenues. Chaque avenue est bordée de huit bâtiments accolés de seize mètres de large sur seize de long qui s'élèvent et s'enfoncent au-dessus et en dessous du sol à une hauteur aléatoirement fixée entre deux et huit étages. Le rez-de-chaussée des bâtiments est tantôt plein, tantôt ajouré par un jeu de colonnes en béton entre lesquelles s'ouvrent des cours intérieures terminées par de minces impasses.

Au bout des impasses, il y a un miroir, qui reflète fidèlement la cour. Les adultes en tirent conclusion que la Ville n'est pas infinie ; si elle l'était réellement, à quoi bon cette duplication illusoire ? Pour ma part, je préfère rêver que ces surfaces polies sont là pour figurer l'infini et pour le promettre...

Chaque avenue est bordée d'un trottoir, dallée de détecteurs, striée de zébras et régulée par d'inutiles feux tricolores bleu, bleu vert et vert qui abritent les caméras thermiques. Le long de chaque trottoir se dresse un jeu sériel et néanmoins stochastique de plots, plaques, pylônes, poubelles et poteaux, doublé par une distribution aléatoire d'éléments de mobilier urbain de type abribus, banc, bornes, bac et barrière, chacun de ces éléments n'étant qu'un habillage anthropoïde abritant une batterie compacte de capteurs tactiles, olfactifs et optiques, kinesthésiques et cinétiques, émotionnels et cérébraux.

[DRONE MAMTOM @ TONITTFOU]

Toni, pour répondre à ta question avec le moins d'émotions parasites possible, je te mets en copie la synthèse de notre Assemblée Générale de juin. Quatre certitudes sont désormais admises dans la Communauté des Adultes. Les voici :

a) D'est en ouest, l'espace urbain s'étend sans limite visible, si bien qu'il est impossible de contourner la Ville ;

b) Du nord au sud, la Ville fait à peine cinq kilomètres de large. Elle est en expansion lente vers le sud, gagnant sur le Libre environ un mètre par jour. À ce rythme, il faudra huit ans pour que la Steppe soit intégralement architecturée et quadrillée de capteurs ; huit ans pour que l'asphalte vienne lécher la mer de Lait. Ces huit ans sont l'espérance de vie maximale de nos bébés ;

c) La séparation adultes/enfants, pour énigmatique que reste son origine, ne souffre pas d'exception. Les deux communautés d'âge vivent de part et d'autre de la Ville sans parvenir à la moindre rencontre physique malgré les centaines de tentatives courageuses de traversée, issues des deux rives. Les échanges demeurent heureusement soutenus mais ils sont virtuels et passent par le réseau, qui est le nerf, la lymphe et le sang de la Ville. Quelques rares drones piratés et reprogrammés par des adultes ont permis des liaisons directes et cryptées hors réseau (comme celle-ci). Cette indépendance nouvelle a rendu possible l'élaboration commune, depuis quatre mois, du projet de la Ruée, lequel doit demeurer absolument secret ;

d) Les couples féconds qui font l'amour dans la communauté adulte aboutissent à des grossesses désirées et à un développement tout à fait normal du fœtus jusqu'au terme. L'accouchement, par contre, est extravagant. Les mères donnent naissance à « de la lumière », selon une expression spontanément recueillie auprès des pères. Le cordon ombilical a la forme et la texture d'une fibre optique. Le placenta s'apparente à un plasma électrique tiède. L'enfant est sans matérialité et ne manifeste sa présence que par un halo souple de neige qui se dissipe dès qu'on coupe le cordon. Alors qu'on le croit inexistant ou perdu, le bébé vient au monde cinq kilomètres plus loin, dans le Libre. Son frère ou sa sœur le trouvent d'instinct en creusant la terre avec une précision inexplicable. Le bébé est généralement protégé d'une gangue de silice couverte de chiffres, lesquels s'effacent au toucher. Lorsque le bébé est le premier-né d'un couple, il est courant de le découvrir affleurant sur la plage, léché par les vagues d*e lait.*

[INVIDŒIL # TONITTFOU2802]

La Ruée, c'est une idée de Portal et moi, une idée de gosse un peu désespérée, qui avait surgi en jouant à l'épervier. Chaque soir, la c@ptch@ accapare, sur un petit kilomètre carré, les forces volantes de capture optique (drones, intechtes, abœils…) qui délaissent, par contrecoup, leurs routines dans les avenues adjacentes. Ça ne crée pas de trou, à proprement parler — la Ville n'a pas de trou, elle n'a que des mailles plus ou moins férocement serrées — mais ça aménage un espoir. C'est cet espoir que nous essayons de faire vibrer, avec Portal, dans le cœur des trente gadjos de cinq à quinze ans qu'on a réussi, très discrètement, à intéresser à notre projet, et qui sont là ce soir, le nez dans leur fricassée de touches, à nous écouter sans savoir si nous leur promettons la liberté, le carnage ou la mort. Adapter notre vocabulaire aux petiots est le plus délicat, ne pas les manipuler malgré nous une gageure. Quoique grégaires, les ados sont déjà, eux, très autonomes. Portal, je le connais depuis l'âge d'un an ; il en a dix-sept. Il fait tellement plus par sa maturité, son ironie, sa rage construite contre la Ville. Nous sommes presque jumeaux, nos parents sont potes, il est roux autant que je suis brun, bouclé autant que je suis filasse et il me rend une dizaine de kilos avec la même musculature. Je fatigue, alors il monte au front :

— Bref, si l'on envoie l'un de nous en solo au casse-pipe, il va centraliser sur sa fuite toutes les détections et ce sera c@ptch@-like : zéro chance. Par contre, si on part tous au même moment, par différentes rues, à trente ou cinquante, en s'épaulant, en se protégeant les uns les autres, en se donnant l'alerte dès qu'on voit un capteur, est-ce qu'on n'a pas plus de chances de passer ?

— C'est clair que oui !

— C'est ça l'idée de la Ruée.

— Mais on partirait à combien ?

— Ça dépend de vous. Plus vous recrutez, plus on aura de monde, plus on a de chances de passer. Mais faites-le hyper-discretos et auprès d'amis en qui vous avez 100 % confiance. Si ça s'ébruite sur le réseau…

— Ça veut dire quoi « C'est bruite » ?

— Si ça se sait, Matis. Si des gens en parlent sur le réseau, alors la Ville nous chopera tout de suite.

— Comment on sait que le réseau c'est pas bien ? Y a plein d'anciens qui disent qu'ils sont heureux là-haut.

— T'as regardé la vidéo de Toni ? Celle d'hier ?

— Pas.

— On va la repasser pour ceux qui ne l'ont pas vue.

Portal déroule un vieil écran souple 24 pouces et lance le montage. Il s'agit d'un documentaire que j'ai fait à partir d'entretiens audio, vidéo et texte auprès d'une quarantaine de vatars qui ont vécu ici, dans le Libre, ou là-haut, dans la Lande, et que la Ville a dématérialisés. C'est le résultat de deux ans de travail, c'est un document unique, et qui calme. Au montage, je n'ai pas coupé les témoignages qui n'allaient pas dans mon sens. Pas la peine. Il y en a trois : un ado qui est devenu logiciel et qui traite en temps réel les données thermiques d'une place. Il ne parle que de rouge et de bleu, de taches et de traces, du plaisir qu'il prend à capturer la chaleur des corps et à les voir errer ensuite, glacés. L'autre a « réussi » : il est forum sur un sujet-phare de la c@ptch@ : « les plus belles démates » — les plus belles morts, quoi. Le troisième est seul digne de respect : il est devenu hacker et pilote une escouade de machines-zombies dans un botnet qui met en carafe régulièrement des détecteurs de mouvement. Le reste des témoignages ? Une fillette réduite à un gif animé à quatre positions ; des ados bloqués dans la boucle vidéo de leur autoprésentation éternelle ; des adultes compilés dans des archives de twists dont ils parviennent à permuter quelques lettres, quelques mots, pour répondre à mes questions ; des passages poignants où le vatar n'a d'autre ressource pour s'exprimer que de mettre en lecture des chansons, puisqu'il ne survit qu'en tant que bibliothèque musicale — ce qu'il fait entendre est d'une tristesse à chialer. Et puis tous ceux qui ne sont plus rien de conscient, d'articulé, qui n'ont ni profil ni cohérence informatique. Des fenêtres figées. Un simple jpeg d'identification. De pures datas. Des bits épars. Des pixels.

Lorsque le documentaire s'arrête, il y a un silence *flatline*. Un ado qui a les yeux trempés dit :

— Il faut montrer ce film à tout le monde.

— Ou pas. Ça pourrait décourager n'importe qui d'oser la traversée.

J'ai senti le danger et je prends le relais de Portal :

— Ces vatars que vous avez vus, la plupart vont nous aider. Ceux qui ont encore de la cohérence en tout cas.

— Ça fait pas grand-monde…

— Crois pas ça. Là, on voit surtout les minots. La plupart ont été pulvérisés. Les adultes digitalisés ont beaucoup mieux résisté. D'après les parents de Tom, il existerait dans le réseau une cinquantaine de vatars résistants avec lesquels ils ont établi des contacts cryptés : il y a parmi eux des vers très efficaces, des virus, des applis de leurre et de brouillage, des hackers qui se sont carrément autoreprogrammés à partir de rien ! Y a même des sites-miroirs qui donnent la position des capteurs dans certaines zones de la Ville. C'est hyper-précieux pour préparer la fugue. Certains vatars ont piraté les rondes des drones et des rats d'art et peuvent les modifier en temps réel pour dégager une place ou une avenue. Ils peuvent lancer des attaques en déni de service sur des caméras, des dalles sensitives, saturer de bruits les capteurs sonores, fausser les géolocalisations…

— Et franchement, ça change tout.

— Quoi qui change tout ?

— De pouvoir être aidé par des gens qui sont *dans* le réseau. D'avoir nos parents à fond avec nous.

— Les papars et les mamars aussi ?

— Oui, bien sûr, écoutez un peu, c'est ce que je viens d'expliquer ! Pas seulement les papavies et les mamavies !

Au bout du cercle, une gamine d'à peine huit ans, au visage presque entièrement couvert d'une bougainvillée de boucles brunes (ainsi va la mode dans le

Libre — biométrie oblige) a levé la main. Sa voix est étonnamment forte et assurée pour son âge :

— Ces hackers qu'ont grandi tout seuls dans le réseau, qu'ont réussi à se refabriquer une vie en bricolant le code dont ils sont faits, ces hackers…

— Les *hackars*…

— Oui, les hackars… Est-ce que si on se fait démate, ils nous aideront ?

— À récupérer nos données, à se faire un profil… disons vivable ? À survivre dans le réseau sous un format digne, autonome, c'est ça que tu veux dire ? Si on se fait attraper, hein ?

— Oui.

— Ils nous aideront.

Ni Portal ni moi ne nous attendions à cette question, encore moins d'une gamine aussi jeune. Aussi sidérant que ça puisse paraître, c'est sur cette question (et la réponse spontanée qu'on y fit) que bascula le destin de la Ruée. Le lendemain, nous avions vingt et un enfants prêts à traverser. Le surlendemain, trente-cinq. La nuit n, nous étions quarante-neuf — répartis en huit groupes de deux et onze groupes de trois. Pour la fugue, j'avais promis à sa mère d'emmener avec moi Tom et sa copine Touffe. Quatre et sept ans. Ainsi fut-il.

[VERTXTCORRUPT # PLAGIABORGÈS2702]

Une autre superstition de ces âges est arrivée jusqu'à nous : la Fille de la Ville. Sur quelque hauteur de quelque bâtiment, raisonnait-on, il doit exister un point qui est la convergence et le carrefour parfait de toutes les ondes : il y a une gynoïde qui a pris connaissance de ce point, qui s'y tient magnétisée et qui est semblable à une déesse. La moindre irisation de la nappe immense de données que produit et absorbe sans cesse la Ville se réfracte doucement en elle. Que le ciel existe, même si ma place est l'enfer. Que je sois anéanti, pourvu qu'en un être, en un instant, Ton Inhumaine Ville se justifie.

[DICTAPHNE # PORTAL2802]

À cause des embruns lactés, les drones de la Ville ne survolent jamais jusqu'à la plage. Ce fut donc là que nous fîmes l'ultime brief, à la lampe de poche, sans feu.

Hewlett, Led et Morviau ont disposé le matériel en arc de cercle sur le sable, le produit de quatre mois de bricolage acharné et clandestin. Pour la première fois, ce qui était enfoui et stocké par morceaux est étalé en intégralité sous nos yeux. Je pourrais faire un discours (ou Toni), une sorte de harangue de chef de gang, à la Che Guevarouille, mais non. Notre artillerie brille dans nos pupilles lustrées de chiale et elle parle à notre place. Elle dit tellement mieux, avec du bois, du plastique et du fer, avec surtout du travail comme cristallisé dans la matière, ce qu'on a eu — ensemble — le courage de *préparer* pendant ces mois, jusqu'à trouver les tripes, cette nuit, de *le faire*. La Ruée.

Il y a l'inévitable lance-pierre pour chacun, avec les élastiques de rechange et les ceintures de billes de plomb que Led distribue déjà. Il y a les pistolets à air comprimé, les cartouches de peinture et de gaz, les bombes aérosol contre les caméras — taille et poids adaptés pour chaque âge. Il y a quelques tasers et un fusil en état de marche qui fait envie aux quarante-neuf fugueurs et qu'on a décidé de donner au plus handicapé de notre troupe : Systar.

Un peu plus loin sur la grève, avec l'énergie de ses neuf ans, Morviau regroupe les machines à faire le flou et trace un numéro dans le sable avec son doigt pour indiquer qui aura quoi. Pour les capteurs optiques : bouilloire à faire de la brume, fumigène, torche en plastique dégueu, boîte à brouillard, laser. Ça servira aussi pour le thermique. Pour embrouiller les capteurs sonores : baladeur couplé à haut-parleur, pétards, tohu-bohu de métal, guitare et trompe électrique, porte-voix à distorsion, ghetto-blaster… Chaque groupe a ses préférences et s'est entraîné dans son coin avec ses armes propres. Moi, c'est la trompe électrique, une tuerie !

Mais faire le flou ne suffit pas, ou pas toujours. Ou pas longtemps. Alors il faut être capable de leurrer les détecteurs : simuler un son, une odeur, une chaleur, un poids, une onde, un mouvement fictif, si bien qu'il a fallu orpailler la décharge de fond en comble pour dégoter des hélicos et des drones jouets, des voitures téléguidées où l'on a fixé des émetteurs, des skates que nous pourrons lancer devant ou derrière nous, de même qu'on pourra jeter quelques grenades électromagnétiques, des poignées de puces RFID, des smartphones, et lâcher au besoin les rats qu'on a attrapés, qui tournent dans leur cage et qu'on a pucés comme des pompes de marque.

Avec Toni, nous faisons le tour, il plaisante et encourage les groupes puis va parler aux mômes tout blancs, qui filent sans arrêt derrière les buissons parce qu'ils ont la chiasse. J'en ai repéré quatre ou cinq, pas plus, le taux prévisible.

Toni a supervisé les ateliers de protection contre le signal, qui est pour lui la clé. Pas mal de hackars l'ont conforté dans cette intuition. Il a fait confectionner des vestes et des pantalons en papier aluminium, des bottes isolantes et des bonnets anti-EEG tissés d'un fin treillis de métal, contre la lecture à distance des ondes cérébrales. Lorsque cette captation réussit, l'épilepsie est systématique et fauche net n'importe quel fugueur. Toni a aussi eu l'idée des caddies de Faraday qui peuvent abriter un ou deux petits à l'intérieur et conjurer toute détection électromagnétique. Ces caddies permettront de porter une partie du matériel et de speeder au cas où. Pour lui-même, Toni s'est tissé une armure légère de Faraday qui ne laisse aucune onde passer. Il vient de l'enfiler et c'est sans doute le vrai signal du départ. Voilà, j'ai tout dit. Nous sommes prêts.

[BLOGCASTING # TONI2802]

Espacés méthodiquement de deux cents mètres, nos dix-neuf groupes s'étalent sur une ligne de front de 3,6 kilomètres, un pas derrière la ligne d'asphalte. Stress à l'optimum.

Une fusée s'élève dans le ciel et illumine quelques secondes la Ville. Le signal ! Tom et Touffe sautent dans le caddie, excités et tremblants. Je les embrasse pleine joue et je leur glisse :

— Au pire, si ça merde, on se retrouvera dans le réseau... Sinon, dans une heure, vous êtes dans les bras de votre maman...

La bouille adorable de Tom s'embrase. Il est tellement vivant. Il se blottit contre Touffe, enfonce sa cagoule en filaments et baisse la tête. Sur eux, je rabats le toit en alu du caddie.

— Vous vous rappelez, hein ? Si je disparais, Touffe sort du caddie et pousse. Toujours au nord, nord, nord ! Jusqu'au bout ! *Vendez cher votre chair !*

Dans la perspective qui s'ouvre devant moi, il y a l'archétype de l'avenue de la Ville : cent-vingt-huit mètres de long, huit bâtiments alignés et la place hexagonale au bout. Parfaitement semblable à toutes les autres que j'ai déjà pu entrevoir ; parfaitement unique dans la hauteur du bâti et la disposition du mobilier urbain sur les trottoirs. Parfaitement vicieuse dans le positionnement des détecteurs et des capteurs. L'avantage de la première avenue est qu'on a toujours le temps de l'étudier. C'est la plus facile à passer.

J'attaque trottoir de gauche en roulant au pas, le chariot remorqué dans mon dos par une corde mousquetonnée à mon harnais, main gauche sur le pistolet à peinture, main droite au taser. Deux jets brefs : j'asperge les deux premières caméras, explose le gyromètre de la poubelle d'un coup de latte, contourne la dalle non jointoyée qui trahit le détecteur de poids, et piétine, juste derrière, le capteur de démarche pour le saturer d'impacts. En face, trottoir de droite — un tachymètre sur la borne — que je leurre en lançant une pierre. À 75 mètres, le laser d'un oculomètre rebondit sur mes lunettes de glacier, à 90 mètres, le lecteur de pensées crée des parasites sur mon bonnet, sans plus. Je marque une pause, me reconcentre. Garder une cadence séquencée. Rien lâcher. Penser-machine. J'approche de la place, répand un peu de vapeur, zappe un hygromètre, zappe un nez, carbonise un nid d'intechtes au taser et continue à me taire car les places sont pleines de micros à reconnaissance vocale planqués dans la sculpture moderne incompréhensible, et toujours différente, qui se dresse au centre, pour faire genre. Voilà. Une avenue de passée. Encore cinquante comme ça, hyperconcentré, *error free*, à pas paniquer et je serai dans la Lande, avec Tom et Touffe qui n'ont pas moufté d'un souffle dans leur caddie blindé, dont ils ont si bien huilé les roues qu'il semble glisser plutôt qu'il ne roule.

[BLOGEOSATMIRROR # HACKARIEN2802]

Grâce au géosat, dont je reçois les données en miroir, je peux suivre sur la carte l'avancée de la Ruée, groupe par groupe. Je relaie les positions GPS aux hackars. Eux assurent le suivi au niveau de la rue, en s'efforçant de déprogrammer les unités mobiles de type drone pour les éloigner de la trajectoire des gosses et en piratant, chaque fois qu'ils le peuvent, les capteurs mal sécurisés. Avec une moyenne de trente capteurs par avenue, c'est coton, sauf qu'un seul capteur en rideau suffit parfois à sauver une vie. Les hackars me remontent aussi les données des caméras, quand ils en interceptent, et je répercute à la base des adultes en streaming : c'est mieux que la c@ptch@, je vous dis pas ! <);o)))

B)l)o)c) rouge 33°2-37°8 format 144 x 48 x 22 cm avec diffusion calorique décroissante aux extrémités. Cible interpolée humanoïde. Carte thermique en cours — gradients fins. Abstraction de la chaleur. Carte achevée. O)v)e)r).

[HACKAGORA # TCHATAUDIO29022240]

— On a un gosse glacé, groupe 3 ! Hypothermie !

— Sa sœur tente de le réchauffer.

— Le gosse a chuté sur une dalle sensitive, merde ! Abstraction du poids en cours… Il décolle du sol… Un mètre, deux mètres, trois mètres… Il est hors de portée de sa sœur, il passe la limite critique des cinq mètres.

— Abœils alertées, l'essaim sera sur lui dans une dizaine de secondes…

— C'est foutu… Que fait la sœur ?

— Elle est scotchée au sol. Elle appelle son frère.

— Faut absolument qu'elle fuie !

— On n'a pas la main sur le système de sonorisation de la rue. Les abœils ont repéré la sœur, elles tracent vers elle, aïe… Les salopes piquent et prélèvent les données vitales… Température, pouls, tension, urine, sang, j'ai un torrent de chiffres en flux tendu… Les vampires… C'est mort, la sœur est en train de partir, ça démate dur… J'essaie de vous archiver ça à la volée pour reconstruction ultérieure de la personnalité.

— OK. Comment ça se passe pour les autres groupes ? Beaucoup de pertes ?

— On a déjà quatre groupes over.

— Bon Dieu, ça fait à peine un quart d'heure qu'ils sont partis ! Comment ça se fait ?

— Ça se fait qu'on leur vole un peu de tout et après c'est la réaction en chaîne habituelle avec l'arrivée des intechtes qui les piquent et te les quantifient à la cellule près. Tout juste s'ils te crachent pas leur génome en séquence AGCT !

— Moi j'ai repéré une capture d'émotion primaire fondée sur des algorithmes pointus qui couplent données cardiaques, scan de la pupille et biométrie du visage.

— Chanmé. Ils leur ont volé quoi ?

— La peur.

— Et alors ?

— Alors la gamine s'est mise à courir, euphorique… Tu imagines : la peur effacée ? Du coup, elle a tout déclenché à la fois, évidemment… Le feu d'artifice de la capture !

— Et la lecture de pensée?

— Les bonnets protègent bien, pour l'instant.

[BLOGLIVE # PORTAL2902]

J'en suis à neuf avenues traversées. Toujours debout, avec Manon, terrifiée mais qui marche. À ma tactique de départ je me tiens: passer au maximum par l'intérieur des bâtiments, qui sont moins équipés que les rues. Les drones n'y entrent pas et les intechtes butent sur les ouvertures hermétiques. Tout ça de moins à éviter. Je me méfie surtout des passages de portes et des ascenseurs et je passe autant que possible par les parkings souterrains qui courent parfois sous toute la longueur de l'avenue et qui fonctionnent en majorité à la capture sonore, que je sature à coups de trompe électrique — ça hurle et résonne à mort dans le béton, ça défoule aussi. L'angoisse majeure, dans la traversée des bâtiments, est qu'ils sont habités… Parfois.

[REPLICATXT # CLON3.80R935]

L'écriture mécanique me distrait heureusement de la présente condition des hommes. La certitude que tout est trace nous annule ou fait de nous des fantômes... Peut-être suis-je égaré par les flux de données, mais je soupçonne que l'espèce humaine — la seule qui soit — est près de s'éteindre, tandis que la Ville se perpétuera: éclairée, solitaire, infinie, continûment quadrillée, armée de capteurs précieux et indéfectibles, éternellement vigiles.

[NARRATXT # TONI2902]

3 400 mètres parcourus, à peu près. Reste 1 500 mètres. Suis épuisé à force de me concentrer. À force de qui-vive. Tom et Touffe n'en peuvent plus dans le caddie, à être pliés en quatre. A)i) p)erdu une oreille qu'ils m'ont biométrisée pavillon-conque sans même que je m'en rende compte. M)e)s lunettes penchaient à droite, j'ai pas tout de suite saisi. Les ai attachées au bonnet. Le reste de mon corps est d'origine.

J'attaque ma ixième avenue et j'hallucine sous cet éclairage au sodium, ces poubelles en alu, ces bornes rouges, ces dalles gris perle et blanches et grises et grises et blanches, cet asphalte noir où la lumière plaque des flaques glacées ; j'hallucine sur ces alignements stricts de plots d'acier archineufs, sur les poteaux d'inox nu, sur cette technologie sempiternelle et incorruptible, toute cette intelligence sédimentée dans la capture, l'archivage des bits, le prélèvement de tout et la trace de tout — toute cette informatique pervasive et arachnéenne qui rêve de donner une adresse à chaque grain de sable et un numéro d'identification à la moindre inflexion de ma voix, et ces rues désertes, j'en peux plus, et ces places vides, sans véhicule ni déchet ni pisse de chien ou merde d'oiseau, j'en peux plus, et ces bâtiments vitrés où personne n'a jamais pointé sa face livide au carreau pour regarder ne serait-ce que pousser les arbres en pot dans l'avenue morte, ça me tue !

M)o)n) harnais me tire d'un coup… J)e) me retourne, crispé. L)e) caddie derrière moi vient d'effleurer une plaque qui s'abaisse… U)n) claquètement bref… Merd)e)! L)')abstraction du poids est immédiate. L)e) caddie s'élève doucement dans les airs, Tom et Touffe se mettent à cri)e)r).

— Toni! Toni!

Je retiens le charriot en bout de corde, grâce au harnais. Seulement il tangue comme un kayak chahuté et il flotte, à deux bons mètres de haut; Touffe arrache le toit et essaie de stabiliser l'assise, en vain. Le caddie dessale. Tom et Touffe chutent sur l'asphalte — des chats, ces gosses, heureusement. Les drones vont arriver d'une seconde à l'autre. Je tranche le harnais, j'avise un bâtiment, le caddie s'envole, je prends les gamins par la main et je cours, tase la porte d'entrée et les portiques d'identification, fonce dans l'escalier de secours et me rue dans le parking souterrain. Les intechtes bourdonnent derrière la double-porte coupe-feu. Ouf.

Face à nous s'étend une forêt de poteaux en béton brut, dans la pénombre sonore. Et derrière un poteau, il y a un Trave. De type *muage* ou *vibre*. Pas un *immu* en tout cas, puisqu'il bouge. Un *morphe* peut-être. Il s'avance, lourdement. Je sens la main de Touffe trembler spasmodiquement dans la mienne, Tom s'agrippe d'instinct derrière ma cuisse, comme s'il voulait fuir et rester à la fois. Ce qui s'approche de nous est un bloc blanc de chair informe dont tous les angles ont été avalés par la biométrie. Il lui reste ses dents, sans aucune bouche autour, son souffle, sa tristesse immense, larvaire. C'était peut-être un adulte avant, ou un ado de chez nous qui a tenté la traversée et qui s'est fait prendre la part humaine de ce qu'il était — tout en survivant là où on ne pouvait plus rien lui voler de plus : dans ce bâtiment, au fond de ce parking. Pour qui a le courage de regarder, le Trave est un indicateur involontaire et précieux de l'absence de certains capteurs. Là où ils survivent, vous savez par déduction ce qui manque. Et ce qu'il faut craindre.

— Bonjour…

Le Trave s'immobilise. Il fait mine de mordre ou peut-être qu'il parle, qu'il essaie de parler en mâchi-mâchant l'air avec ses dents. Ça ne produit rien que du souffle et de la peur. Je recule un peu. J'ai baissé mon taser pour lui dire que je ne lui ferai pas de mal. J'aimerais raisonner les gamins, leur faire comprendre ce qui se passe ; je reste tétanisé par la pitié. Quelque chose se passe en moi qui me submerge : je me défais de mon sac, pose mon barda, le pistolet à peinture et le taser à terre et je recule en faisant un geste absurde, quelque chose comme « Prends… Vas-y, c'est à toi… » Le golem siffle et s'avance. Sa masse couine quand il se baisse pour ramasser le pistolet dans sa patte de chair. Il parvient à en serrer la poignée et dirige le canon vers le sol. Avec, il trace en capitales tremblées les lettres C, A, L, E, B.

Je titube, scié, en larmes. Je m'affaisse à terre, écrasé par l'émotion. Caleb… Caleb Merrick, le père de Portal… L'homme que tout le Libre admirait parce qu'il avait eu le cœur d'oser la traversée, parce qu'il était parti chercher son fils, *lui*, il y a quatre ans de ça maintenant. Un héros dont la disparition avait alimenté les hypothèses les plus barrées. Attendu qu'on n'avait jamais retrouvé son corps dans le réel, ni sa moindre trace dans le réseau. Je venais à l'instant de découvrir pourquoi : parce qu'il avait échoué ici, dans les Limbes, ni complètement mort ni tout à fait encore vivant. Lorsque je me relève, Caleb est dans mes bras. C'est comme si je serrais une peluche monstrueuse et… chaude. Les gamins tremblent des pieds à la tête. Caleb m'indique par geste le chemin pour sortir du parking. Sans hésiter, il passe en tête dans le colimaçon de sortie. Je sais qu'il sait qui je suis : je suis le meilleur ami de son fils.

[TCHATAUDIO # HACKAGORA01031045]

— État des lieux de la Ruée, à H+1 ?

— Bérézina. Les huit binômes sont out. Les trios sont décimés. Il reste quatre groupes encore en chair, dont deux amputés.

— Ils passeront pas dans cet état. Ils ont épuisé les leurres et les réserves de peinture. Ils tournent au lance-pierre, les tasers sont à plat. Il faut qu'on force un blackout sur le dernier kilomètre nord. Il faut tout donner.

— Ça va être ultrachaud ! Un black-out ?

— T'as mieux ?

[REPLICATXT # CL0N3.80R935]

Je dis qu'il n'est pas illogique de penser que la Ville est une bande infinie. La juger limitée, c'est postuler qu'en quelque endroit vers l'est ou vers l'ouest les avenues, les immeubles, les capteurs se dissolvent — ce qui est inconcevable, absurde. L'imaginer sans limites, c'est oublier que n'est point sans limites le nombre de combinaisons d'immeubles et de capteurs possibles. Antique problème où j'exténue cette solution : la Ville est illimitée et périodique. S'il y avait un Trave éternel pour la traverser d'est en ouest, les siècles finiraient par lui apprendre que les mêmes bâtiments et les mêmes places se répètent toujours dans le même désordre — qui, répété, deviendrait un ordre : l'Ordre. Ma solitude se console à cet élégant espoir.

— J0R93 LU15 80R935 • 2041, Mar del Traça.

[TXTMANUSCRITSCAN # LANDE TONITTFOU1310]

Avec le temps, qu'est-ce qui me reste de la Ruée ? Qu'est-ce qui me hante encore et parfois, et me cueille au débotté, dès que je lâche du lest, ou que ça va mieux ? Toujours les cinq cents derniers mètres, ce moment où j'ai aperçu du jaune, une traînée, au loin, très floue — les touffes d'ajonc en fleur de la Lande. Et la clameur, incompressible et irresponsable, de pure surprise, des adultes lorsqu'ils ont vu nos quatre silhouettes s'avancer, encore droites, toujours complètes et debout (crurent-ils) dans l'enfilade des avenues vides. Lorsque Portal nous a rejoints, débouchant de nulle part, j'ai cru qu'il y avait dans le ciel quelque chose comme une étoile qui brillait juste pour nous, j'ai frissonné de joie à en lâcher la main de Tom, j'ai cru que nous irions au bout, ensemble, je n'ai foutrement rien anticipé. *The perfect connard.* Caleb s'est précipité vers son fils, les bras ouverts, en sifflant et rauquant, et Portal n'a vu devant lui qu'un Trave ignoble qui l'attaquait, en sauvage. Combien de temps ai-je mis à lui dire « C'est ton père ! » ? Est-ce que je l'ai dit, au moins ? J'étais pétrifié. Par le bruit des coups, par l'incompréhension. Par l'absence de réaction de Caleb. Par les capteurs sonores que j'ai entendus s'activer. Ça m'a terrorisé. Pas osé crier ni parler. Quand le drone a surgi, Caleb s'est relevé et a mis son corps en écran devant son fils, pour le protéger du balayage optique. Lui qui avait survécu tellement longtemps dans cette Ville, il a disparu en une poussière de secondes… Portal a réagi en allumant un fumigène pour brouiller les scans. Seulement, le bras qui le tenait s'est dissous ; il a sorti son laser de l'autre main, dans la panique et trop tardivement, ses jambes flottaient sous la numérisation en cours, je l'ai vu chuter subitement au sol, coupé en deux, sur le bloc de ses hanches, avec un bruit que je n'arrive pas à oublier… Alors il a tenté de ramper avec des coups de reins pathétiques, convulsifs, en hoquetant du tronc sur l'asphalte. C'est ça qui ne me lâche pas. Ça. Ce moment-là. Et j'ai pas bougé. J'aurais pu courir et le prendre dans mes bras, j'aurais pu le serrer contre moi, qu'il sente une dernière fois une odeur, le chaud de ma peau, quelque chose du réel… N'importe quoi qu'il aurait pu emporter là-bas. Puisque Touffe avait tiré au lance-pierre ses billes de plomb et qu'une au moins avait touché le drone — le temps que la coupole pivote et permute ses caméras, j'aurais pu. Je le sais aujourd'hui : un hacker m'a récupéré les images sur le réseau.

Tom a senti la mort et il est parti en courant vers la Lande. Il raconte qu'il a entendu la voix de sa mère. J'ai compris que le drone réinitialisait ses focales, j'ai hurlé « Cours ! » à Touffe et j'ai sprinté à la poursuite de Tom. N'importe quel gosse du Libre sait qu'il existe une règle absolue face aux capteurs : il est impossible de les prendre de vitesse. La mobilité est la matière même de la capture optique. On ne détecte bien que ce qui bouge. Autant le dire : sans les hackars et sans le blackout qu'ils ont imposé, pendant quatre minutes, sur l'ultime quartier qui nous restait à franchir, Tom et moi serions pour toujours des pixels dans une banque d'images.

— Toni ?

— Quoi papa ?

— Tu rêves ? Il nous faut repartir…

Je lève la tête et soulève mon sac au jugé. Combien sommes-nous encore ? Dix ou douze, une quinzaine ? Depuis huit mois maintenant, je ne discerne plus grand-chose, la Ville m'a mangé une partie de ma rétine, j'avance dans le flou, parmi le jaune des ajoncs qui m'écorchent et les aplats fastes des bruyères, violettes ou violines, avec une seule oreille pour accueillir les sons, pour accrocher les voix rares qui me parviennent encore : les paroles de mon père et le babil joyeux de Tom. « Tu me cours ? » « Toni, tu me cours ? » « Tu me sautes ? » Et je le jette en l'air, le plus haut possible, et je rattrape dans mes bras une forme, des rires, sa chaleur de môme, une gaieté qui secoue encore le grelot fêlé de cette vie qui fuit. Où ?

Plein nord nous marchons, le plus loin possible de la Ville, dans l'espoir de trouver… Quoi ? Un lac où se poser, une forêt ? Un village avec des hommes dedans ? Rien ne dit que nous ne tournons pas en rond car les boussoles déconnent et le GPS, nous l'avons détruit : il venait de la Ville. Les quatre adultes qui l'ont utilisé, nous les avons vus se disloquer jour après jour, perdre leur consistance compacte, se *délocaliser*. Sont devenus des *muages*, une sorte de brouillard d'os et de corps, en suspension, qui a continué longtemps à ondoyer à nos côtés avant de se disperser complètement sous les rafales.

Un à un, les adultes de notre groupe s'effacent. Les premiers mois, mon père suggéra que ça pût venir des appareils électroniques que nous transportions encore, qui tous avaient dû être faits dans ou par la Ville : nos dictaphones, nos caméras, nos portables pour communiquer avec le réseau. De filmer, prendre des photos ou enregistrer, nous avons cessé. Non sans réticence, non sans des infractions troublantes à la règle qui nous ont coûté si cher, en perte d'organes et en maladies orphelines. La distance s'accroissant entre la Ville et nous, nous avons perdu le contact avec le réseau et nos vatars amis ; le streaming est devenu impossible, le clavardage exceptionnel ; nous échangeons encore quelques courriels avec Portal qui est devenu un jeu culte, et quelques posts avec une poignée de hackars qui nous livrent leurs hypothèses précieuses pour tenter de comprendre ce qui nous arrive.

[ENCODAGE/EEG # MAMTOMLANDE1611]

Nous nous évanouissons lentement dans la lande fraîche. Nous avons laissé Lidwine et Siegfried se figer dans une touffe de bruyère après des mois étranges de lutte à tenter de conserver ce mouvement qui s'échappait d'eux, cette vitesse qu'on leur a dérobée en douce. Peut-être sont-ils encore vivants, cent kilomètres au sud, à regarder pousser et faner les fleurs, à l'image des immus. À capturer à leur tour l'humidité ou la chaleur du soleil. Garance et Carvi ont marché longtemps lestés de terre aux chevilles et de pierres dans les poches avant de devenir tellement légers, tellement graciles et vaporeux qu'on voyait la lande à travers leur poitrine. Un matin, ils sont partis devant et nous les avons vus se détacher souplement du sol, heureux comme des ballons, prendre ciel comme on prend la mer et s'élever sans un au revoir à la verticale de notre errance. Du père de Toni ne nous accompagne plus que la voix, qui enfle de temps à autre près de nous, chaque jour un peu plus détimbrée et blanche, mêlée de souffle, de moins en moins discernable du vent. De la technologie, nous avons pourtant tout abandonné, sans que ça freine aucun des processus, comme si nous étions contaminés de trop longue date ou empoisonnés à petites doses par la digitaline, ou nos corps baignés par les ondes à grande distance, vague après vague, jusqu'à s'aplanir sur la lande comme s'aplatissent sur une plage les mottes orgueilleuses de sable. Nous continuons à avancer vers le nord, ou ce qui en tient lieu, malgré tout. J'ai perdu l'odeur de mon fils Tom, et le goût de sa peau, de sa sueur et de ses cheveux, mais j'entends encore très bien son rire et je vois qu'il garde sa joie. Sans lui, je serais déjà partie en poussière ou en pixels, d'une façon ou d'une autre, je le sais. Il me tient compacte, il m'ancre, il me donne la force. Son frère lui manque, plus qu'à moi encore, je crois. Il en parle sans arrêt et lorsqu'il joue seul, c'est avec Primo qu'il joue, toujours ; c'est à Primo qu'il montre ses sauts, qu'il rapporte les oiseaux qu'il touche, qu'il tire des *pénos* entre les buissons.

— Regarde, m'man, regarde !

— D'où tu sors ce smartphone, Tom ? Tu sais bien qu'il faut tout jeter !

— Regarde bien !

Sur l'écran du smartphone, il y a une photo de bruyère, qu'il vient sans doute de prendre. Tom passe sa main sur l'écran tactile, une fois, deux fois — à la troisième, sa main semble collée à l'écran et il la retire d'un geste sec, comme s'il arrachait la fine plaque de verre. Pendant quelques secondes, il y a un brouillard de grains roses qui sort du téléphone et se condense brièvement dans l'air. Je cligne les yeux et…

— Tiens ! C'est pour toi, maman !

Fièrement, Tom me tend un bouquet de bruyère, frais et rose, qui me chatouille les doigts. Il jubile.

— T'as vu, m'man, t'as vu ?

— Comment tu as fait ça ?

— Primo, je vais le ramener, maman, je vais le ramener de là-bas, dans notre monde, comme le bouquet ! J'vais le matéraliser !

— Le maté*ria*liser.

— Oui ! C'est un secret, tu sais. Tu le dis à personne, hein ?

[MAIL # HACKARIEN/LANDE2211]

Salut à tous et salut surtout à toi, Toni,

Sur ta demande, j'ai orpaillé le réseau en quête de textes philosophiques ou scientifiques qui puissent éclairer ce qui vous arrive. J'ai également sollicité plusieurs IA, sans grand succès. Je suis navré. Pour tout t'avouer, je n'ai trouvé qu'un seul texte qui m'ait semblé pouvoir jeter un peu de lumière sur tes questions. Je vais tâcher ici de te le résumer, avec mes mots. La copie étant corrompue, j'ai dû l'effacer pour éviter la contamination. Excuse le vocabulaire, c'est un texte ancien et un peu perché, mais j'essaie de respecter la source autant que possible.

Le texte disait en gros ceci : que la dématérialisation ne vient pas de la technologie, mais de notre esprit.

Ou plutôt que la technologie n'a jamais été qu'une substitution à nos corps limités, qu'une projection de nos désirs de puissance, qu'une façon géniale d'externaliser nos pulsions dans les machines afin de nous rendre omnipotents face au réel. Derrière les capteurs, il n'existerait pas selon lui une entité pensante qui serait la Ville (la Ville ne serait qu'un totem), il y aurait plus profondément à l'œuvre une économie de désirs, partagés par tous les humains, adultes ou enfants. Lesquels ? me diras-tu. Le texte en cite beaucoup, par liste, j'ai retenu ça :

Conjurer le mouvement par la trace ; l'événement par sa prédiction ; l'écart par les normes. Vouloir saisir et capter, compulsivement, les gestes, les pensées et les actes. Collecter et cumuler ce qu'on prélève. Vouloir surveiller, observer, entendre — partout, tout être, toute chose et tout le temps — être dieu. Aimer tisser, aimer corréler et relier, tout couvrir et tout interconnecter, ne pas laisser de trou ni d'espace, n'être plus jamais seul. Mettre en réseau. Conjurer la rupture et l'isolement par le continuum. Conjurer le présent par son enregistrement. Conjurer la singularité d'un homme par son profil archivé. Publier au lieu d'oublier ; expliciter le latent ; quantifier plutôt que qualifier ; chiffrer et déchiffrer le vivant plutôt que de l'éprouver. Identifier. Réifier. Déifier. Tenir le monde et en dresser la carte ; l'immobiliser dans la capture et dans la trace pour enfin le maîtriser. Faire que tout bouge sans que rien arrive.

Le texte dit encore : le réseau nous absorbe et nous efface parce que nous désirons le réseau et ce qu'il offre. Autrement dit : nous souhaitons inconsciemment devenir des avatars. Car les vatars jouissent. Ils jouissent de ce sentiment océanique, de cette fusion dans le réseau qui les materne. Ils jouissent du délice de la vitesse-lumière, de l'accès illimité à l'information, de cette sensation d'être à la fois les points et les fils de la trame. Ils adorent agir à distance, simultanément, être coprésents, ubiquites, interactifs et compossibles. Les vatars trouvent surtout dans le réseau ce que nous cherchons tous : la subversion des cadres ontologiques de l'existence humaine. À savoir : le poids des choses, les lois physiques, le corps et ses organes, la faiblesse de la chair, l'espace imposé et le temps linéaire, le vieillissement... Le réseau leur permet de dynamiter d'un seul coup toutes ces contraintes, voluptueusement, ravis par l'irresponsabilité, l'appel du pouvoir absolu et la jubilation qui vont avec. J'ai noté encore, dans le texte : « La magie enfantine d'obtenir ce qu'on désire sans délai, le plaisir d'expérimenter de nouvelles modalités d'être, de toucher à la production de soi, de se réinventer autre, de re-naître par le virtuel. Un certain transhumanisme. »

Tu vas me dire : et alors ? Quel rapport avec ce qu'on vit, avec l'effacement qui nous touche tous ? Peut-être aucun. Mais je me demande si vous ne devenez pas, à votre insu, des capteurs les uns pour les autres. Si vos yeux ne sont pas des caméras, à leur façon ; et vos oreilles des micros. Je me demande s'il y a besoin de machines pour former un réseau. Si le réseau n'est déjà pas en vous, actif, par la force de votre seul esprit, de votre unique pensée, à extraire secrètement la matière des corps que vous regardez sans être capable d'y voir autre chose que des signaux, qu'une information à traiter pour survivre. Voilà mon hypothèse. Elle est bâtarde et sans doute d'aucune aide pour vous. Je m'en excuse.

[MICROTOM # VILLEN°2/2911]

Hier, on a trouvé une nouvelle Ville devant nous. Maman et Toni, ils ont pleuré. Moi, je suis content. J'ai du réseau maintenant. J'ai eu mon frère en live sur le cran. J'lui ai raconté ce que je fais avec le marphone. M'a pas cru. Maman aussi, elle lui a parlé. Il était tout joaille. Maman a disparu ce matin. Elle a voulu marcher dans la Ville et zoup ! Toni, il a regardé dans une vitre qu'était une glace et il s'est effacé à force, c'était bizarre… Il a pas voulu bouger. Y avait pas de capteurs, nada. Il a dématé tout seul, juste en se regardant dedans la glace, juré. Ça m'a fait triste qu'il parte comme ça, dans son silence à lui.

Quand Toni a giclé, y avait plus personne, alors chuis rentré dans la Ville. J'étais colère. J'ai marché sur la dalle qui capture le poids et elle s'est écrasée loin dessous, dans un souterrain noir. J'ai avancé vers les feux vert et bleu, ils étaient tout chauds. Les caméras, je les ai touchées avec ma main comme j'ai voulu et elles m'ont rien pris. Elles jettent des images dans la rue, en couleur, c'est joli. Y a des poteaux, quand je tape le pied dedans, ils jouent de la musique et font des bruits de pas. Les micros dedans, ils parlent, et moi je parle aussi et j'ai toujours ma voix dans ma bouche après. Sur une vitre, une caméra, elle a jeté l'image de mon frère, en bien grand. Enfin juste sa taille en fait ! C'est peut-être moi qu'a fait ça, je sais pas. Je me sens fort des fois. Alors j'ai allé devant la vitre et j'y ai mis mes deux mains contre, très fort, comme je fais avec le marphone. J'ai tiré de toutes mes forces et j'ai raché l'image de la vitre, et mon frère il a sauté dans la rue, tout brouillard au début, tout plat, puis moins, il se volume. Maintenant, c'est lui en chaud et en os, en vraiment vrai qu'est là, devant moi. J'ai les chocottes de le voir. Il est tout complet, il est beau. Mais ça fait peur qu'il soit là d'un coup. Alors il me sourit pour me faire du bien et j'ai de la joie qui court plein le ventre :

— Ça va, petit Tom ?

— Oui, frérot…

— J'ai pas cru que tu pourrais me ramener… comme ça… Comment t'as fait ?

— Chais pas. Je voulais que t'existes, c'est tout.

END OF FILE

So phare away

...--- .--. .... .- .-. . .- .-- .- -.—

À Marilou

PHARENËENTE

La marée monte. Elle est annoncée énorme. Alors la Ville verrouille ses fondations. Souterrains, rez-de-chaussée et premiers étages : tous les bâtiments sont mis à étanche. Ça ne servira à rien, comme toujours. Parce qu'on ne sait pas ce qui va se passer. Ce que la marée va transformer. Condamner ou élire, puisque c'est elle qui choisit. On ne sait pas ce qui va disparaître, en s'affaissant dans l'asphalte liquide. Pas plus que ce qui va surgir des hauts-fonds, sinon des parkings et des phares noirs — une centaine de phares de plus, comme la dernière fois ? Ça n'en fera jamais que cinq mille. Pour cinq millions d'habitants. Ça laisse un public, dans l'absolu. Pour les phartistes, pour les « créateurs de contenu », pour les médias, pour les vendeurs de signes et d'objets. Dans l'absolu seulement puisque tout le monde émet en même temps. Depuis ce matin, ça émet d'ailleurs de partout, de tous les phares et plus que jamais. Ça signale l'inéluctable. Ça scintille. Ça halogène ses voisins et ça déchire la nappe au laser. Ça allume tout ce que ça peut dans les phares fendillés des banlieues, là où j'aime encore regarder, parce que c'est pathétique, parce que c'est beau à pleurer : les bougies et les flambeaux, les lanternes à huile qui flagellent, les becs de gaz et les feux de pneus. J'ai même vu une lampe de poche qui clignotait du morse à l'aurore ! Pour dire quoi, au juste, toutes ces lueurs ? Et à qui ? Trois quarts des codes utilisés sont incompréhensibles. Les messages sont diffusés dans le vide. Notre vide si moderne, la Nappe : ce tissu lumineux entre les phares, toujours changeant. Cet écheveau de faisceaux et de rayons qui se cumulent, rivalisent et s'annulent. Rien de tout ça n'aurait acquis la moindre épaisseur s'il n'y avait la circulation éternelle des voitures au sol, le smog qui en résulte et la bruine. La lumière s'y colle, y prend corps et texture. Et ça donne la Nappe, oui, saturée et surinvestie, notre espace de communication. Ce qu'il nous reste de ciel. Moi, je l'ai toujours vécue comme une sorte d'insulte, de compétition faite au soleil.

FARRAGO

Il arrivera un jour où il me sera impossible d'atteindre Sofia, à l'autre bout de la ville. Le cercle châtain de ses iris n'accrochera plus aucun de mes rayons… Si bien qu'aucune lueur ailée, fragile, ne viendra briller en retour dans les miens, portant ses mots codés, la fraîcheur de son feu à éclats, ses couleurs. J'ai essayé plus de vingt fois depuis ce matin : ça ne passe pas. Hissé à 60 mètres, mon phare avait à l'origine la hauteur et la portée pour lui parler directement. Plus aujourd'hui. Je n'ai plus assez de puissance dans mon pinceau pour percer la nappe. J'émets au mieux dans les trous, entre deux éblouissements. J'ai attendu plus de deux heures l'éclipse couplée de trois phares à occultation, j'ai espéré une panne des feux fixes sur la perspective Nevski : en vain. Sous la poussée continue des immeubles, qui est l'essence de cette Ville, sa pulsation profonde, avec l'extension des surfaces asphaltées, qui isole Sofia à chaque marée un peu plus dans les laisses des parkings liquides, coagulant mal, avec la surrection des phares automatiques qui émettent trop, trop fort, n'importe quoi et tout le temps, j'ai peur de ne plus y arriver. *« Farrago, ton nom veut dire Je sème ! Tu sèmeras toujours, vous vous s'aimerez toujours »,* m'a émis Farsi dans sa langue à lui, sa lumière qui utilise tellement de couleurs qu'elle est difficile à recevoir. Je veux aller la retrouver dans son phare, dès demain, par les avenues inondées, et je ne le peux qu'aux marées, elle le sait. Je veux la prévenir. Oui, Farsi, j'ai toujours su varier mes codes jusqu'ici, me renouveler. Mais un jour, j'aurai simplement trop d'angles à trouver sur trop de vitres avec insuffisamment de phares frères comme toi qui soient fiables dans le décodage de l'intime pour relayer mon amour.

LAMPROIE

Les copains m'émettent souvent des feux du style : toi Lamproie, là où tu gîtes, dans le phare ouest, sur la presqu'île du Tarmac, tu sers juste à guider les remorqueurs et les vraquiers. On calerait un fanal en haut d'une perche, ça ferait pareil ! Sauf qu'à l'équinoxe, quand la tempête bout à l'horizon et roule à toute berzingue vers nous, que les lames d'asphalte fracassent les digues et crashent sur la plage de ballast, que les vitres des galeries commerciales éclatent, Lamproie, il est debout dans son phare, comme aujourd'hui, à morser les coeffs, avec l'odeur du goudron qui lui retourne le cerveau et les seaux de dispersant que je balance à pleines lampées pour dissoudre le bitume gluant sur mes lanternes. Les marées commac, quand ça monte, y a plus personne pour rester à la proue et encaisser la houle de goudron. Les patrouilleurs rentrent leur marie-salope au port et cherchent en caquant un lit étanche dans les soutes calfatées des cités-cargos. Je les ai vus ce matin, au ponant ! Ce qu'ils calculent pas, c'est qu'une bonne moitié de ces épaves finira lestée par trente mètres de fond avec l'asphalte qui fige lentement autour des quilles, en sirop, avant de devenir dur comme la pierre. Et là, le patrouillard, il a plus qu'à espérer que les provisions de sa soute tiennent le mois dans la panique, qu'on lui plante pas une lame pour manière de survie, qu'on ait repéré sa carcasse sous trente de bitume et qu'une équipe de foreurs, avec des marteaux-piqueurs maousses, veuillent bien prendre le mal d'aller les extraire de leur gangue de mort brute parce qu'ils reniflent une cargaison qui vaut l'effort.

Comprenez bien : quand l'océan nègre gronde au large, quand il vient s'affaler sur nous de toute sa masse chargée au sang des crassiers du monde, toute l'épaisseur de nuit que contient l'asphalte nous salue bien bas, nous les lampistes, les jeteurs de lumière et de blabla d'ampoule. Il vient nous expliquer, l'asphalte, que c'est lui qui *fait* et nous qui causons — après coup, par-dessus. Nous qui tricotons des phrases avec des photons quand, lui, il bâtit des barres d'habitation avec sa lave noire qui pousse et nous féconde le béton, comme une sève.

Appel aux Phares ! Appel aux Phares ! L'autorisation d'émettre expire ce soir à minuit.
Passé cette limite, et jusqu'à nouvel ordre, les codes tempêtes pourront seuls émettre dans la Nappe. Par conséquent, il vous reste quatre heures pour diffuser vos messages. Les plages d'émission sont les suivantes :
• Phares de catégorie C – autophares, phartistes et liphares : 18h à 19h

• Phares de catégorie B – vigies-tempêtes, vigies-marées et éclaireurs : 19h à 20h30
• Phares de catégorie A – phares commerciaux et publicibleurs : 20h30 à 22h
• Diffuseurs et bateaux-feux : 22h à minuit.

FARRAGO 18 heures à 19 heures pour Sofia et pour moi, une petite heure à la brune pour les quatre mille cinq cents phares les plus faibles, les moins bien équipés et par conséquent les plus menacés par la marée. Et deux heures pleines, au meilleur des ténèbres, pour Ophare, Phare-In et Pharynx, les trois diffuseurs suréquipés, agressifs et crétins qui accaparent déjà 80 % de la luminance de la nappe avec leurs spots, leurs lasers et leurs projecteurs de défense anti-aérienne ! L'Autorité de Régulation des Clartés nous humilie et ne s'en cache plus. Entre 18 et 19, c'est-à-dire dans une heure, ce sera la grande panique des lueurs. Sofia va subir une rafale d'éclairs, de flashs très brefs, souvent poussifs, venus de tous les points de l'espace et elle ne décodera rien. Je n'ai aucune chance. Il faudra un miracle pour qu'elle sache que je viens.

PHARENÉNTE Lorsque la ville a été fondée, nous étions douze. Douze phares. Avec ce privilège, cette magnifique responsabilité de pouvoir émettre dans le noir nu. Nous nous étions réparti les heures de diffusion. Quand on ouvrait le pinceau, les ténèbres étaient comme fendues en deux. Les immeubles éteignaient leurs lampes, on n'éclairait parfois qu'une avenue, parfois l'océan, sans rien chercher à signifier, pour la splendeur des reflets sur l'asphalte, parce qu'une femme seule marchait à la lisière des vagues. Et puis on parlait de la ville, des cargos arrivés à la frange des tempêtes et des médiathèques qui poussaient à l'envers. Nos faisceaux projetaient des images sur les parois des cargos figés dans le tarmac. Une par une. Ça formait des sortes de films, de films d'animation qu'on fabriquait, qu'on découpait et qu'on montait avec des équipes d'artisans et quelques dessinateurs braques. Il fallait quatre mois pour aligner deux minutes, mais quelles minutes ! La lumière, ainsi cadrée et dosée, il me semble qu'elle prenait un sens. Aujourd'hui, je ne sais pas ce que voient les autres. Les phares s'expriment, hein, bien sûr. Se copient souvent, se décodent et se décalquent. Ils jettent leur lueur personnelle. *Express your moi, be yourself* — comme tout le monde. Moi, j'ai arrêté d'émettre depuis longtemps. On me dit aigri. J'ai inscrit « Phare Niente » sur mon fronton. Avec un texte peint sur les quatre-vingts mètres de mon cylindre blanc, que j'efface et repeins de temps à autre. Qui dit quoi ? Que dans un monde où tout le monde croit devoir s'exprimer, il n'y a plus d'illumination possible. Rien ne peut être *éclairé* dans la luminance totale. Il faut beaucoup de silence pour entendre une note. Il faut beaucoup de nuit pour qu'un éclair puisse jaillir, pour qu'une couleur neuve soit perçue, soit reçue. Si j'en avais le pouvoir, j'émettrais aujourd'hui un trou noir. Quelque chose comme un cône d'extinction forant au ventre l'épaisseur du jour. Pour rouvrir l'espace. Ce qui me terrifie, ce n'est pas ce chaos de clartés qui brouille la ville comme une avalanche de soleils. C'est qu'il n'y ait plus nulle part une seule ombre. Tout est férocement surexposé. Mais rien n'est posé. Ni tranché.

LAMPROIE

L'océan d'asphalte a monté de quatre mètres cet après-midi. Facile à mesurer : suffit que je me penche au balcon. Les vagues cognent. Ça fait comme si des types balançaient des seaux de bière brune contre mes vitres blindées, tellement ça mousse. Le vent, au large, il a creusé la houle et ça envoie du lourd sur le front de mer. Circulation stoppée, sur tous les axes. Le mécasilence, j'adore ! J'entends le vent, j'entends les vagues, et rien qu'eux. J'ai envie de plonger de ma tour et de nager, nager au large, en finir là, dans la beauté. Les richards ont été garer leur 4 × 4 dans les centaines de parkings aériens. C'est plein sur les cinquante étages, où que je lorgne. Ils sauveront pas les pauvres, mais les bagnoles, ça se bichonne. Enfin, pour ceux qui peuvent, car sur les artères du port, deux mille berlines sont tankées sur place. Protégées par coque, attention ! Avec portes hermétiques ! La bonne blague… L'asphalte fluide va s'infiltrer une fois sur deux, surtout si ta tire est vieille. Pour ceux, un bon pacson, qu'ont rien d'autre que leur bagnole pour boire, bouffer, dormir et baiser, laisser sa caisse, ce serait comme filer les clefs de son appart à un mec qui s'appellerait Black Tide. Ils peuvent pas. Alors ils restent dedans. Avec des boîtes de thon pour un mois. Avec les croix suspendues au rétroviseur et des formules de ouf taguées par des tarés de l'apocalypse sur le capot pour conjurer la coagulation. À deux cents mètres, boulevard Beryx, j'ai sorti ma lunette pour jauger le niveau d'eau : mi-pneu. Et c'est parti : des gadjos à grosses bottes remontent les files de bagnoles en taguant. Ils mastiquent à l'arrache les coffres avec du ciment hydrofuge. Ça aidera. Ou pas. Dedans, les mecs savent qu'il n'y a plus rien à faire, pisser et chier autant qu'ils peuvent en ouvrant vite la portière car après, la merde, faut l'empaqueter pour la semaine — pire si l'habitacle est pris dans le bitume. Là, c'est souvent direct la tombe. Y a un mot pratique pour ça : l'autombe. Ça veut dire que t'es mort et enterré avec ta pierre tombale. Du tout-en-un, le bloc. Mon phare, il oscille sous les vagues, une anguille, il encaisse souple. C'est ça la Lamproie : ça plie, ça rompt pas. Quelques dingues ont sorti leur planche de titane et surfent plein ouest sur des lames de six mètres. Sur le front de mer, les hypers ont attendu l'extrême limite pour descendre la coque oblongue. On entend le roulis des volets de blindage, à la base des immeubles. Les vagues sonnent plus sourd à mesure que le goudron grossit et rend la pâte plus visqueuse. J'éclaire l'eau à l'halogène. Elle a maintenant pris sa teinte de réglisse, qui n'empêche pas de voir le fond. D'une marée l'autre, sous la poussée, il arrive qu'une autombe se fende et s'ouvre. Les corps flottent blancs à la surface de l'asphalte. Ça me terrifie, ça. On entend à présent les sirènes de panique du Pharynx. Dans le ciel, la nappe de lumière s'est gravement assombrie. Tout le monde a le ventre tordu et économise sa lumière, dans l'attente. C'est là que ça va être fort d'émettre. C'est là que ceux qui ont du feu dans les burnes vont se révéler. Le baroud de lueur. La classe.

Chers citoyens et clients, notre Ville ferme ses portes dans une heure. Nous vous prions de bien vouloir vous diriger vers votre lieu d'habitation dans les plus brefs délais. À votre domicile, enfermez-vous et veillez à assurer l'étanchéité optimale de vos ouvertures. ***JE VIENS*** *Pour les sans-abri, des barges citoyennes sont à votre disposition pour vous héberger à titre temporaire. Les véhicules garés à moins de 40 m d'altitude sont considérés en danger. Je répète…*

PHAREX

Les véhicules et leurs résidents garés sur rue ou en parking de sol à moins de 40 m d'altitude sont en danger. ***JE VIENS*** *Les dernières estimations de Météophare prévoient une marée d'amplitude exceptionnelle avec surrection de 200 à 300 bâtiments à croissance rapide. Des siphons aspirants et des baïnes d'asphalte sont à redouter, en particulier près des places, des tunnels et des squares. Je répète…*

« Je viens. » La lueur de Farrago m'est arrivée d'une salve, dans un crépitement ultrarapide, elle a ricoché sur les vitres de la tour des Nombres. Elle m'a trouvée. Il est fou. Son phare est à onze kilomètres du mien, la marée est en pleine hausse, les siphons se forment déjà au pied des immeubles et il va prendre sa chaloupe. Il va profiter de la portance liquide de l'asphalte pour venir. Quand le monde est solide, trois cent cinquante jours par an, la ville n'est qu'une route. Il nous est alors impossible, physiquement, d'être ensemble. Pour les épharés comme nous, qui vivons chichement de nos lueurs, conduire un véhicule à roues est inimaginable. Ce serait contraire à l'éthique, de toute manière. « Seule la lumière voyage. La clarté pure nourrit. » La belle ascèse… J'ai tellement envie de le voir, de me sentir pleine dans ses bras. Lorsqu'il est là, je me sens agrandie par sa chaleur, je me loge toute nue dans son odeur qui flotte, je le mords. Faire l'amour, oui, quatre ou cinq jours, sans changer le linge, que ça reste nourri et présent, toujours à couver, enveloppant. Des journées entières lovés, sans avoir à se guetter dans la nappe comme des chats perchés, infatigués. En oubliant : toute traduction, codage ou transcodage. Vivre soudés côte à côte sein et torse — jusqu'à ce que le reflux s'amorce et qu'il soit obligé de repartir (sauf s'il se décide, cette fois-ci, à rester. Je vais essayer encore ; de le convaincre. J'aimerais tant… Je n'ai pas beaucoup de place, oui. Ma lanterne contient un lit et une cuisine, deux étagères et l'estrade de guet, et je n'ai qu'un étage en dessous, rempli à ras bord par mes lentilles, mes lampes et la nourriture, mais je saurai me serrer et te laisser l'espace ; je me ferai minuscule).

LAMPROIE Il y a six ans, j'ai vu un phare s'enfoncer dans l'asphalte en moins d'une heure. Englouti, complètement, d'une seule coulée mortelle. Eh bien le gadjo, le gardien, il s'appelait Chebec, il a pas cessé d'émettre pendant les soixante minutes de son agonie. Il a même pas essayé de sortir, le tourbillon était trop violent, la barge qui tentait de le sauver a été avalée mais il n'a jamais cessé d'émettre. À la fin, toute la ville s'était tue, par respect, l'instinct, y avait plus une lueur, c'était la nuit la plus noire de toute ma vie et y avait juste ce type, Chebec, qui brillait tout seul, ça m'arrivait par éclat, un jet, hop, presque rien… Je me souviens plus ce qu'il a dit. Personne s'en souvient. On comprenait rien à ses codes. Il a émis, c'est tout. Jusqu'au bout. C'est ce qui compte.

SOFIA J'aurais pu la rater, sa salve, vraiment, aux aguets toute que je fusse. Ça a éclaté de partout entre 18 et 19 heures. Titatata ti (~) titititа titi ti tati tititi. Du pur morse. Mais souvent le morse reste le code le plus efficace dans une nappe chargée, à cause de la fibrillation, très scintillante, du signal. Quand quatre mille petits phares diffusent en même temps, il faut un sacré brio pour émettre dans les intervalles. Il y a toujours des séries lourdes à éviter. Il faut sentir le laps, l'anticiper, entre vague et ressac. Trouver les angles fins pour ricocher de tour en tour. Trouver la couleur du rayon aussi. Farrago sait faire tout ça, parfois, pour venir me toucher. Son jet framboise, varié de blanc, et son orange vacillant pour marquer les espaces entre les mots, je les accroche très bien, il le sait. C'est notre spectre à nous. Pour le reste, je fais peut-être partie de la dizaine de liphares capables, dans toute la ville, de repérer et de décoder une poudrée de morse jetée par une vigie au milieu du journal halovisé d'Ophare ; j'ai perdu, à trente-cinq ans, mon acuité sur les verts et les bleus. J'arrive à distinguer le framboise de Farrago du grenat de Meltem, je peux même dissocier un safran d'un jaune soufre si le pinceau est assez large, il m'arrive pourtant de perdre courage.

« Abondance de lux nuit », comme dit mon ami Wous. Je n'ai plus qu'à attendre la chaloupe de Farrago, qu'à regarder la mer monter et envahir les rues une par une, en espérant le voir déboucher de l'avenue inondée du Giotto. Je pense à Venise. Venise a-t-elle existé avant nous ? « Aujourd'hui, il ne reste que vous », confirment tous les bateaux-feux qui reviennent de l'horizon. Notre Ville seule surnage encore du globe de la Terre liquéfiée. Elle pousse encore, d'année en année, sur un limon d'industries et de pollution fertile.

… la marée **envahit** la ville nous vous demandons votre attention alerte noire **sirène** sous l'enfoncement des centres commerciaux périphériques noyés et calfater les ouvertures **hors d'eau** à 14 mètres dans le bas-port et 8 mètres dans les tours pavillonnaires aux sous-sols inondés la **totalité** des immeubles courants forts à couper son moteur et s'envelopper d'une coque protectrice désadhérente sur les volets **hermétiques** parmi les barges de sécurité **arches** flottantes hélitreuiller trois enfants piégés sur le rond-point de la perspective Nevski recouverte de bitume liquide déjà en cours de solidification **risque d'effondrement** de la médiathèque Borgès et nager si possible vers l'escalier le plus proche…

---FARRAGO---

J'ai choisi d'emprunter la perspective Nevski qui s'étire en légère pente parmi les buildings de verre impeccables du centre des affaires. Les courants y sont plus faciles à deviner. Ma chaloupe dérive dans une manière de fleuve naissant, dégagé du ballet des barges qui encombrait les quartiers bas. En point de mire, j'ai le rond-point du Giotto et ses tourbillons traîtres. Je me détends, j'écoute le bruit de l'eau s'écouler sur ma coque et les contre-courants qui s'enroulent autour des poteaux. Par bribes, j'ai le temps de lever la tête et de me sentir libre. C'est si rare dans ma vie, si précieux de prendre l'air en plein visage hors du phare. Le ciel est d'un noir savoureux, les nuages qui y filent sont comme vernis. La nappe au-dessus de moi a tellement fondu que les ombres des immeubles portent sur l'eau ! La lumière est d'une sobriété crépusculaire, un simple nuage de lait, elle effleure les façades, elle n'éblouit rien : elle rend visible.

Je n'ai jamais circulé dans cette ville autrement qu'en dériveur avec l'asphalte liquide qui me porte tandis que ceux qui l'habitent ne la connaissent, eux, qu'inondée de voitures et dure sous la roue, avec le smog infiltré dans l'habitacle, vent nul et toute surface interdite aux piétons. Tu es né dans un phare ou tu es né sur l'asphalte, avec un volant dans les mains et une pédale sous chaque pied. Tu roules ou tu communiques. Il n'y a plus de mélange possible aujourd'hui.

PHARENËNTE

Nous sommes l'élite déchue, bidon, perchée à l'écart des flux pour ne pas gêner la Croissance. La ville se fait sans nous. Quand les réfugiés de l'horizon ont débarqué, la Gouvernance a empilé les cubes des villas et elle a laissé faire l'asphalte. La Ville a poussé vers le ciel et de plus en plus haut. Les nouvelles tours des cités-dortoirs lorgnent notre nappe du dessus, elles ne comprennent absolument rien de ce qui s'y dit (s'en portent pas plus mal !) La Gouvernance annonce des phares de 400 mètres pour former une seconde nappe — l'Étoffe — nette et désaturée. Suite à leur appel à projets « Lumières du futur », j'ai postulé comme projectionniste auprès des Actionnaires. Sans résultat. Je ne pèse pas un candela face aux Diffuseurs. « Des messages clairs pour un monde clair », voilà ce qu'ils vendent à ceux qui pourront se payer une vie à 400 mètres de haut. La circulation se fera en dirigeable et en autogyre. Communication lumineuse réduite : on utilisera beaucoup drapeaux, bannières et tissus. Énergie douce et cerfs-volants. Codes doux et cerveaux mous. Ils veulent en finir avec l'expression individuelle, avec le brouillage des « émetteurs égoïstes » qui « bafouent la bienséance élémentaire des communications publiques ». L'écologie contre l'égologie. L'argument est imparable. À cette grosse nuance que ce qu'ils cherchent n'est pas redonner corps aux échanges collectifs : c'est monopoliser à deux lasers tout l'espace d'émission pour formater les rétines.

———FARRAGO———

À cinq mètres sous la surface de l'eau, je distingue par moments la file des voitures. La lueur des phares traverse avec douceur l'asphalte translucide. Ça forme un halo d'aquarium qui monte de l'avenue. À l'allure où je dérive, j'ai le temps d'apercevoir les visages brouillés. Certains me font des signes à travers le pare-brise, j'agite la main en retour. La plupart des véhicules sont déjà éteints, dans une attente qui sera terriblement longue. J'en ai honte mais j'ai envie, souvent, que ça en reste là. Que l'asphalte durcisse d’un bloc et les fige à jamais. Fluide redeviendrait la ville, avec des discussions retrouvées, devant un verre, des réunions toutes bêtes, des rencontres de hasard dans la rue… Bref, ce corps à corps des tête-à-tête qui pétrissait notre pâte d’homme et nous fondait, l’un dans l’autre, l’un par l’autre. La ville a fait de chacun de nous un grain, l’individu-comme-unique, qui ne communie plus.

SOFA

Quand il a tourné dans l’avenue du Giotto, je n’étais pas dans ma lanterne, j’aménageais la chambre. Je ne l’ai vu — parce que je me suis penchée pour la centième fois au balcon — il était à moins de deux cents mètres du phare. Il remonte un courant torrentiel. Il va verser. J’ai dévalé les cinq cent trente marches du colimaçon comme un toboggan. Il n’a pas eu le temps d’appeler, j’aurais eu honte d’entendre sa voix avant d’être en bas. Ç’aurait été comme si je ne l’avais pas vraiment attendu. J’ai sauté le dernier palier — plaafff ! direct dans l’eau, rien compris, j’avais oublié la marée, que les dernières marches sont toujours inondées. Le choc de l’eau, du froid à mi-ventre. J’agrippe la poignée de la porte, je tire de toutes mes forces, l’eau s’engouffre, je m’accroche à l’embrasure de pierre et patauge jusqu’au perron. Et il est là, dans son sweat éternel, cheveux aux épaules, vingt mètres peut-être, il godille dans sa chaloupe rouillée, plonge sa pagaie, droite-gauche, sa coque écume sous le courant…

— Sofia ! Lance-moi la corde !

FARRAGO

La voir… Sa frimousse nichée dans ses cheveux trempés, son sourire de pur bonheur en plein milieu des prunelles, elle a jailli de la porte, et s'est stabilisée debout dans la flotte. Je l'avais tellement imaginée ces six derniers mois, j'avais refait la scène cent cinquante fois, j'avais craint, saccades de trouille, de la découvrir sur ce même perron avec un homme à ses côtés, lui tenant l'épaule — eh bien, voilà : sa présence d'un coup. Le vibré de son visage. Tout ce qu'elle y fait passer en une minuscule seconde.

— Maintiens ta gîte. Je vais venir te l'accrocher !
— Dépêche-toi, je suis à la limite…

SOFIA

Je délove la corde d'amarrage et je la jette dans le courant. L'extrémité file vers Farrago mais il ne pourra à la fois pagayer et l'attraper. Le Giotto est complètement désert, il ne faut espérer aucune aide. Des pare-chocs dérivent dans le courant. J'empoigne la corde et me laisse glisser tout le long jusqu'au crochet, mon corps flotte à l'horizontale, je me redresse, je n'ai plus pied, la chaloupe s'approche, Farrago est à bout de forces, il ne progresse plus et se maintient avec peine à niveau.

— Tu y es presque…
— Je vais être trop court, Sofia !
— Jette ton ancre et nage jusqu'à moi !

FARRAGO

Ç'a été notre premier contact physique. Son corps chaud dans l'eau fraîche et huilée, sa main ferme sur mon avant-bras, comme si je risquais de lâcher la corde… et dès qu'on a atteint la porte, que nous avons été à l'abri au pied de son colimaçon, avec le courant qui forcissait à l'extérieur, son premier baiser au goût d'asphalte, avant que l'odeur, lentement, ne s'évanouisse dans sa bouche pour laisser monter la pure sienne. Les souvenirs reviennent d'une seule vague alors, je la reconnais à fleur de groin, en total aveugle, à ses gestes qui sont toujours souples et placés, naturellement posés, d'un coulé qui me délace, et ma tête se dévisse dans l'air, mon corps fond comme un chocolat rond dans sa chair et je sens monter cette évidence, nous deux, noués, nous.

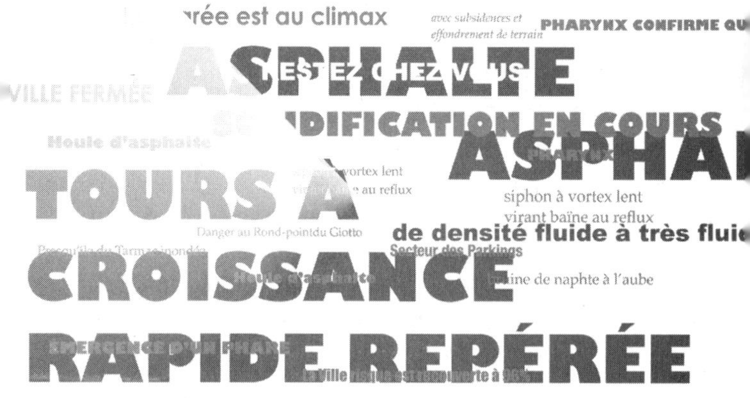

Taber ! La ville nous couve un silence des profondeurs… Je sens l'asphalte qui monte avec sa lourde lave de plomb vivante et qui prend possession de la ville, pour la refaire à sa main. Cet asphalte-là, vous gourez pas : c'est pas du goudron de route, c'est pas du bitume de parking à Caddie[2] — ça le sera mais après coup, quand il meurt d'avoir trop fleuri si bien qu'on lui roule dessus parce qu'il bouge plus et qu'il peut plus répondre. Les gars parlent d'asphalte liquide parce qu'ils veulent pas piger. La vérité, tu la prends dans ta face quand tu vises les traces qui écument sur ta vitre, les petites bulles qui montent comme avec des pieds. La vérité, c'est que c'est vivant. C'est de la sève noire qui irrigue les pylônes, du sang de pilier qui pulse et qui arme du dedans les tours ! C'est de l'énergie pure, minérale mon gars, qui vient à date fixe comme un vieux printemps rejeté et qui t'engrosse de moellons les cités de béton biberonnées ! Ouais, à te faire du môme cubique dans le ventre des centres commerciaux !

— J'ai reçu deux offres de la Gouvernance. La première, pour me racheter mon phare. Ils veulent en faire un filtre à air, pour le smog.

— J'ai reçu la même offre. Ils proposent ça à tout le monde en ce moment. Ils s'abritent derrière l'argument écolo pour nous fermer le maximum de phares.

— Et la seconde pour devenir Liphare sur l'Étoffe.

— Oh ? Tout là-haut ? Dans la Surville ?

— Évidemment…

— Tu aurais un phare de quelle hauteur ?

— Trois cent quarante mètres. C'est la hauteur standard du projet.

— Pourquoi ils t'ont proposé ça à toi ? Tu es tellement sobre dans tes émissions qu'il est à peu près impossible qu'ils t'aient repérée !

— Ils scannent les phares depuis six mois. Ils font des mesures. Ils calculent des ratios émission/traduction pour savoir qui émet utile et qui balance du lux. Sur ce critère-là, j'ai eu d'excellents ratios.

— Ils t'ont précisé ton niveau de charge ?

— C'est assez léger. J'aurais en responsabilité directe une trentaine de tours. Je serais chargée des traductions vers les réfugiés. Je devrais aussi relayer en retour, aux diffuseurs, les requêtes des habitants.

— Avec quels avantages ?

— Une lanterne deux fois plus grande qu'ici, et un triplex en dessous. Tout neuf. Wous a eu la même proposition.

— Tu vas accepter ? Tu vas quitter la nappe ?

Sofia pivota sur le dos et son regard fila à travers la verrière. Nous n'avions même pas eu à la couvrir : le ciel était noir ! Des étoiles, tout étonnées d'être vues, scintillaient dans le ciel. La tempête avait chassé le smog et éteint la nappe comme on bascule un interrupteur. C'était une de ces nuits sublimes, à nous, où l'on retrouvait nos sensations, l'envie, le goût de tout. Nous venions de faire l'amour coulé, limpide, mais la complicité était plus forte encore lorsque nos corps tombaient, quand elle se blottissait tout le long et que je sentais sous mes mains à quel point elle était là. *Tu vas accepter, n'est-ce pas…* Sofia avait grandi les yeux rivés sur la nappe à écouter les solitudes se parler. Et à apprendre. Très jeune, elle avait eu la passion du code, ce goût de saisir au vol qui disait quoi et à qui, moins pour participer aux échanges, y répliquer ou imposer ses vues, que parce que pour elle, comprendre ce qui se passait dans la nappe, voir s'y propager les plus dérisoires rumeurs, attendre les commentaires sages de certains et la répétition cacoptique des autres, était la seule façon de mûrir et d'accéder à cette part humaine que la Ville, par son architecture, rendait presque impossible à apprivoiser.

Sofia maîtrisait aujourd'hui plus de deux cents langages. Elle était devenue liphare sans même le vouloir, en suivant sa pente naturelle qui était de porter vers le jour les moins lumineux qu'elle. La plupart des membres de sa caste se contentaient de traduire, vite et bien — c'était jusqu'ici le critère. Ils étaient nourris par la Gouvernance en conséquence. Sofia s'était concentrée sur la plus modeste (pour moi la plus cruciale) des missions : celle de passeuse. Celle qui consistait à traduire un message d'un code singulier, parfois unique, dans un langage optique que tout le monde puisse comprendre. Celle aussi qui permettait à deux phares parfaitement étrangers l'un à l'autre de se parler — et de se parler sans le relais des diffuseurs qui ne transféraient aucune salve sans la simplifier jusqu'à l'abject. À trente ans, Sofia avait déjà décodé, traduit et prolongé vers ceux qui en avaient tant besoin un petit million de salves. Elle relayait encore aujourd'hui une cinquantaine de messages par jour pour des phares isolés à demi opaques, des vieilles balbutiant leurs demandes au flambeau, des orphelins que personne ne livrait et qui se nourrissaient d'oiseaux, des psychopathes dont elle avait mis un an à décrypter le charabia bariolé et qui n'avaient qu'elle pour transmettre leur vision du monde à une ville qui s'en foutait comme de sa première lampe. Ce qu'elle émettait — elle — était compact et net — respectueux au plus haut point des plages d'émission. C'était utile et généreux, jamais gratuit. Et la Gouvernance l'avait très bien compris. Ils avaient besoin de citoyennes comme elle pour leur nouvelle ville. De gens bien pour servir l'Étoffe. Sofia avait le profil. Les gens que Sofia aidait ne se vautraient pas dans le lux, c'était le moins qu'on puisse dire. Elle ne les aidait pas pour qu'ils manifestent, à leur tour et à leur niveau, les éclats de leur ego, plutôt pour les relier au tissu social dont ils étaient exclus. Ils formaient l'ourlet frangé de la nappe : elle créait le fil d'une relation, elle les incluait dans la trame.

— J'ai accepté de faire la visite. Ils sont venus me chercher ici et ils m'ont héliportée jusqu'au phare. En fait, il est posé sur une tour, il est tout blanc. C'est… La lanterne est entièrement vitrée. On domine toute la ville… La vue porte très loin sur l'océan. Les yeux respirent… De là-haut, notre nappe a l'air d'un…

d'un tapis, un joli tapis brillant. Tu n'es pas aveuglé du tout, tu contemples ça à distance…

— Le ciel doit être bleu, j'imagine…

— Bleu. À peu près bleu. Le smog a le temps de se dissiper et le vent est plus fort à cette altitude.

— Tu as vu les autogyres ? Ils ne parlent que de ça dans la nappe en ce moment.

— J'ai vu un prototype. C'est vrai que c'est très beau, très élégant. Tu es intéressé ? Ils cherchent des pilotes…

— Si tu vas là-haut, comment on va communiquer ? Tu voyais mon phare au moins, de ton perchoir ?

Je ne le voyais pas. Et de toute façon, il m'avait été précisé, avec une pénible insistance, qu'aucune émission verticale entre l'Étoffe et la Nappe n'était autorisée entre particuliers. Seuls les Diffuseurs avaient ce privilège. Les deux mondes étaient conçus pour être clairement séparés. L'objectif prioritaire était de ne pas polluer l'Étoffe, de ne surtout pas reproduire les excès de la Nappe dans l'Étoffe. À côté de moi, je sentis Farrago se recroqueviller d'un geste minuscule. Il était encore contre moi une seconde auparavant : une lame d'air de la minceur d'une peur, à présent, nous désolidarisait. Et ça, je ne pouvais le supporter sans trembler. Ça sortit tout seul :

— Je n'irais pas là-haut, Farrago, même s'ils me proposaient un phare de six cents mètres de haut et un hélicoptère.

— Pourquoi tu dis ça ?

— Parce que cette Surville que la Gouvernance est en train de construire, elle va couper la ville en deux. Les élus en haut, avec les jardins suspendus, les passerelles de bois fin et les autogyres — et les lampistes en bas, voilà leur projet ! Le pire, c'est qu'ils font déjà leur marché chez nous pour prendre les meilleurs liphares, et pour les déporter là-haut.

— Ce phare qu'ils te proposent, il peut être occupé à deux ?

— Tu partirais avec moi ?

— Ça fait envie.

— Ce serait trahir…

— Je sais. Je ne vais pas servir la soupe aux Actionnaires. C'est juste que parfois, je ne me sens plus chez moi dans la nappe. Je suis largué par cette génération qui monologue au laser. Qu'est-ce qu'ils foutent ? Ils repèrent les couleurs qui plaisent, les salves basiques à reprendre et à répéter, ils copient-collent ce qui passe bien dans la nappe, le flicker hype, et ils envoient ! Ils ne se disent pas : qu'est-ce que j'ai à dire ? qu'est-ce qui mérite d'être offert, transmis aux gens ? Ils se demandent juste : qu'est-ce qui *passe* ?

— Oui, parce que pour eux, communiquer est d'abord une forme, pas un contenu. N'a aucun sens ce qui ne peut être vu et lu. Ils n'écrivent pas d'ailleurs, ils signent. Et ils n'émettent que ce qui peut être compris par tous et facilement relayé.

— La valeur d'un message se réduit à sa valeur d'échange !

— Ou à son potentiel de répétition. Et cette répétition sature tout, elle finit par masquer les rares paroles qui illuminent une journée. Mais c'est parce qu'un message de valeur, tu ne peux pas le recevoir sans en être transformé, aussi peu que ce soit. Son contenu résiste à la photocopie pure. Tu ne peux pas le traduire sans le modifier, sans l'adapter à celui à qui tu l'enverras ensuite. Et ça ralentit la communication, Farrago, cette intentionnalité, cette exigence de s'adresser à quelqu'un. Le monologue spammé est mille fois plus rapide. Plus rentable.

— Quand un publicibleur leur confie des pitchs à diffuser à doses massives sur leur quartier, au lieu de les aveugler d'insultes, ils négocient, Sofia ! Ils demandent une batterie solaire et un laser. Et là, c'est l'extase : avec un seul laser, ils inondent ! Ils rayonnent de pisse. Ne leur demande pas de relayer une phrase, un message personnel pour un ami que tu n'arrives pas à atteindre ! Ils sont dans l'autoaffirmation débile !

— Ça a toujours été comme ça, mon amour, tu vieillis, c'est tout. Il y a encore des luministes magnifiques, des professeurs qui cultivent par leurs messages tout un quartier. Sur le secteur ouest, en bord de mer, j'ai un peintre fabuleux. Il émet une toile tous les soirs à onze heures sur la quille du transbordeur et je peux te dire qu'autour, tout le monde éteint, personne ne le brouille. Il y a un respect énorme. Il compose par couches successives, il additionne et il soustrait, il délave ou renforce avec de petits vitraux — le tout en temps réel, c'est autant une performance qu'une projection. Quand il a fini, il laisse son tableau éclairé une demi-heure et les gens commentent avec retenue, en niveau de couleurs, pour ne pas casser la magie.

— Moi, j'ai un sniper, il te fusille quatre lanternes par nuit. Attention, quand il est fatigué, c'est sa moyenne basse ! Il utilise un laser haute fréquence. Il charge une fraction de seconde, il vise et ça explose. Il a déjà tué trois personnes. Et la Gouvernance laisse faire !

— Tu es dans sa ligne de mire ?

— Il a détruit un phare à cent mètres du mien, Lochmar. Le lendemain du tir, j'ai émis à Lochmar qu'il pouvait venir chercher du verre chez moi. Il est descendu au sol. Il était tétanisé par la circulation. Il n'a pas fait dix mètres sur le périphérique…

— Il est remonté très vite dans sa lanterne. On le comprend. On fait tous ça.

— Non, il a tenté. Et il s'est fait broyer par un tank de chantier. Tu me croiras ou pas, mais personne ne s'est arrêté, Sofia, personne. On lui a roulé et roulé dessus sans arrêt pendant des heures et des heures, comme un hérisson.

---LAMPROIE---

Quand la marée est haute, je sais que j'ai six heures avant le jusant. Je décroche le zodiac, j'empile mon matériel de plongée et j'enclenche l'hélice au ralenti pour m'enfiler dans les boulevards, au feeling. On est pas des milliers à oser, c'est pas jour de régate, et ceux qui sont là sont des sacrés malins qui font leur course à la rapine, souvent. Moi, j'aime regarder les fonds. La nappe a retrouvé du jus et elle éclaire assez fort pour traverser le réglisse sur une dizaine de mètres. Dans la rue étroite où j'ai balancé mon ancre, les fondations plongent très profond, un vrai canyon. Je me suis mis à l'eau, avec la combi, et je palme calme. Des méduses de toutes les marques flottent. Elles rappliquent du grand large, elles annoncent les futurs hypermarchés, faut pas y toucher. Des bancs de claviers blancs se faufilent entre les poissons-câbles, longs et rapides comme des anguilles, qui cherchent déjà les trappes de connexion. Le plus beau, ça reste les raies vitrées qui glissent comme d'immenses pare-brise très près de la surface. Des ailes de laguna passent, avec leur carrosserie noire et souple. Je me leste et je descends au niveau des voitures englouties. La flotte est maintenant sépia. Je longe la file de bagnoles, c'est le silence morbide, impossible de choper un visage derrière la buée des vitres… Si, là… La vitre est entr'ouverte… Je m'approche de la portière… Mon cœur tape, je pompe à bloc dans le détendeur… Une tête d'enfant cogne, soulevée, à la vitre… Sa bouille est gorgée d'eau… Je recule, je bouffe le détendeur en sifflant. Je peux pas le sortir. Il me regarde avec ses billes bleues, fixe, fixe…

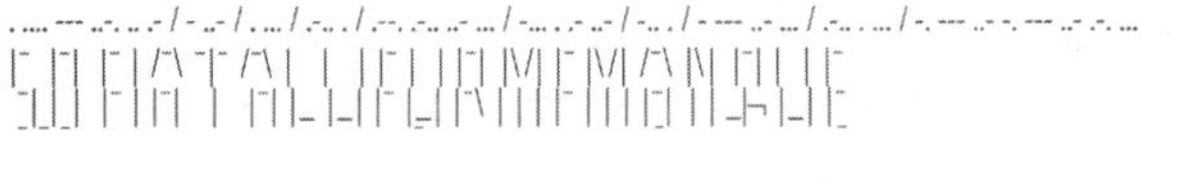

Lorsque Sofia est remontée et qu'elle a salué des deux mains, de l'aplomb de son balcon, dans sa robe couleur de la poussière du ciel, avec son pull d'angora rouge tellement vieux qu'il ne peluche même plus, tellement vieux qu'il est devenu sa peau de peluche odorante et de bonheur à envelopper au creux de mes bras, je n'ai pas réussi à relever l'ancre. Le jusant figeait déjà de larges plaques de goudron, je la regardais saluer, le buste gracile et presque détaché des hanches larges et rondes, un peu comme si l'amante légère avait été posée, caprice, par le sculpteur sur un bassin maternel. Je la regardais avec ses cheveux de miel clair, lâchés au vent, cachant ses yeux embués, je la regardais parce que je savais que j'allais devoir vivre six mois avec cette image — et rien d'autre — rien d'autre que toutes celles, intérieures, tactiles ou olfacultatives, trop vite flouées, que cette semaine blotti dans son nid me laissait. Chaque année qui passait avec elle, j'essayais de mieux fixer les instants et les visions et de les ressusciter en moi le plus souvent possible pour qu'elles continuent à y infuser leurs couleurs, lorsque j'étais seul, leur toucher et leur goût.

Ça fait un mois ce matin que je l'ai quittée. Il m'en reste cinq avant de la revoir. J'ai déjà perdu ses joues, leur forme, je me souviens du sourire et de sa voix qui me dit bonne nuit juste avant qu'elle se retourne vers le mur pour vraiment dormir. Je me souviens de sa façon d'incliner la tête quand elle joue l'enfant coquine, je me souviens du triangle de peau sous sa nuque dégagée, que j'adore embrasser parce que je mange en même temps. J'ai dépassé les mille messages sans réponse. J'ai émis d'à peu près toutes les façons imaginables, j'ai tenté des relais sur le réseau intégral de phares que j'ai en ligne directe, j'ai même essayé des ricochets absurdes sur les pare-brise et les carrosseries, sur les dirigeables en toile-miroir. Rien n'est passé (ou alors, m'a suggéré Farsi, elle aurait décidé de ne plus répondre ? Elle serait passée à autre chose ? À quelqu'un d'autre ? Elle a accepté le poste de liphare à Surville ?)

Cette dernière marée a été d'une fécondité mortelle, laquelle a produit une vingtaine d'édifices noirs : une banque obscène et lustrée, un minaret et un campanile, un obélisque de basalte, un parking aérien, des barres d'habitation… Dans la direction de Sofia, j'ai maintenant une cité-dortoir qui me barre l'horizon. Le soir, je regarde les appartements s'éclairer et s'éteindre, sur la centaine d'ouvertures de la façade, c'est parfois joli, souvent dérisoire. Les fenêtres pourraient presque former un code, un code collectif inconscient sur une clef binaire, qui raconterait une histoire différente toutes les nuits, ou un récit évolutif. Une cuisine qui s'allume, une chambre qui s'éteint, et le sens de la phrase pourrait basculer. « Faible » qui devient « Fable » par exemple parce qu'un *i* saute. Tout sauf *i*. Tout Sofia… Son manque me troue.

PHARENËNTE

Le sniper a encore frappé ce matin. Il canarde en plein jour désormais. Sur les surfaces de métal, il trouve des rebonds mortels. Il éclate des lanternes en toute impunité. Pourquoi se gêner ? Il a des contrats. La Gouvernance le paye grassement, non ? La résistance n'a pas pu ou su s'organiser avant qu'il ait flingué tout son périmètre en vision directe. À présent, il s'attaque aux phares de second niveau, accessibles en une bande, comme le mien… Par acquit de conscience, j'ai muré ma fenêtre d'émission au nord. Qu'il tire ! La ville que j'ai connue est morte avec la dernière marée. Les pavillons où j'ai grandi sont devenus des dalles. Un socle pour les barres. L'Asphalte décide à leur place. Les phartistes comme nous ne sont plus livrés depuis l'équinoxe. Que les camions ne ralentissent plus, nous avions pris l'habitude… Ils jetaient au moins les sacs sur le socle de nos phares. Plus maintenant que la « politique d'assistanat » est révolue, clignote-t-on partout dans la nappe. Puisque éduquer les gens pour un peu de nourriture, naturellement, c'était de l'assistanat… On peut encore demander l'héliportage, à condition de diffuser des spots « civiques » vers les barres. J'ai refusé. Ils attendent ma reddition ou mon suicide, c'est la mode — au moins que je vende mon phare, qu'ils y placent leur publiciteur plasma. Ça ne leur coûte rien en fonctionnement avec le recyclage solaire. Pas comme nous, les humanoïdes : le soleil ne nous suffit pas, il nous faut encore notre part d'ombre, qu'ils ne fournissent plus.

LAMPROIE

Cette gamine, elle doit avoir à peine huit ans, personne sait comment elle s'appelle. On lui a posé cent fois la question, dans tous les codes de la nappe, elle comprend tchi. On a fini par l'appeler Loupiote. Elle est minus, elle a l'air croquignole à la jumelle et timide en diable, cette gosse, mais impossible d'échanger le moindre signal avec elle. Ça fend le cœur de la voir toute seule dans son donjon. Quand son père s'est jeté dans le vide des 80 mètres, elle a hérité du phare, pour sûr. Personne allait lui piquer, question de respect. Il est foutrement bien placé pourtant, sur son île de roc, à 200 mètres de la côte, ce serait un relais nickel pour des tas de phares qu'arrivent plus à toucher la baie. Seulement, berdam ! Rien qui passe par elle. Le pur caphare ! C'est pas qu'elle émet rien, qu'elle essaie pas. C'est qu'elle sait pas !

Personne lui a appris ! Quand son père l'a plantée, elle avait cinq ans, la mioche. Les services sociaux de la Gouvernance lui ont bien proposé d'habiter les cités et de laisser le phare. Elle a jamais voulu. Les Actionnaires lui ont coupé les vivres pour la faire plier. Elle a pas lâché. Elle pêche : à la ligne, au fouet, au harpon, au lamparo. L'île fait dix mètres sur dix, ça lui suffit. Elle tire les oiseaux au lance-pierre aussi. Rudement bonne. Elle descend quand elle a faim, sinon elle campe là-haut, dans sa lanterne et elle regarde, et elle clignote, désespérément. Ça remue au ventre, je vous le jure, ses signaux tout tristes et lents, tout saccadés et nerveux parfois, comme une panique, ça veut rien dire, hein, ça parle tout seul dans sa langue qu'elle s'est faite, que personne il la pige, les plus costauds liphares s'y sont vrillé les mirettes et retourné dix fois la cervelle dans le bocal, sans capter. Moi j'essaie encore, de temps à autre, j'envoie un long, elle répond un long, un court un court, du bleu elle sort du bleu, elle manie bien les couleurs — mais voilà, rien de plus, pas mieux. À chaque marée, je pousse le zodiac là-bas mais elle m'ouvre pas, elle se cache, j'appelle, elle vient au balcon, elle répond pas, jamais elle parle, elle me regarde éberluée, les prunelles toutes grandes ouvertes avec sa lampe de poche à la main et elle me clignote des mots doux peut-être, peut-être du « va-t'en ! ». Qui dira, qui sait ? Je lui laisse du poisson frais sur le perron, elle attend que je ripe et quand je suis assez loin, elle chippe la dorade et referme aussi sec. Puis elle m'envoie plein de salves sur le zodiac, de l'orange, du jaune très lumineux, longtemps. Et là, c'est moi qui sais plus quoi répondre. Ça me tourneboule. Parfois, j'aimerais l'embarquer dans ma vie…

SOFIA « A1BB ». Le diagnostic à distance de la médecine héliportée m'a été communiqué en phonète ce matin. Les quatre signes en flash blanc, pas d'erreur possible. « Vous êtes enceinte. » Dire que je m'en doutais ? Je l'espérais, je l'espérais à l'enfouir tout au fond mais quand la salve a crépité, j'ai hurlé de joie. J'ai émis de partout et tout autour, à qui mieux mieux « Sofia, L-A-1-BB ! » et on m'a répondu tellement vite et tellement bien : « Couve-le comme ta lumière », « Tu enfanteras dans la couleur », « Félicitations ! », « Heureux le père ! »… Une euphorie incroyable avant la rechute, aussi soudaine : je me suis assise sur mon lit et j'ai ressenti une frustration massive. J'aurais voulu courir, courir à travers la ville pour aller lui dire, courir… Mais ma peur panique de la circulation a été plus viscérale encore. Lui émettre ? J'ai essayé pendant un mois, j'ai guetté jour après jour à m'en rendre folle son spectre, il est évident qu'il n'arrive plus à passer, je le sens, je le sais. Utiliser des relais ? J'ai beau avoir fait transiter pour d'autres, sans jamais rechigner, des milliers de messages, je ne dépasse pas les deux relais fiables, c'en est désespérant. Il m'en faudrait au moins quatre et je ne les aurai jamais. Il n'y a qu'un phare qui puisse toucher Farrago directement : c'est celui de Loupiote, cette gamine autiste avec laquelle j'échange parfois des aplats de couleurs. J'ai observé qu'elle distingue à la perfection les rouges. Pour le reste, je ne la décrypte pas. Ce qui ne veut pas dire par ailleurs que je ne la *comprends* pas. J'éprouve sa lumière, qui est très belle, avec des modulations fauves fondues qui recouvrent ou libèrent des nappes de lait limpide, je la ressens sans pouvoir la traduire en mots nets. Farrago dit qu'elle n'émet pas sur un mode séquentiel ou logique, plutôt analogique. Ses nappes en tout cas, contrairement à beaucoup, sont prodigieusement habitées. Cette môme émet de l'émotion pure. Qui ne *signifie* rien, qui t'offre tout pourtant, à l'œil nu. Elle a une lumière physique, bouleversante lorsque tu l'observes longtemps et que tu acceptes d'y entrer, qui ne parle qu'en texture, par l'intense, à la couleur et qui te demande une écoute lavée, neuve. Neuve. C'est elle que je dois rejoindre et convaincre. De son phare, je dois pouvoir émettre vers Farrago.

FARAMINE ■

Sofia m'a demandé de la guider pour sa traversée jusqu'à la côte. Je lui dois bien ça, je l'adore. Le code est simple : rouge, orange, vert. Elle a déjà fait quatre cents mètres sur l'avenue du Giotto, à contresens, en marchant sur la crête du rail de sécurité qui sépare les deux flux. C'est de la folie pure, les camions passent à 160 et le souffle généré la déstabilise sans cesse, la moindre chute peut être fatale, on lui roulera dessus avec plaisir — pourtant elle avance, dans la brume du smog, sous l'éclat des phares minus de la racaille roulante. Elle n'a pas d'alternative, nous en avons discuté ensemble deux heures hier : l'itinéraire, c'est le Giotto à contresens puis couper le périphérique côtier, atteindre la plage et ensuite nager jusqu'au phare de la gamine. J'ai alerté tous les phares amis de sa tentative. Ils sont impressionnés et la suivent tous à la jumelle, comme moi. Elle est à mi-parcours. Je lui éclaire la rambarde avec un cône doux, comme si j'assurais la poursuite dans un spectacle de cirque acrobatique. Une danseuse sur une corde, Sofia, elle est si adroite, elle avance sur sa fine poutre de fer sans marquer de pause, comme si sa vitesse était la meilleure garantie de ne pas tomber. J'ai émis une requête auprès d'une relation, un type plutôt donnant-donnant qui me doit plusieurs traductions de ses lettres de drague. Il drague avec abondance les nymphettes des cités, vu sa position. Il est chargé de la régulation routière du périphérique. Dans l'absolu, il a autorité pour stopper le flux de véhicules si des circonstances exceptionnelles l'exigent. Je crois qu'il a exercé cette prérogative trois fois en cinq ans. Autant dire que les chances sont minuscules… Ça valait pourtant le coup d'essayer, pour Sofia.

---SOFIA---

Je suis debout sur un transformateur, au bord du périphérique côtier. J'ai des nausées et mal au ventre. Le smog m'écœure, il m'asphyxie, je vais faire une fausse couche, ils vont m'écraser avec le bébé dans mon ventre. Devant, la route doit faire une trentaine de mètres de large, une six-voies archisaturée où les voitures roulent à près de 200 pare-chocs contre pare-chocs, ou presque. Tous phares et codes allumés sans coupure ni signaux, aucun sens à en tirer, rien n'est dit, le lux crie en continu, un larsen, l'horreur absolue. Des ouvertures ? Il y en a, de trois secondes, quand un camion freine pour éviter de percuter devant, et qu'il relance. Impossible à anticiper, de la loterie pure. Je suis abrutie par le bruit des moteurs, la stridence, les chocs constants, les tôles qui se touchent, je mouche une morve noire, j'ai le nez attaqué. Et les nausées, en boucle, tout le temps. Je me suis allongée sur le transformateur. Faramine continue avec gentillesse à m'éclairer la route, elle ne veut pas voir que je n'y arriverai jamais. Je croise les bras sur ma poitrine…

Elle comprendra. C'était impossible, on le savait. « Le piéton est un cadavre » : c'est peint sur tous les capots des cons, sur les panneaux d'autoroute, sur les ponts, partout.

FARAMINE

« Sors sur ton balcon et déshabille-toi. Si tu restes nue, éclairée par mon projecteur, pendant cinq minutes entières, je ferai un effort pour ton amie. » Le Régulateur m'a répondu. Je suis furibarde. Il accepte de couper le flux du périphérique dix secondes si je m'exécute. Ce type est un salace, un pervers frustré qui se masturbe dans sa tour en matant les nymphettes à la jumelle, je le sais. Il demande ça à toutes les filles qu'il drague et je ne lui traduis jamais ces messages-là ! Jamais !!! Qu'il aille se faire foutre ! Même pour Sofia, je ne lui céderai pas ! Fumier ! Salopard de voyeur ! Sodomise-toi profond avec ton phare !

---SOFIA---

Avant d'étouffer, je me suis relevée. Mes cheveux dégoulinent de suie. Flot de voitures toujours aussi rapide et cruel, puant et bruyant. J'essaie de sentir flux et reflux, de viser, je traverse en pensée. Maintenant !… Là ! Je pouvais… Là je suis morte… Là peut-être… ? Non. Sofia, tu peux encore rentrer, reprendre le Giotto à l'envers : survivre. Je tourne le dos au périphérique. Je suis décidée : je sauve le bébé, je rentre. Au moment où j'allais quitter le socle du transformateur, un éclair blanc — trois fois — hypralumineux — dans mon dos, a flashé sur l'anneau. Je pivote. Une fraction de seconde de pure stupeur. Le hurlement des freins est atroce, il vrille l'asphalte sur un kilomètre. Les camions tanguent, slaloment et tentent d'éviter l'effroyable accident. Trop tard. Devant moi, une vague de véhicules percute le front décélérant — chocs crus des carrosseries, cris des freins, les camions s'enfoncent les uns dans les autres, les voitures se broient, vague sur vague, ça s'encastre dans un carnage d'acier sec, fascinant à entendre, rapace. Le silence tombe d'un coup. Une minute à peine s'est écoulée. Devant moi expire un charnier de voitures fripées, sur une rivière d'huile et de verre. Sans réfléchir, je saute sur la route et je cours, je me faufile à travers la décharge vibrante pour rejoindre la plage de l'autre côté, je cours, Alleluia Are Khrishna Allah Akbar, puisque je n'aurai jamais, jamais une seconde chance de traverser…

Je l'ai fait. Pour Sofia. La honte absolue.

FARAMINE S'EST FOUTUE À POIL !

LA JOLIE SALOPE ! ELLE ADORE S'EXHIBER…

ELLE AIME ÇA, C'EST CLAIR

—--SOFIA---

Je me suis jetée à l'eau sans attendre, pour rincer la sueur et la suie et j'ai nagé dans une pollution presque supérieure, fraîche du moins, en direction du phare de

Loupiote. Des claviers flottent au milieu des ampoules et des spots, des souris agonisent au creux des vagues, l'eau est plus proche de l'huile de moteur que de tout autre chose. Après une demi-heure de nage, j'ai atteint l'île. La petite m'a repérée, elle m'a envoyé des salves de rouge que je lis comme des « T'approche pas ! » Je n'ai pas même une lampe de poche pour la rassurer. J'agrippe un rocher graissé et je me hisse. Trempée. J'appelle. La petiote apparaît au balcon. Tout dans son attitude trahit la crainte, sauvage, et en même temps l'extrême curiosité et une gentillesse évidente, mais contenue, retenue. La luminosité ici est crépusculaire, elle monte en halo de la bande côtière, elle dessine les silhouettes. Je tente de parler :

— Bonjour Loupiote ! Je suis venue te voir ! Tu vas bien ? J'ai besoin de ton aide !

La petite semble surprise d'entendre des sons sortir de ma bouche. Elle pointe sa lampe tempête vers moi, l'allume et l'éteint, comme si elle hésitait.

— Tu viens m'ouvrir ? Je veux monter te voir !

Il est plus que probable qu'elle ne comprend rien à mes paroles. Je m'approche de la porte d'entrée du phare. Elle possède un vitrage paralaser enchâssé dans un cadre de bois. C'est fermé. Je tape. Je relève la tête. Tout là-haut, Loupiote a disparu. Elle revient pour me jeter des arêtes de poisson sur la tête ! Je frappe encore sur la vitre. J'appelle… Je tape. J'attends. Par intermittence, le pinceau des phares vient lécher l'île de rocher. Douce est ici l'atmosphère, la lumière tempérée. Le râle des moteurs meurt au pied du phare comme un ronronnement. Tout l'arc de la côte est visible : tours, phares et barres dans l'enfilade, prisonniers d'une compétition éternelle pour la prise de parole, pour l'altitude et pour la scintillance. Étrange comme cela semble dérisoire vu de ce petit îlot… Je me tiens devant la porte, j'écoute l'escalier. Elle ne descend pas, ou alors d'un pas si furtif… Je regarde au loin vers la baie. L'extrême luminosité du quartier de Farrago annule toute distinction possible. Un son de métal sur une vitre, derrière moi, me fait sursauter. Je me retourne, saisie, et recule d'un pas. Loupiote est apparue dans l'embrasure de la porte. Son visage voilé de cheveux se tient derrière l'épais vitrage. Elle a un lance-harpon calé sur son bras droit et une torche électrique dans sa main gauche. Ce n'est pas une menace, pas réellement, c'est plutôt de la peur. Elle a des traits durs sur une frimousse adorable. Je lui montre mes mains ouvertes.

— Pas d'armes, tu vois ! Je ne te veux aucun mal ! Je suis venue te dire bonjour.

Elle continue une longue minute à braquer son harpon derrière la porte vitrée puis, avec beaucoup d'hésitation, elle le pose au sol.

— Ouvre-moi Loupiote ! Je ne suis pas une méchante.

Elle me dévisage un long moment de la tête aux pieds, on dirait presque qu'elle compte les gouttes qui coulent de mon pull trempé. Avec sa torche, elle émet plusieurs éclats jaunes et attend. Une réponse ? Elle pose son front triste contre la vitre, comme si elle espérait une formule magique qui ne viendra pas. Je ne sais plus quoi dire, je n'ai pas de lampe pour lui répondre, pas d'autre lumière que celle de mes pupilles qui s'embuent sous l'émotion, j'aimerais tant qu'elle ouvre cette porte, j'aimerais tant la prendre dans mes bras pour la consoler d'être si seule.

Je ne sais pas combien de temps a duré notre face-à-face. À chaque minute, elle s'animait un peu plus, faisait davantage de gestes en émettant davantage de lumière, et moi, complètement frustrée de ne pouvoir traduire, de ne pouvoir lui faire écho, je lui parlais, je lui parlais de cet enfant que j'avais en moi et de son père, je formais des sons avec ma bouche, des mots avec ma voix, je lui donnais la chaleur de mon timbre pour seul cadeau, elle sa lumière, sa lumière incroyable, son clignotement de lueur au bout de sa main qui me chavirait, qui était l'évidence terminale de ce monde mort qu'était devenue notre ville, nos échanges, notre humanité. Loupiote était l'enfant de ce temps, un pur produit de la solitude et de la nappe.

À un moment donné, un rayon est venu balayer son phare, elle a cligné des yeux et elle a ouvert la porte. Elle a marché aussitôt jusqu'à moi, en hésitant jusqu'au dernier moment et en m'envoyant des flashs rouges de défiance, ou d'amour, je n'en sais rien. J'ai arrêté de parler et je l'ai prise dans mes bras. Elle était pleine de frissons et de grognements, elle sentait le poisson et ses yeux coulaient. Elle a mis longtemps à s'abandonner dans mes bras, à tout lâcher. Moi, c'était comme si je venais d'avoir un enfant, j'étais invraisemblablement heureuse, et elle avait huit ans déjà, ma fille, huit ? Je ne me souviens pas d'avoir escaladé le colimaçon, je me souviens surtout de son odeur de poisson et d'un chat qu'elle avait récupéré je ne sais comment, et qui s'acharnait sur les restes d'une raie dispersés sur le plancher. Quand j'ai découvert sa lanterne, j'ai été sidérée par la complexité de son appareillage et l'ampleur de sa gamme de filtres. Elle m'a montré sa tourelle d'émission. Elle paraissait très fière. Elle avait de quoi. J'ai aussitôt cherché à la longue-vue le phare de Farrago et j'ai vite compris qu'il était masqué par une nouvelle barre d'habitation. Il me fallait un relais. Un seul suffirait.

PHARENENTE ■

C'est bien la première fois que la sinoque de l'îlot nous envoie quelque chose de lisible ! J'ai remarqué que cette Loupiote avait de la visite hier soir. J'imagine qu'il s'agit d'une assistante sociale de la Gouvernance, une antiquité rare à plâtrer et à placer sur un socle. Ou encore une pédopsychiatre qui va l'amadouer pour lui réquisitionner son phare. Trois ans qu'ils essaient, ils vont bien finir par trouver la faille. *« Urgent et vital : pouvez-vous transmettre à Farrago Trojan que Sofia attend un bébé. » Urgent* et *vital* ? Ils se moquent de qui ? Rien n'est plus urgent aujourd'hui, sachez-le, puisque TOUT singe l'urgence. Pas un message de pub qui ne commence par la triple salve rouge et blanc, pas un mot de liaison qui ne t'aveugle de sa crucialité ultime pour la survie de l'univers ! Une jeune vierge a obtenu ce miracle d'être engrossée quand la fécondité est tombée à 0,4 et il faudrait bien sûr que moi, Phareniente, je retrouve dans la forêt des bites levées le père déjà en fuite, terré quelque part dans sa lanterne après avoir lâché sa semence céleste une nuit de pleine mer ? Je ne travaille pas pour la Gouvernance et surtout pas pour leurs valets vicieux, les sociatres, qui au nom du « retissage nécessaire des liens sociaux » rapatrient les gardiens de phares dans les cités où ils passeront le reste de leur existence à subir les spots d'information de Pharynx ! Je ne prendrai même pas la peine de répondre que je ne relayerai pas — ce serait déjà trop amène. Je vais les laisser dans le doute, ça les ralentira. C'est encore plus savoureux…

LAMPROIE ■

Elle a encore balancé ses couleurs en vrac, la Loupiote, dans le smog du matin, comme tantôt. Au début, pas fait vraiment gaffe. Chais pas ce qui m'a accroché l'œil, la cadence ric-rac, avec ce spectre typique des liphares, pas bravache et très réglo ? Ils font jamais dans le bâtard : leur rouge rougit et leurs verts sont des verts, de sorte qu'un mec qui a trente ans de bouteille comme je, il les chope tout de suite, du coin de la rétine. Là, j'ai tiqué illico. Loupiote sait pas caler du liphare, ça se saurait. Conclusion : y a quelqu'un de neuf dans sa lanterne. J'ai sorti la longue-vue pour checker. J'ai vu une jolie silhouette avec du blond et la gamine tout près, ça m'a fait du bien. Alors j'ai regardé de plus près les émissions, j'ai viré les parasites laser et les traces d'halogène et j'ai carrément noté. Si j'ai bien capté, la nana a un marmot dans la lampe tempête et je suis chargé de l'annoncer au pater, un certain Farrago qui doit azimuter du lux pas trop loin de ma zone... Sinon je vois pas trop pourquoi on s'adresserait à Toto Lamproie pour une commission commac ! J'ai posé mon cul sur un tabouret et j'ai allumé dans ma tronche tous les spots encore en service. Comment loger ce Farrago ? J'ai fait une liste, qui tient sur les doigts de mes deux pognes, des gars assez cœurus pour avoir la gentillesse de relayer l'annonce et j'ai balancé. Vaille que vaille. Advienne que pourri ! Faut juste espérer que ça se déforme pas trop, de rebond en rebond ! Puis j'ai émis sur Loupiote pour accuser réception. Pouvais pas faire mieux, non ?

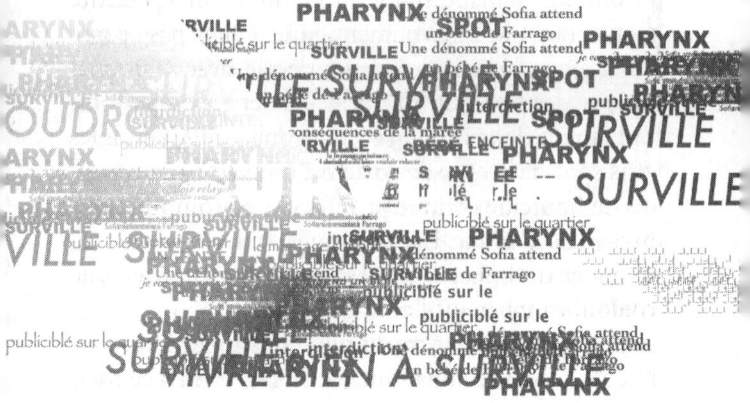

FARRAGO ■ Hier soir, j'ai reçu un message à peu près clair de la frange côtière. Une fois n'est plus coutume, j'ai pris la peine de le décoder. La nappe est devenue tellement absurde dans sa luxuriance que personne ne se fatigue plus à déchiffrer *in extenso* qui que ce soit. Par réflexe, on décode les premières salves puis on zappe. Nous ne sommes plus profonds, nous flottons, nous promenons une attention liquide sur toute chose, jusqu'à s'oublier. Contemplatif ? Même plus : juste excité, laissé pour vif à la lisière de l'extrême hypnose. Alors ce message ? Il venait de Sofia, disait le relayeur, qui le tenait d'un triple pontage issu du bas-port dont l'origine, incertaine, aurait été, selon la seconde source, un certain Lamproie. Un message, après un mois et demi d'attente frénétique et désespérée. Un message… J'ai été placer dans la nuit mon kilo de TNT au niveau de la cinquième marche de mon escalier. Ma bobine de fil fait dans les trente mètres, c'est la largeur de ma dalle. Si tout se passe bien, mon phare va s'effondrer sud-ouest. Il devrait écraser une petite dizaine de véhicules et couper totalement l'axe Taormine pour une journée. Ça fera les gros spots des diffuseurs et moi, ça m'offrira un pont de fortune pour traverser le fleuve automobile. Au bout, j'emprunterai la passerelle Innerlov et, de là, je pourrai atteindre la grève pour chaparder une chaloupe et filer sur l'océan.

Sofia n'a jamais compris qu'il puisse y avoir un pur plaisir d'émettre, la volonté de laisser une trace pour une trace — même éphémère, même inane. Juste pour signer, laisser un sens. Tu ne peux pas écrire mais tu peux signer. Moi, je comprends ça, ou en tout cas, je le ressens. C'est l'ultime étape de la délitescence des liens. Laquelle est une production architecturale. De la ville.

«SSSOOOFFIIIAAA NNNOOOUUUSSS AAA CCCHHHAAARRRGGGÉÉÉSSS

DDEEE VVVOOOUUUSSS AAANNNNNNOOONNNCCCEEERRR»

Jusqu'à l'explosion, je vais diffuser en continu à la puissance maximale. Mon testament de phartiste. Il raconte le peu que j'ai compris, que je veux laisser flotter, en souvenir.

À l'origine, personne ne s'en souvient, mais les phares avaient été bâtis pour guider de très loin les navires qui venaient du large. Ils étaient le porte-étendard de la ville, son interface fière, ouverte par construction sur l'extérieur, offrant aux voyageurs la plus généreuse des lumières, celle qui accueille, celle qui sauve. Et puis on a retourné les phares ; on leur a fait éclairer la ville, au lieu d'illuminer l'horizon, d'où ne venaient plus beaucoup de voyageurs (quand ce ne fut, bientôt, plus aucun). Je n'ai pas connu la première génération de phartistes, celle qui a tout inventé. Je sais juste que c'était une poignée de brillants fous qui avaient décidé de conjurer la férocité phonique de la ville par la douceur des lueurs. Ils commencèrent à douze, ils furent vite trente, puis cent. Il y avait de l'espace, il y avait de la place pour tous, il y avait du talent surtout. Le talent et la fougue, pionnière, de ceux qui se battent pour imposer une utopie perchée.

...QU'ELLE SOUHAITE ÉTEINDRE

VOTRE RELATION...

Pendant longtemps, les phartistes furent une élite. Peu les comprenaient, peu les écoutaient. La Gouvernance comprit toutefois vite le parti fantastique qu'elle pourrait tirer d'une diffusion par la lumière. Elle fit bâtir les phares commerciaux, offrit des licences aux publicibleurs et créa Pharynx et Ophare, les diffuseurs ignobles. En contrepartie, elle proposa une démocratisation. Manière subtile, aussi, de diluer l'influence des pionniers sur la nappe. Ils avaient inventé les codes, les langages, les relais, la structure même de la nappe, ils se retrouvèrent isolés et noyés dans une luminescence « populaire » secrètement récupérée et reformatée par les diffuseurs. La nappe des débuts était anarchique, dénuée de tout centre, plus rhizomatique qu'arborescente, elle permettait à tous les acteurs de se parler directement. La démocratiser pour l'ouvrir à tout phare paraissait noble. Qui se serait opposé à cette liberté-là ? Qui aurait pu prévoir qu'en se saturant, au fur et à mesure, la nappe deviendrait un chaos non plus créatif, mais nivelant ? Et qu'en émettant sans cesse davantage à partir de davantage de lanternes et plus intensément, la nappe allait appeler mécaniquement, de l'intérieur, une sorte de concentration des messages et de l'attention, sur quelques nœuds, afin de rendre à nouveau lisibles et appropriables les contenus ? Et qu'au bout du processus c'est donc la Gouvernance qui, sous couvert de démocratie d'expression, réimpose sa grille d'émission et d'écoute, non plus sur une nappe, mais sur un brouillard commode de lux dont on lui sait gré de filtrer pour nous, fatigués de la rétine, la lumière visible…

PAR CE QU'ELLE ATTEND

UN ENFANT DE WOUS»

J'ai connu ce Wous, c'est un liphare modèle, un brave con, mais je n'aurais jamais cru que Sofia puisse…

Je viens d'activer le programmateur. Il devrait émettre une dizaine d'heures. Je me sens complètement vide. Avec un peu de chance, le phare me tombera dessus, je n'aurai même pas à ramer vers le large pour aller me perdre dans l'océan d'asphalte.

C'est bête et ça m'échappe… je ne peux pas m'en empêcher… cette image revient toujours… Je repense à Sofia lorsqu'elle a salué des deux mains, tanguant sur son balcon, dans sa robe couleur de la poussière du ciel, avec son pull d'angora rouge tellement vieux qu'il ne peluchait même plus, tellement vieux qu'il était devenu sa peau de peluche odorante et de bonheur à envelopper au creux de mes bras…

Quand l'étreinte n'a plus d'air, on dit qu'elle est éteinte.

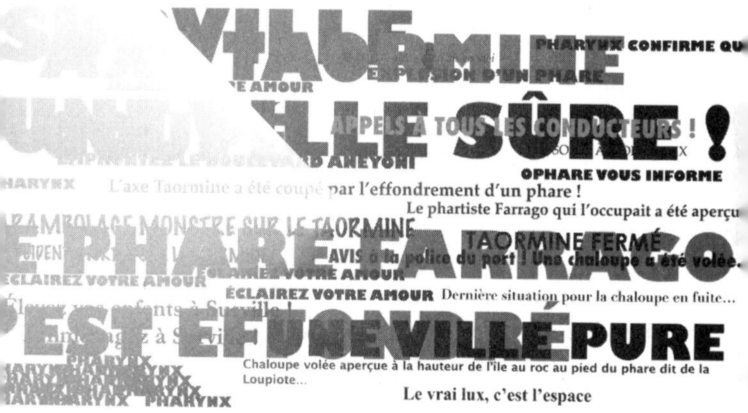

Les Hybres

Pour Jean Fontaine

D'un geste brutal, noir, j'ai frappé le fer de mes grolles contre la margelle pour en décrocher la neige tassée et j'ai poussé la porte de la galerie, sans regarder, y pénétrant comme on entre chez soi les soirs de colère.

— Oupss…

— Excusez-moi mademoiselle…

Mon entrée a été tellement précipitée que mon visage frôle le sien, un parfum doux, qui me cueille. Je stoppe net et décale ma nuque, je m'excuse encore, souris autant que je peux. La jeune fille me dévisage, elle rougit — c'est fugitif — et remonte d'un mouvement d'épaule le col de son manteau, comme pour se protéger, s'en faire un nid ou un bouclier de laine.

— Vous êtes Anje O' Infante, n'est-ce pas ?

— Je crois bien, oui…

— J'adore votre travail… Vraiment.

— Merci…

— Tout particulièrement votre corps de femme qui se prolonge en violon et finit par offrir une pomme, dans une main ouverte, elle est sublime. C'est une pièce qui me guide.

Ni le temps ni la présence d'esprit de répondre. D'un mouvement de buste, vif et coulé, la jeune fille m'esquive — elle est dehors et déjà file sur la neige fraîche de la place des Vosges. Je ne peux m'empêcher de la regarder fuir. Une impression de joie et de grâce simple, native : c'est ce qu'elle dégage. On dirait que son pas est un sourire.

Au fond de la galerie, la voix de Mika broie toux et rocaille. Il jure dans un salmigondis de russe et de français. Dans le coin qui sert de salon, sa masse rabelaisienne remplit un samovar, tout en me poussant d'un coup de pied le fauteuil libre.

— Comment va notre Anje ?

— Qui est-ce ?

— Hum? La femme que tu viens de croiser ?

— Oui.

— Sarrrrah Calys.

— La sculptrice ?

— « Celle qui sculpte la lumière », oui, c'est comme ça que je la vends sur les marchés japonais. Charrrmante, non ? En plus d'être une artiste extraorrrdinaire… Et jeune !

— Tu l'as prise sous contrat ?

— Da. Du coup, j'ai un peu réaménagé la galerie, comme tu vois…

Je me retourne, je n'avais pas fait attention. Sur quatre de mes pièces qui étaient auparavant exposées, il n'en reste qu'une : l'*Ultraviolon*. La place libérée est occupée — avec goût, je dois l'avouer — par trois sculptures de Sarah Calys, en lumière pure. Je ne peux pas m'empêcher d'être acide. Mika aurait pu me prévenir, *a minima*. Le ton monte, je ne suis pas d'humeur — Mika non plus. Jusqu'à ça :

— Tu sais ce qu'on dit de toi dans le milieu, Anje ?

— Ouais. Que je suis fini.

Je l'ai dit. *Cash*. Plus aucune galerie, plus aucun musée ne m'accepte depuis trois ans. Mika, qui m'a soutenu sans fléchir pendant vingt ans, a tenté ces mois derniers un ultime baroud, une énième salve de relances. Il a pris le mur. Et maintenant, il le regarde. À travers moi. Parce qu'il n'ose pas lâcher ce qui bloque dans sa glotte russe et fait couiner le cuir neuf de son fauteuil un rien nouveau riche de galeriste qui vient de réussir le gros coup de sa carrière : faire signer Sarah Calys, avec ses pluies de photons fluides, qu'on peut placer dans n'importe quel salon hype. Et qui évoluent seuls. Ultramoderne et très pur. La grâce.

Face à elle, mon œuvre ressemble à un tas de terre. Cuite au four. Tandis qu'elle agence l'air et la lumière. C'est ce que voudrait me cracher Mika, s'il osait. Dehors, sur la place vide, la neige tombe lancinamment, comme moi.

— Tu veux me dégager, c'est ça ?

Mika repose sa tasse. Il a besoin de ses deux mains libres : il ne peut pas baratiner sans.

— Ne sois pas vulgairrre. J'ai jamais lâché mes artistes, Anje, tu le sais. Je me demande juste si je suis encore l'homme qu'il te faut pour valorrriser ton travail… Tu n'as rien prroduit depuis combien d'années maintenant ?

— Trois ans… (…) J'ai été malade.

— Tu ES malade et tu ne te soignes pas. Tu sais, Sarah va me prendre énormément d'énergie. Elle est sollicitée partout et je ne peux pas laisser passer ces opporrtunités-là. Cette fille, c'est l'avenir de la sculpturre. Je ne veux pas te larrguer, j'admire ce que tu fais, tu le sais ! Mais j'ai besoin que tu produises des nouvelles œuvres, qui soient férroces, puissantes, qui aillent un peu au-delà de ce que tu as fait jusqu'ici. Avec ça, je pourrais te rrelancer… Peut-être.

— Mika… Tu sais que je ne crée rien, à proprement parler. Je ne suis pas un sculpteur ni même un céramiste. Je suis un voyeur qui tue ce qu'il voit et qui vole ce qu'il tue pour le mettre sur un socle. Je suis un chasseur !

— Épargne-moi tes envolées de schizo halluciné, j'en ai plus que ma claque de ce discourrs de dingue ! Prends ton arrgile et moule, estampe, sculpte, cuit, démerrrde-toi ! Fais ce que tu sais faire !

— Je suis un chasseur qui ne peut plus chasser sans risquer sa vie !

— Va te faire soigner, Anje, je te le redis pour la

centième fois ! Je suis pas psy, je suis juste galerriste. Je peux pas t'aider à crrréer !

— Si je te ramène des pièces, tu me promets de m'exposer à nouveau ? Tu me le promets ?

— Da !

Je suis retourné chez moi, j'ai préparé soigneusement mon matériel de chasse et, en refusant sciemment de réfléchir une seule minute de plus, je suis parti pour la sidérurgie. C'était ça ou sombrer. Définitivement.

Pendant une heure, j'ai roulé sur l'asphalte lustré de glace. Lorsque j'ai aperçu les hauts-fourneaux plâtrés de neige, mon ventre a pris illico un tour de vis. J'ai garé le truck contre le grillage d'enceinte, épaulé le chalumeau en bandoulière et fixé la lampe frontale sur mon bonnet. À la main droite, j'ai vérifié dix fois les quatre crans de ma torche Cérame et la focale du faisceau. À coup de moulinets rageurs, j'ai rechargé la batterie, à bloc de chez bloc. Je n'avais qu'une arme, s'agissait pas qu'elle lâche…

Depuis la dernière fois, mon trou dans le grillage nord du complexe sidérurgique n'avait pas bougé d'un iota : ni agrandi ni réparé. Je me suis faufilé en tremblant…

J'ai commencé à entendre les premiers cliquetis en pénétrant dans le hall immense de la Salle des Soufflantes. Un rôdeur profane aurait pu croire au bruit du vent sur une rambarde descellée, ou au jeu rouillé d'un vantail, quelque part sur une plateforme haute, dans cette usine abandonnée depuis vingt-cinq ans... Moi je savais pertinemment qu'Elles étaient là. Les Hybres. Et qu'il avait suffi que je secoue mon squelette de neige et de trouille maîtrisée sur la dalle de béton pour que s'éveille chez elles le double instinct — fuir et combattre.

Maintenant, j'y suis. Et tout me revient — d'un jet — dès la toute première giclée d'adrénaline. La peur, bien sûr. Mais une peur concrète, motrice, qui me projette vers la chasse, qui ne paralyse rien, une peur qui est juste l'autre nom de la nécessité d'être toujours en mouvement, de prendre position, de chercher sa proie et de la trouver avant qu'elle ne te trouve. Une peur dissoute dans le sang et l'envie.

Là-haut, à une vingtaine de mètres peut-être, sur une passerelle d'aluminium, j'entends le pas d'une créature... J'hésite à dégainer ma torche, car je devine très vite ce que c'est, aux couinements brefs, mal embouchés, qui ponctuent la fuite. C'est un Trompettiste, avec ses pieds humains et ses mollets pneumatiques, du trou du cul duquel sort le tube de sa trompette — il va paniquer, je le sais — ça y est, il pette l'alarme dans toute l'usine, d'un ululement de trompe déchirant et faux — et aussitôt lui répond un cor mutant, à peine moins rouillé. De part en part, le son me transperce et me fouette de joie. La chasse est lancée !

Aussitôt, dans l'affolement des hybres qui carapatent, mon oreille reconnaît la stridence des essieux bruts, qui tournent sans huile, et le rac-à-tac-à-tac des engrenages qui s'entremordent, dans l'acier cru. C'est rude, rêche, hérissé, mécanique, à peine tempéré par la pulsation chuintée d'une cuisse hydraulique ou le pas amorti d'un pied animal. Tout me revient. L'art des déplacements, les leurres sonores, la façon de les rabattre en jetant des morceaux de coke en amont des courses. Le cache-cache, la tension. Je n'ai rien oublié. J'avance toute lampe éteinte.

Des flaques de neige, coulées des interstices du toit fendu, ouvrent des poches de clarté au sol et je m'oriente avec, je connais bien l'usine. J'empoigne vite une échelle et grimpe. Tout près, des pas feutrés — de la patte — trottinent sur une coursive, dans ma direction. Je me fige. Arme la torche. Encore quatre ou cinq pas vers moi… J'allume subitement. Le faisceau blanc du cône laser saisit la bête plein corps. La céramification est fulgurante. Aveuglé moi-même, je coupe la torche et dévisage ma proie à la lueur de la frontale. Un réflexe, un souvenir. C'est une sorte de toucan à bec d'acier, coiffé d'un entonnoir, la tête soudée à un radiateur de camion que prolonge une rangée de plumes. Le genre d'hybride que j'adore. Sauf que le flux de photons a été trop violent — et tiré de bien trop près. À bout portant, il est courant que les pièces fendent. Là, le toucan craque carrément de toutes parts. Éclate la pièce et les morceaux s'éparpillent sur la coursive.

— Putain, Anje ! Dose, bordel !

— Dose bordel… hihihihi ! me répond au loin un hybre humain.

Je continue à monter. Le toucan m'a mis en confiance, la peur s'évapore doucement — j'ai moins froid aussi. J'enfile une nouvelle coursive et repère une forme dans la pénombre, un peu plus loin… Elle galope mollement, dans un ronronnement de rouages, rythmé par le balan grinçant d'un gouvernail. Je tire en fermant les yeux. Ça explose encore, merde.

Dans le feu de l'action, j'allais le rater. Quoi ? Un guéridon de fonte à quatre pieds — deux de style Empire et deux autres d'enfant — sur le flanc duquel est gravé « enfer, purgatoire, paradis » avec une manette qui ne cesse d'osciller entre les trois. À la seule lueur de la frontale, un peu tremblant, je m'approche, car une masse assez volumineuse surmonte le guéridon — ou est-ce un poêle ? — et je n'arrive pas à saisir ce que c'est. Quand je le comprends, je recule, l'échine glacée, et j'arme dans la terreur ma torche. C'est une oreille d'un mètre de haut, qui palpite, comme si elle se nourrissait de chacune de mes respirations. Je défouraille violemment dessus, comme à la vue écœurante d'un énorme cafard. L'oreille en a la couleur et le frétillement… La décharge de photons pétrifie le monstre — sans le briser.

— Yeeeeaaahh !! Une prise !

Je me suis réjoui trop tôt : la pièce est trop lourde pour être bougée. Je ne pourrai jamais la rapporter. Je dois continuer la chasse.

En gagnant la position haute, sur la charpente qui supporte le toit, je sais que je prends de sales risques :

les poutrelles sont verglacées. Je sais aussi que c'est la seule façon efficace de rabattre les proies vers le sol, pour ensuite plonger les cueillir. J'avise donc la large poutre centrale et, pas à pas, je la dégèle devant moi au chalumeau, tout en frappant le métal des poutrelles avec le culot de ma torche, pour produire un tohu-bohu maximal.

Après deux minutes de ce petit jeu, je me fige pour observer ce qui se passe à mon aplomb. Dans le faisceau de ma frontale surgissent çà et là des proies contemplatives, qui fuient d'un bond, comme les femmes-caméléons et crocodiles, ou cherchent simplement l'angle mort ou l'ombre, à la manière des introvertébrés. Il y a beaucoup de mutations sauvages aussi : des torses où le nez remplace le nombril, des monstruosités de poissons et de valves, de hanches et d'écrous, drapées dans des jupes de fonte, des avatars à peine viables d'engrenages, de carters, de tuyaux et de mains, des concrétions d'acier et d'organes encore chauds, des bustes aux seins proliférants où les tétons sont des ampoules et, à quatre mètres sous moi, une mâchoire de crocodile aux dents de faïence qui claque dans le vide et agite en grelots des crânes d'enfants qui tintent. Je règle la décharge de photons au mieux et tire : la mâchoire se referme sur une poutre et n'en démords plus. Encore une pièce irrécupérable…

Au sol, dans un mouvement d'ensemble qui me met mal à l'aise, une dizaine d'hybres migrent entre les roues massives de la soufflerie — vers la fonderie. Inquiétant. Lors de ma dernière chasse, il y a trois ans, les hybres réagissaient sans esprit collectif, ni unité aucune. Chaque pièce semblait autarcique et murée, inapte à la moindre communication, ce qui faisait de la chasse autant de *mano a mano*.

Quelque chose a changé. Et ce n'est pas seulement que les hybres ont proliféré (ça, je m'y attendais un peu) ni que les mutations soient plus « naturelles », c'est plus profond que ça — l'atmosphère de la sidérurgie, les courses, une sorte de fourmillement, et puis ces cris, épars, presque des chuchotis, presque des voix, qui semblent porter une intelligence sourde, embryonnaire…

Aussi vite que j'ai pu, j'ai plongé vers le sol en glissant le long des pylônes. Juste assez vite pour voir une Pelletueuse trancher un adversaire et fuir. Étendu sur le flanc, un Mécaïman plisse les yeux tandis qu'à la hauteur de son nombril, le tronc coupé en deux révèle un moteur logé entre les hanches, qui hoquette et patine. Je tire pour abréger sa souffrance. Les yeux mi-clos, la créature se fige dans une teinte gris métal du meilleur effet.

— T'as pas complètement perdu la main, mon petit Anje, articulé-je tout haut, pour me rassurer.

— Tuer des blessés n'a rien de noble, chasseur !

La voix vient de la fonderie. La sensation d'avoir pris du 380 volts dans la colonne vertébrale, tellement je tremble. Qui a parlé ? Quoi ?

J'agrippe mon chalumeau main gauche et ma torche main droite et j'avance dans le long couloir qui mène à la fonderie. Silence massif. Au fond, je devine la cuve du haut-fourneau, à ma droite l'atelier et à ma gauche le plancher de coulée, avec la rigole, où il est si facile de chuter.

— Approche, chasseur ! me dit la voix.

Le bruit d'une hélice me fait lever la tête. Un moteur me frôle et repart vers les hauteurs de la halle, un autre fonce en piqué sur moi, je l'esquive de justesse. À la façon d'une batterie de DCA, je m'arc-boute et braque le faisceau de ma torche dans l'enchevêtrement des poutres et des tuyaux. Des ULM ? Non, des corps de femme soudés à des moteurs d'avion et prolongés d'une hélice, qui volent erratiquement et m'attaquent. Je pousse le cran de la torche et tire à la parade. Cinq fois, dix fois…

— Prends ça !

Le bloc, céramifié en plein vol, tombe en vrille sur le sol de brique et y éclate dans un boucan de poterie fracassée. Je n'ai pas le temps de savourer qu'un insecte à type pique — corps de frelon énorme et corne — me charge en sprintant sur ses pieds humains. Jaillit derrière lui deux espèces de motos baroques conduites l'une par une femme sans tête, armée de défenses d'éléphant, l'autre par un centaure à corne de buffle, au sexe dressé, qui fonce sur sa roue avant qu'on croirait chipée à un wagonnet. Je dégaine et les trois monstres viennent rouler à mes pieds, cuits à 1 300 °C par ma décharge de photons. C'était très limite. La trouille monte. J'ai envie de calter. Deux mutants à carapace de tortue sortent de l'atelier et roulent sur moi. Pas eu le temps de recharger la batterie — je tire mais le flux est trop faible et la première tortue, lancée sur ses quatre roues, m'assène un coup de burin dans les tibias, je hurle de douleur et chute sur les genoux. C'est pas cassé —

J'ai violemment froid, d'un seul coup. Le choc. Je ne cherche pas à bouger, seulement à recharger la batterie de ma torche à coups de moulinets maladroits. Les tortues qui m'ont attaqué ont fini leur assaut dans la rigole de coulée et gisent sur le dos, la mécanique à l'air. Une métaphoreuse avance vers moi, sa drille en rotation. Désespérément, j'essaie de la cuire, mais je prends un coup de foreuse dans l'épaule avant de réussir à immobiliser la pièce, qui s'écroule sur le côté, intacte. Éparpillés sur le plancher de coulée, j'ai désormais une dizaine de cadavres, des sculptures en céramique, cuites à point, intègres, qui feraient un malheur dans n'importe quel musée d'Europe. Si seulement j'arrivais à me relever et à les poser sur le chariot que je vois rangé contre le mur, là-bas ; si seulement j'arrivais à pousser ce chariot sur les briques défoncées et à le pousser encore dans la neige fraîche, jusqu'au truck…

— C'est l'heure ! me dit la voix, qui semble maintenant tomber directement du ciel.

Je me redresse sur une jambe, puis sur l'autre, et là j'entends le bruit caractéristique du coke qui dégringole du haut du gueulard dans la cheminée de la cuve. La soufflerie se met aussitôt en marche et la chaleur monte, monte… Je m'approche, en boitant, du creuset, la chaleur me fait un bien fou, j'approche encore et… La gueule d'un crocodile jaillit d'un bassinet en fonte et me mord à la nuque —

Combien d'heures ai-je perdu connaissance ? Une ? Deux heures ? C'est la brûlure intense du four qui m'a sorti du coma. À trois pas de moi, il y a une chose, de forme humaine, qui perce le bouchon d'argile avec une perche à oxygène. Ça y est, la coulée de fonte sort du creuset et se déverse dans la rigole, sa surface secouée de flammes. Du feu pur, d'un orange liquide inouï, de la lave à 1 500 °C qui roucoule dans la tranchée de brique réfractaire et l'inonde. Je suis fasciné.

— C'est beau, n'est-ce pas ?

C'est la même voix que tout à l'heure mais tout près désormais, à trois pas. Un Golem ? Il enchaîne :

— C'est ici que tout naît… C'est le sang du monde, qui nous crée tous. L'Orange Sang. Le feu liquide qui a fait notre Terre. La Magmatrice…

— Qui êtes-vous ?

— Regardez bien ce qui va se passer…

Le Golem me désigne d'un bras la coulée continue, et durant une seconde, j'aperçois sa tête inhumaine mangée par le cuivre d'un Hélicon. Il s'en sert aussitôt pour sonner un appel — comme une charge — à fendre les os.

De toute la fonderie, ses caches et ses ombres, ses bas-fonds comme ses hauteurs, roulent, volent et marchent des créatures hybrides, qui viennent vers nous, inexorablement… Pendant quelques secondes, je me dis que c'est la fin… J'ai tort. Car les hybres sont littéralement aimantées par la puissance de la coulée qui coupe désormais la fonderie en deux, comme une rivière primordiale. Elles viennent toucher et sentir, tremper la main ou la trompe, la corne, le bout d'une roue… Elles viennent boire dans le lit du magma, à même l'acier sauvage… Et aussitôt leur corps s'illumine de l'intérieur, d'un orange vibrant, comme si leur chair de terre et d'acier se ressourçait dans la lave, reprenait grain et texture, y trouvait une nouvelle, une ultime retrempe.

Des buffles mécaniques se jettent carrément dans la coulée, des mécaïmans s'immergent — c'est comme un Styx à l'envers d'où tout pourrait ressortir vivant et refondu, inoxydable désormais, rincé d'acier en fusion et de laitier.

— Vous appréciez, j'espère, en homme de l'art…

— Oui.

— Apprécier n'est rien. C'est participer qui compte.

La nuance de menace, je ne l'ai pas saisie — pas assez tôt en tout cas. Pas plus que je ne l'ai vu épauler son arme. Car la seconde d'après, il pointe sur moi la chaîne d'une tronçonneuse, hérissée de dents humaines ! Il me demande :

— Vous savez comment j'appelle cette hybre ?

— Non…

— La déforestatrice. Mais elle ne coupe pas que des arbres…

Des moments qui ont suivi, je ne me souviens quasiment rien. Le Golem a démarré la tronçonneuse, il m'a tranché l'avant-bras comme il aurait scié du lambris et avant même que je hurle, j'avais le coude sectionné qui trempait dans la lave en fusion et cautérisait.

— Tu es des nôtres maintenant, chasseur !

Je me suis réveillé au volant du truck, au petit matin. Je roulais machinalement à 90 sur une route verglacée, l'avant-bras vissé au levier de vitesse. En sens inverse traçaient des camions de pompiers, qui se dirigeaient vers la sidérurgie. Dans le rétro central, je voyais le haut-fourneau empanaché de flammes. Après vingt-cinq ans d'arrêt, ça faisait désordre.

J'ai stoppé le truck sur un dégagement et j'ai prié pour que mon bras se désolidarise du levier de vitesse. Ça l'a fait. J'ai grimpé sur la plate-forme arrière et j'ai inspecté ma cargaison. Il y avait là une quinzaine de boîtes de bois brut. Sur chacune était inscrit un nom, avec une date de naissance et une date de décès. Bref, je transportais quinze cercueils d'hybres. Que je ne me souvenais en aucun cas avoir chargés, encore moins étiquetés…

Arrivé à la maison, j'ai appelé Mika. Ensemble, nous avons ouvert les caisses et sorti les pièces, comme des trésors. Mika avait les larmes aux yeux, il était salement impressionné :

— C'est magnifique, Anje. Comment tu as foutrrre fait ça ? T'es un putain de génie dingo mon garrrçon !

Mika ne chercha pas à comprendre. En moins d'un mois, il démena sa carcasse de Ruskoff roublardissime et m'obtint un vernissage au Carrousel du Louvre, le Graal du galeriste. Autant j'étais ravi pour l'expo, autant j'étais pétrifié à l'idée d'exhiber la tumeur mécanique qui gangrenait mon bras. Depuis la nuit à la sidérurgie, la greffe se complexifiait. Elle s'annexait toutes les pièces mécaniques que je touchais et les reconfigurait sans cesse, sous une ergonomie incompréhensible. J'avais d'abord cru à une prothèse, puis à une greffe — avant de constater que ce qui remplaçait désormais mon avant-bras gauche avait une énergie, une volonté de puissance, et même, osons-le : une intelligence propre. Depuis une semaine, je maintenais à grand-peine l'envahissement des engrenages et des pistons quelque part entre le coude et l'épaule, et j'oscillais, parfois d'une heure sur l'autre, entre la fascination d'être envahi et l'envie réflexe de faire refluer le cancer métallique. La seule chose qui y parvenait, c'était les caresses de Sayo, mon amante, son toucher tendre. C'était la présence précieuse de sa peau et de sa chair. Deux jours avant le vernissage, il fallut s'y résoudre : le volume de mon bras était clairement impossible à cacher. Je voulus renoncer. Mika trouva les mots :

— Ce qui te fait honte, fais-en ta fierrté ! Rregarde les choses autrement : ton brras est au final ton plus beau chef-d'œuvre. Tu t'es sculpté toi-même, Anje. Et même mieux : tu as fait de ton corps une sculpturre vivante, mobile, qui se rréinvente chaque jour. Tu ne fais plus de l'arrt : tu le VIS. Tu ES ARRT.

Je ne saurai jamais comment Mika s'y prit. Toujours est-il que le soir du vernissage, le parterre de critiques d'art et de journalistes qui piétinaient entre mes sculptures confina au délire. Ils ne jetèrent d'ailleurs que de brefs regards aux hybres. Ils venaient voir le « transhumain », la « sculpture vivante », le « génie qui a fait de son corps une œuvre d'art » et relégué Orlane à la préhistoire des automorphoses. Je vécus une pure soirée de bête de foire, épié, touché, palpé, photographié et filmé, bref noyé dans un maelström boueux de désirs qui charriaient tout autant l'admiration, la jalousie ou la niaiserie que le dégoût et la perversion pure.

Au milieu de tout ça, il y eut une lumière : Sarah Calys. Elle était venue, bien sûr. Pas pour mon bras mutant : elle était venue pour les hybres. Personne ne les observa avec plus d'intensité et plus longuement qu'elle. Les touristes de l'art préféraient la regarder, elle, avec son cul de lumière, ses yeux clairs, sa bouche et ses petits seins de lumière. Je les comprenais presque.

Le vernissage s'acheva. Mika embarqua le gratin chez Gagnaire et Sarah me salua plus qu'étrangement. Je me fis enfermer dans l'exposition, prétextant que j'avais des pièces à recaler, que j'allais les rejoindre, plus tard, hein. Complètement bourré, j'étais, au pouilly-fuissé et à la caïpirinha, je flottais. Les spots avaient été éteints et j'errais dans la pénombre des issues de secours. Titubant, je percutai la Métaphoreuse qui tomba de son socle. Je m'attendais à un bruit de vaisselle atroce, or la pièce se récupéra sur les mains, étouffa un « pfff » et regrimpa sur son socle, pour y reprendre la pose. J'entendis un rire dans mon dos, puis le silence, un drôle de silence d'attente. Je pris un cube blanc sur lequel était entreposée une pile de catalogues titrés *Humanofolie* et m'assis sur le cube. Je n'attendis pas longtemps avant de voir les pièces bouger. Certaines s'ébrouaient, faisaient jouer leurs membres et se figeaient de nouveau ; d'autres descendaient du socle pour marcher un peu, d'autres encore dansaient ou allaient taper dans les fonds de bouteille ce qui restait de pouilly. Certaines, enfin, s'échangeaient lascivement pièces et membres. Je me rendis compte que j'étais absurdement heureux. Les hybres étaient vivantes. Je ne les avais pas tuées. Et elles m'acceptaient parmi elles. Ma tête tournait et tournait et je finis par m'assoupir sur le cube…

— Mika, je veux cette pièce !

— Sarah, tu sais bien que je ne peux rien vendre sans l'accord d'Anje. Anje n'est pas là, il doit cuver son vin, il n'est même pas venu hier soir chez Gagnaire !

— Je te la paie tout de suite ! Le prix n'est pas un souci pour moi.

— Cette pièce ne fait pas partie du catalogue, elle n'était pas au vernissage hier, je ne sais même pas d'où elle sort, Sarah ! Comment veux-tu que je te donne un prix ?

Je n'arrive plus du tout à bouger. Le poids de la céramique me rive au socle blanc. Mon sang est aussi lent qu'une lave. Devant moi, il y a la lumière des yeux de Sarah Calys qui me dévisage comme si elle pelait mon âme avec la lame fine d'un couteau.

El Levir et le Livre

« Au fur te seront les lettres données sans que la suite ne saches et devras les inscrire à la trace. Libre sera toujours de l'inscription la surface quoique du quintil le dernier mot ne pourra se graver mais seulement à l'encre humaine s'écrire en coulée une silencieusement finale. Après sûrement mourras mais en sachant ce qu'aucun n'a su puisque tel le livre que lu il efface en blancheur la page et le lecteur. »

Ainsi s'en souvenait-il, mot pour mot, bien que le Valet de Sable l'eût fait poudroyer au sol une seule fois, et si furtivement, en un seul si petit geste élégant vite raturé de vent, que la mémoire d'El Levir, de sa propre soutenance, n'aura pu suffire à le retenir. Qu'il l'accepte ou non, le scribe altier, pétri de sa rigueur têtue, l'évidence que cette phrase, comme toutes les autres, lui avait été *gravée*, avait poussé en lui, bourgeonné et fleuri.

Il ne comprenait pas plus son nouveau nom, ni pourquoi il l'acceptait aussi simplement, ni pourquoi, trois ans après, partant de Chypre, il était retourné à Coober Pedy retrouver un L fait au pied en bord de route et qui était resté (comme redouté) parfaitement intact — ni bien sûr pourquoi il avait continué en char à voile, de nuit, mille kilos au nord, pour rejoindre Alice Springs, le passer, repiquer au sud, puis à l'ouest, avec le vent toujours étrangement favorable, avant que l'aurore le cueille épuisé en plein bush, la voile éventrée sur un bosquet dodu de spinifex. Lorsqu'il reprit conscience, il était à portée de vue du monobloc d'arkose stellaire dont aucune carte postale australienne n'a jamais pu approcher la couleur : Uluru. Il coupa à travers le bush, sous un soleil impeccable, en dessinant des S involontaires pour esquiver les touffes de spinifex, croisa un lézard Perentie, tatoué de O d'un jaune-vert plutôt pâle et s'arrêta par trois fois pour lire comme des coups de griffes sur le sable orange et brûlé, avec cette certitude écrasante de les avoir déjà *lus*, bien que ne se dégageât, des tracés hâtifs et flous, aucune lettre véritable, ni volonté de lettres, plutôt un effet de traits, bond rapide ou reptation, ou alors brouillon voulu, mais pourquoi ? Il atteignit le roc oblong au soir naissant, le contourna sur plusieurs kilos et fut bientôt dans l'axe des piquets de fer plantés sur la carapace et reliés par une chaîne, qui signent le seul accès au sommet du monolithe.

Quelques touristes rosis redescendaient. Le soleil couchait à ses côtés la lumière en longues raies planes et tactiles.

La voie nue, toute de roches, était libre. El Levir escalada l'épaule à 50°, atteignit la ronde-bosse et suivit le pointillé de peinture blanche, de *i* trapus tracés à même le bloc couleur de brique ancienne, de métal long, jusqu'au sommet. Il se rappelle — là encore trop parfaitement — les dunes figées du plateau sommital, cette sensation de roche âpre, râpeuse, sous ses semelles de caoutchouc fendues, et ce miracle d'une oasis, sur la gauche (buisson, herbe et arbre) qui avait su exploiter la minuscule couche de terre voltigée et piégée au creux pour fissurer la rouille épaisse et multimillionnaire du socle australien et se tenir là, en pleine principauté minérale, à narguer tout un règne. Il se demanda, en croyant un instant le sentir, comment les aborigènes avaient pu, oui, pouvaient, déchiffrer cette féroce magie, y inscrire leurs parcours, y compacter leurs rites, et si l'oasis — la seconde, au bout du plateau interdit, qu'il apercevait, était bien le lieu, mais telluriquement il le savait — enfin s'il devait vraiment, maintenant, se retourner…

Il se retourna.

Kata Tjuta. Plusieurs têtes. Flottant sur l'horizon, dans une brume de miel flou. Le massif fou. Il irait. Mais la nuit. La prochaine. Puisqu'il voulait dormir ici, à même la carapace d'Uluru, comme un abo. Kata Tjuta. Et le Valet de Cuivre lui revint, avec son timbre de fanfare militaire :

« Les Valets te donneront les mots, un par un, parfois d'un seul jet, mais parfois aussi lettre après lettre, et

tu ne comprendras leur sens, étrangement, qu'au seul moment de les inscrire, pour ensuite le perdre aussitôt relu. Tu ne reviendras jamais sur ce que tu as écrit sans le dissoudre. Tous les mots seront ceux de ta langue puisque le livre n'a qu'un sens mais peut prendre une infinité de formes et il aura pour toi la structure rassurante du rondel. »

Puis il revit le Valet de Craie, au pied des falaises d'outreterre, dans cette crique esseulée de novembre, armé du marteau-frappeur — de la bouche duquel rien ne sortait qu'une bouillie lactée inaudible, mais qui rythmait ses laisses à coup d'éclats. Il se rappelait bien sûr les phrases, là encore avec une précision suspecte, mais plus encore, ou plutôt plus intimement, la sensation de fulgurance que lui donnaient les coups, uniques et indécomposables, qu'assénait le marteau sur la falaise, et ce miracle consécutif des mots gravés, un à un, tout en angles, dans la craie. *« Les propriétés purement physiques du Livre sont extrêmement complexes »,* se souvenait-il et il revoyait la falaise gravée nettement en petites capitales nerveuses. *« Tu mourras sans même en avoir pressenti la puissance d'écho »,* avait continué le marteau-frappeur, presque indépendamment du bras qui, avec les pires difficultés, le tenait. *« Le Livre est un palindrome anagrammatique qui se lit indifféremment de gauche à droite ou de droite à gauche, la seconde lecture complétant la première comme l'eau la craie. »* Le marteau continuait sans fléchir tandis qu'à sa gauche, les entailles se rebouchaient à mesure qu'El Levir les lisait. *« L'ensemble des lettres que contient le Livre permet d'écrire plus de livres sensés qu'il n'y a de grains sur cette plage »,* achevait enfin le marteau. *« Mais seules dix-sept combinaisons peuvent être considérées comme celles du Livre. »* Il se souvenait des majuscules et de l'italique aussi. Il se souvenait d'une odeur d'algues et d'iode effervescent et d'une mer à la couleur indécidable. Il se souvenait enfin qu'au tout dernier mot, le petit Valet de Craie avait avalé son marteau, fait trois pas et disparu dans un bloc.

Il ouvrit les yeux dans une nuit cristalline. Il avait étendu une couverture sur la roche, dans un berceau naturel, et malgré sa faible épaisseur, il se sentait réellement bien. Les étoiles au-dessus se multipliaient à vue d'œil, puis le mouvement s'arrêta. Par habitude, il commença par relier les points lumineux pour former des lettres, puis il s'efforça de ne plus y penser.

Il y eut un moment indéfini de somnolence, puis un vent plus frais se leva, suivi d'une série de bourrasques. Des sifflements balayèrent la surface du monolithe, chantant dans les failles et les creux. Il se recroquevilla. Quelque chose en lui monta, qui n'était pas perçu sous forme de peur, plutôt une appréhension. Mais il sut très vite, aux frissons qui hérissaient ses avant-bras, que l'hallucination allait surgir.

Lorsqu'il entendit la voix, il ne chercha pas à ouvrir les yeux.

« … Suis le Lanceur de Vent », fut le premier syntagme qu'El Levir put réellement comprendre, soit que les sifflements précédents ne fussent là que pour l'impressionner, soit qu'ils constituassent pour la trombe une forme d'humanisation progressive.

— Tu n'as pas été choisi, tu t'es toi-même élu. Rien de ce que tu vois n'est visible. Rien de ce que tu entends n'est audible. Rien de ce que tu sens n'a de goût, ni d'odeur. Le Livre n'a jamais pu être écrit. Il n'y a que des livres, disloqués, insignifiants, épars, redupliqués. Les plus vastes bibliothèques du monde ne classent en rayon que la cendre grise des mots, jamais leur brûlure. Le vrai Livre est écrit avec l'ombre projetée par une lumière si intense qu'aucune main n'en soutient la morsure. Le vrai Livre est écrit au feu, mais nul feu ne dure, si bien qu'il faut l'alimenter à la chair.

— Tu mens !

— Les scribes écrivent avec le sang tourné des autres. Mais es-tu donc LE Scribe, El Levir, celui qui pourra écrire sans plume, avec tes doigts, en puisant dans un bol de lave vive ? Sais-tu, El Levir, la couleur de l'encre du Livre ? Car le Livre a une encre et le Livre a une surface, qui n'est pas le papier…

— Je sais !

— Sauras-tu, El Levir, continua le sifflement, aller jusqu'à écrire avec la pulpe de tes doigts brûlés ? Sans trembler, sans hurler ? Avec ta main tranchée, écrire sur un mur de pierres sèches ? Avec ton moignon, avec ta peau nue frottée sur le bitume s'il le faut, si le dernier mot n'a plus d'encre, si le Livre a besoin de ton corps raclé au sang pour tracer le dernier cri ? Sais-tu que le Scribe trace le dernier mot inouï avec la craie de ses os ? Es-tu donc *Le Scribe*, El Levir ?

El Levir ouvrit alors les yeux et se redressa d'un seul bond sur ses pieds. Il écarquilla dans l'obscurité et volta rapidement sur lui-même.

— Qui es-tu ? Montre-toi !

— Suis le Lanceur de Vent…

— Sur quoi écris-tu ? Tous les Valets du Livre écrivent. Tous ont leur matière et leur surface.

— Suis le Lanceur de Vent, El Levir…

— Quelle est ton encre ? Où est ton tracé ?

Les bourrasques se calmèrent un peu. Il y eut une forme de silence sifflé. Puis comme un chuchotis :

— Mon encre est ton cri et ma surface ton esprit. Je n'écris pas, je te souffle.

— Que cherches-tu ? J'ai rencontré tous les valets et je viens accomplir la tâche !

— Tu peux encore reculer et retourner dans ton palais, El Levir. Tes travaux et ta science étincelante suffisent largement aux plus érudits de ce monde. Que crois-tu apprendre du Livre ?

— La vie.

— Le Livre est tel qu'aussitôt écrit, il est lu et aussitôt lu, oublié par son scribe. Si tu acceptes, tu ne pourras écrire que le Livre et lui seul, et tu mourras dès qu'il sera fini.

— Qu'importe, puisqu'il est la vie ? Plus puissant que toute vie vivable ou vécue, tel est le Livre. L'écrire est enfanter le seul enfant que le temps ne peut faire vieillir.

— Sauf que personne ne le lit. Le tracé est tel qu'il est discontinu et, même lu, incompréhensible.

— Pourquoi donc ?

— À cause de la taille des derniers mots, El Levir. Tu as rencontré la plupart des Valets, mais aucun ne t'a précisé les conditions herculéennes du tracé. Tu sais déjà que le Livre est dicté, mais sais-tu comment tu dois l'écrire ?

— Avec mon propre sang.

— Pas nécessairement. Tu l'écriras mot après mot en respectant quatre conditions absolues dont il est possible que tu ne saisisses le sens profond qu'au moment de placer le point final, qui clôt du même geste l'œuvre et ta vie poudreuse, à son service dévouée.

El Levir s'efforça de lire dans le trajet des rafales, mais rien ne se distinguait des tourbillons de sable qui griffaient la roche sombre. L'air avait décidément fraîchi et le scribe se rendit compte qu'il grelottait. Il attendit plusieurs minutes que la voix continue, mais elle se tut. Il eut furtivement l'impression d'avoir inventé tout le dialogue qui avait précédé, mais il se souvenait aussi que cette impression, il l'avait éprouvée, quoique différemment, après chaque rencontre avec un valet. Quelles étaient donc les quatre conditions ? Il marcha quelques minutes jusqu'au point de rupture du plateau, là où le monolithe plongeait vers le bush, et soudainement, le son de trompe reprit :

« Les quatre conditions sont les suivantes :

1 - Tu calligraphieras le premier mot qui te sera dicté sur un parchemin, avec l'encre de ta convenance. La taille des lettres ensuite tu doubleras, tous les deux mots.

2 - À chaque mot, de surface d'inscription tu changeras, et ainsi ne pourras te répéter jusqu'au terme du Livre sans mourir aussitôt.

3 - Le dernier mot devra être écrit avec de l'encre.

4 - Le point final du livre tu seras libre d'inventer, mais sache que le choix du point déterminera à rebours la totalité de la ponctuation et la puissance de vie qu'elle libère. »

— Qui pourra lire le Livre que je vais calligraphier, Lanceur de Vent ?

— Personne, ou alors seulement par fragment, quelques mots — la première strophe qui est à taille humaine, et quelques lettres si tu as la science des surfaces et des encres. Mais personne, dans l'histoire si longue des Scribes du Livre n'est jamais parvenu à trouver une surface assez vaste pour achever la calligraphie. Le Livre n'a jamais été écrit, tout au moins jusqu'au bout. Donc il n'a jamais été lu. La vie prodigieuse qu'il capte et relance dans son déboulé fulgurant n'a jamais pu être éprouvée au sang par l'âme humaine. Mais peut-être que toi… Depuis quatre millénaires, nous attendions un Scribe de ta trempe. Tu as enfin accepté d'écouter ton talent. Affronte-toi au Livre si tu le peux ou rompts-toi.

— Quelle est la forme littéraire du Livre ?

— Je ne peux répondre, quant au Livre, qu'à trois questions. Est-ce la première que tu veux poser ?

El Levir prit le temps de la réflexion. Elle fut brève.

— Oui.

— Pour toi, le Livre est un rondel, avec deux quatrains suivis d'un quintil dont le dernier vers est la répétition écourtée du premier. Quelle est ta deuxième question ?

El Levir s'éloigna inconsciemment du modeste tourbillon qui lui parlait. Il fit quelques pas songeurs sur la surface bosselée du monolithe et s'arrêta. Sa curiosité naturelle était si vive qu'il était secoué de questions, sans être capable, à cet instant, d'y introduire la moindre hiérarchie. Il était choqué, sans se l'avouer, par le « Pour toi, le Livre… » Comment pouvait-il y avoir *plusieurs* formes du Livre et si tel était le cas, pourquoi une forme spécifique *pour lui* ? Pour chacun peut-être ? Et pourquoi le rondel, le rondel cristallin avec ses trois mouvements, cette forme fascinante et presque archaïque, devait-elle être précisément *sa* forme ? Était-il donc écrit en octosyllabes, comme il l'avait toujours pressenti, musicalement, viscéralement, contre toute une tradition terrifiante ?

Il essaya de balayer quarante-trois ans d'érudition vétilleuse, d'arguties de palais, d'échanges épistolaires incessants avec les plus fines universités du globe, il essaya de rejeter comme secondaire la structure et le son des deux rimes, puisque le rondel n'en comportait que deux — que deux, nom de Zeus, mais lesquelles ? Peut-être la fameuse rime en *ix* de Mallarmé, mais avec quelle autre alors ? Forcément une sourde, une ronde rime étouffée et sombre, pour l'équilibre —) Et pourquoi le Livre devait-il être harmonieux ? —) Pourquoi pas, comme la vie, excessif, prolifique, dispendieux et sauvage —) Peut-être même (non, impossible !) un rondel dérimé, en vers libres, avec des assonances intestines affolées, mais d'une telle puissance de coulée, d'arrachement, de déport que…

Il avança encore de quelques pas, espérant presque que le tourbillon, dans son dos, se disperse et le laisse à la nuit nue. Il se demanda, subrepticement, si la bourrasque était un valet du Livre, puis il se dit que ça n'avait pas la moindre importance. « Quel est le thème du Livre ? » fut la question qui le cueillit alors en plein ventre. Et il se retourna vers la bourrasque, qui semblait caresser la roche avec de petits mouvements nonchalants quand, au moment d'ouvrir la bouche, il se mordit violemment la lèvre. Parce que la réponse était évidente et ne méritait pas qu'on gâchât, pour elle, une question plus précieuse.

Il faut comprendre qu'El Levir défendait une vision de la littérature (et plus encore du Livre, débat nodal) qui, malgré la profondeur de ses travaux et l'ampleur de l'estime que la communauté des érudits lui accordait, non sans réticence, non sans crachat pour ses calligraphies de plein air, n'était plus partagée par personne.

Cette vision, indiscutable pour lui, antérieure même à toute raison, était que la littérature, comme tout art authentique, ne pouvait être que puissance de vie. Donc que le Livre, s'il existait, ne pouvait qu'incarner, avec la plus féroce intensité, la vie — et plus profondément qu'incarner, mot presque statique, la faire fulgurer, siffler, se découdre comme une peau, pour libérer, par éclats — par écart et petit bond, salto, vague haute déferlée, rouleau ou ressac — une coulée de sang pur, d'un rouge d'encre longue, que rien ne pouvait faire sécher, ni vent ni temps, ni le soleil au zénith. Rien, puisque le rythme capturé-relancé à chaque lecture, à chaque attaque de glotte placée au premier mot du premier vers, redéfroissait la totalité de la surface physique du son, lâchait au souffle toute la violence articulatoire des phonèmes briquetés et découplait, sur la page, la masse d'abord compacte des lettres aboutées, pour lui déplier à mesure, comme on offre à un enfant une plage, l'espace où s'architecture l'épars.

On avait toujours objecté, à cette vision, à cette audition, à ce cri, l'idée que le Livre ne pouvait, s'il était unique, contenir quelque chose d'aussi peu rigoureux que la vie, d'aussi mutiplement déformable et fluant. Pour une lourde majorité d'érudits, le Livre ne pouvait dévoiler que la Vérité. La Vérité était une. Il n'y avait donc qu'un Livre. Marmoréen. Porteur d'une lumière implacable. Lire le Livre était donc accéder à la Vérité de l'Être, de la Nature ou du Monde (c'était selon la nature des digestions), autrement dit à Dieu.

L'originalité d'El Levir, à ce titre, n'était pas tant qu'il ne croyait à aucun dieu mais que n'y croyant pas, il n'eût pas renoncé à l'espoir du Livre, comme si la Vie, le soleil ivre tournoyant dans le texte suprême, pouvait jeter, du cœur de l'inscrit, en pleine âme, une couleur unique. À la vérité, ses plus proches collaborateurs, dont je fus, surent toujours qu'il n'en était pas exactement (pas du tout) ainsi. La théorie d'El Levir, par ses ennemis simplifiée à outrance, s'appuyait sur cette conviction : qu'un texte unique, même court, recelait une potentialité vertigineuse de sens ; que les effets de rythme, dans le plan d'immanence sonore, pouvaient se démultiplier presque à l'infini, aussi bien par vibration moléculaire, de proche en proche, que par effet sonar, avec des sons pulsés dans le vide, sans écho audible, qui apportaient une respiration à même le bruissement ; enfin que le jeu des lettres et des mots, la proximité des signifiants (par exemple, rappelait-il toujours, cette manière qu'a « nuit » d'être hantée par son propre verbe, ou « lourd » de vibrer avec lent et sourd), les anagrammes ou les palindromes (une passion dévorante du scribe) pouvaient, si l'on en tenait compte *« comme de spectres circulant dans l'ombre blanche de la page »*, ouvrir au Livre la diversité du vivant. Un

Livre unique, oui, d'une seule couleur, pourquoi pas? — disons bleu — mais d'un bleu hurleur, changeant comme un ciel rougit, se violace puis vire soudain au noir. Un Livre *bleu polychrome*.

Le scribe fut tiré de ses pensées par le froid. La petite trombe légère s'était à nouveau approchée de lui et elle l'enveloppait.

— Je voulais poser une question mais j'y ai renoncé, énonça tout haut le scribe comme pour excuser ses tergiversations.

Mais il fut surpris d'entendre :

— Le thème n'a aucune importance, je te l'accorde. N'importe quel thème, à l'extrême rigueur, pourrait convenir au Livre. Quelle est donc ta seconde question, El Levir ?

— Puisque le Livre…

— C'est une excellente question, souffla doucement la trombe et le « ion » trompeta avec une ironie nasale, mais pose-la *exactement*…

— Puisque le Livre peut se lire intégralement de droite à gauche aussi bien que de gauche à droite, quel est le *rapport* qui unit les deux textes ?

La trombe spirala plusieurs fois sur elle-même en produisant un pouffement indécidable, puis lentement le son se stabilisa. La phrase qui jaillit alors sembla sortir d'un cor :

— C'est une question sans réponse fixe, El Levir, dans la mesure où le ressac est de même eau que la vague. Le rapport varie en chaque point du rondel, pour chaque mot et groupe de mots. Tantôt flux et reflux s'affrontent, se contrecarrent, s'annulent. Tantôt ils s'associent, s'épousent et se co-enveloppent. Tantôt ils se répondent à distance ou se disjoignent, à l'image de toute vie, de tout rapport de la vie à la vie. Il n'existe pas *un* rapport du texte à son palindrome. C'est plutôt la totalité du texte qui déplie, en chacun de ses points, la totalité des rapports possibles entre tous les êtres. Le Livre, pour mieux dire, est la matrice absolue de tous les liens tissés ou tissables. Il contient, en un seul rondel, aussi bien le rapport du froid au roc que celui d'une marmotte à la touffe d'herbe, d'un nuage au soleil ou d'une femme à un homme. En un sens, rien de ce qui est décrit par le Livre n'importe réellement, ni les sujets nommés, ni les objets qu'il cite, mais importe suprêmement ce qui les *lie*, ce vent incessant qui circule entre les chairs et les polytrame.

La trombe bourrasqua le temps d'une pause, comme pour mieux permettre au scribe de s'imprégner de ses paroles. Puis elle acheva sa réponse en ces termes :

— « Lie » est l'autre nom du Livre, son glyphe secret. Quelle est ta troisième question, El Levir ?

À l'horizon, l'aube jetait un grand aplat jaune sur la base du ciel. Bientôt le soleil va mordre, pensa El Levir et il discernait, à une trentaine de kilomètres, la masse des monts Olga qui se détachait en contre-jour. Kata Tjuta était leur nom aborigène, mais il était si impressionnant… C'est là-bas, sur la plus haute des têtes rondes, que commencerait la dictée du Livre, lui avait dit le Valet de Pierre. S'il acceptait. Et il se souvint du jeu des galets qui tintaient au sol, au bord de cette rivière sans nom, et des mots formés par leur ballet. Il se souvint aussi de n'avoir jamais été sûr de ce qu'il lisait tant les cailloux passaient rapidement du chaos à l'ordre pour se disperser aussi vite. Il se souvint enfin du ricochet circulaire qui avait conclu sa rencontre avec le Valet et qui avait laissé sur la surface de la rivière l'*o* final de « rigolo ».

Pour échapper aux gardes de la réserve et se donner le temps de la réflexion, El Levir se décida à redescendre Uluru avant le lever du jour. Il retrouva rapidement la ligne de pente et s'accrocha à la chaîne d'acier pour plonger vers le bush. Mentalement, il restait sous le choc de la seconde réponse qui confirmait en partie les intuitions d'une vie, tout en les bousculant au-delà de l'assimilable. Sa manie du lettrage lui fit prendre conscience qu'entre Livre et Lie, le « vr » qui débute *vrai* sautait. Il y vit un signe, dont l'interprétation antireligieuse le ravit brièvement. Sa troisième question fut assez prévisible pour qui a connu, aussi quotidiennement, ce scribe extraordinaire qu'était El Levir. Mais elle pourra surprendre, par sa rudesse, la plupart des érudits. Pourtant, ce qui reste inouï, ce fut la réponse éblouissante qu'y fit le Lanceur de Vent. El Levir se trouvait à une vingtaine de mètres de la base du monolithe quand il s'arrêta. La trombe n'avait cessé de le suivre.

— Qu'apporte le Livre à qui le lira ?

— C'est donc ta troisième question, hulula la trombe.

— Oui.

— Ce n'est pas une question qui concerne en propre le Livre, fit remarquer la bourrasque, mais elle possède une réponse. Le Livre n'apporte strictement rien à quiconque qu'il ne sache déjà avant de l'avoir lu. Il n'apprend rien à personne. Simplement, et dans toute l'extension de sens que cette phrase peut contenir et disperser, « il donne vie ».

*

« Au fur te seront les lettres données sans que la suite ne saches… Libre sera toujours de l'inscription la surface quoique du quintil le dernier mot ne pourra se graver… Après sûrement mourras mais en sachant ce qu'aucun n'a su puisque tel le livre que lu il efface… »

On méconnaît souvent les vrais motifs qui poussent un artiste à aller jusqu'au bout de son ambition intime, au mépris de la mort. Il suffit parfois d'un événement pour précipiter un devenir. La vie d'El Levir bifurqua à vingt ans, pour un échec sentimental banal, que l'économie de mon récit, sans parler de sa tenue, m'oblige à négliger. Privé d'une vie qu'il avait entr'aperçue, sous la figure éblouissante d'une femme, dans le pourpre de sa jeunesse, El Levir se rabattit, d'abord par dépit, en suicidé lent, puis par défi, en chevalier armé d'un stylet qui veut mourir au combat, enfin par goût, comme un homme qui trouve au fond de lui la ressource pour se hisser à sa propre hauteur, sur la calligraphie chinoise et arabe dont il devint le premier maître européen, avant d'en dépasser et l'esprit et la forme dans un art total de l'Inscrit qu'il est inutile de rappeler ici. Ce que la légende rapporte sur l'hubris de son palais chypriote est en partie excessif, en partie sous-estimé. Il forma, mais aussi brisa, une trentaine de scribes dont j'eus la chance d'être le plus solide sujet. Son exigence arachnéenne et sa générosité sans retour, tout autant que sa fougue, expliquent le dévouement que ses quatre traceurs lui vouèrent jusqu'à sa mort — et même au-delà, puisque ce récit ne doit sa calligraphie qu'à l'amour de l'inscrit qu'il a su porter si profondément dans mon cœur.

L'écriture du Livre par El Levir figure non seulement au ciel ultime de ce que peut viser un scribe, mais cela reste, plus modestement, plus crûment, comme un acte qui montre ce qu'un homme dépouillé par l'ascèse, libéré de l'espoir et gorgé d'azur brut, peut atteindre, pour peu que l'animal rythme dans le cube humain sa ténacité rouge qui est la vie nue.

*

Lorsqu'El Levir atteignit, la nuit suivant sa rencontre avec le Lanceur de Vent, le sommet de la plus haute des têtes des monts Olga, il fut simplement heureux de n'avoir pas chuté. La tête s'aplatissait au sommet et d'incroyables touffes d'herbe crevaient la surface, donnant, de la vallée, la sensation d'une courte chevelure drue. Un infime croissant, un simple C tracé d'un fil, rayait le ciel noir, n'apportant qu'une lumière insignifiante. Le scribe ne portait rien qu'un rouleau accroché dans son dos, un encrier minuscule et une plume nattée dans ses cheveux. Il était venu seul, rejetant toute aide par nous proposée. Nous étions donc restés à Alice Springs, à quatre cent cinquante kilos de là, à attendre de savoir qui, du miracle ou de la folie, allait revenir de Kata Tjuta.

Il attendit plusieurs heures. Il entendit un dingo aboyer pour lui-même et le bruit du vent sur les herbes. Finalement, le Valet de Nuit se dévoila. Sans doute était-il là depuis la fin du jour, mais sa peau d'un noir limpide piqueté d'étoiles n'avait pas permis à El Levir de le remarquer avant qu'il se décidât à bouger. Il était, comme tous les Valets du Livre, indissociable de sa matière et n'avait à proprement parler pas de forme définie. Comme tous les Valets, il parlait une langue à la limite du compréhensible et comme tous, il s'efforçait d'imiter, sans y parvenir vraiment, la silhouette approximative d'un être humain.

Sa voix était inconcevablement douce et il énuméra de nouveau les quatre conditions, en ajoutant que la taille des caractères serait jugée par le Maître.

— Quel Maître ? Le Maître du Livre ?

— Le Mètre, frissonna le Valet de Nuit. Lui seul, des caractères par toi tracés, la taille peut se prévaloir de mesurer et ta tête furtivement avec sa règle affilée tranchera si la loi du doublement tous les deux mots à la lettre ne respecte…

— Quels sont les premiers mots du Livre, Valet de Nuit ? demanda solennellement le Scribe. Je suis prêt.

La forme se brouilla sous ses yeux et les étoiles sur son corps glissèrent imperceptiblement de place pour former, en quelques points lumineux sur un fond de cosmos noir, l'entame de la première laisse du rondel : « I l é t a i t u n e f o i s ».

La première réaction du Scribe, incompressible, fut de déception.

Comment le Livre des livres, la source de toute vie, pouvait-il commencer aussi banalement ? Mais presque immédiatement, il fut touché par l'universalité des mots et il s'obligea à approfondir sa réflexion. Il décrocha le rouleau dans son dos, posa l'encrier sur le sol, saisit sa plume et la trempa très légèrement. Le Valet de Nuit semblait le scruter avec amusement. Sans être mathématicien, le Scribe savait que la taille des premiers mots devait être aussi minuscule que possible pour préserver aussi loin que possible dans le poème des dimensions humainement acceptables. Il forma un *i* magnifique inférieur au millimètre, puis un *l* de même taille et s'arrêta parce qu'il tremblait d'émotion. Pendant toute la longueur de la laisse, *je saurai ce que j'écris*, se redit-il, mais dès que j'aurai fini de l'écrire, je l'oublierai. Il savait donc, en pleine conscience, qu'il ne pourrait comprendre le Livre que par fragment et n'y réfléchir dans sa profondeur qu'au moment de le tracer.

« Il était une fois »... Après le choc émotif, l'esprit du Scribe parvint à reprendre ses pouvoirs, et sa prodigieuse capacité d'analyse et de dérivation se mit à fonctionner à plein rendement.

La première chose qui le frappa était le jeu possible d'homonymie : « Il était une foi ». Sa foi ? Celle d'écrire le Livre ? Une foi dans la vie ou dans l'art ? Et aussitôt aussi, par anagramme de « fois », il dériva « Il était une soif » qui lui parut vertigineusement adapté à sa propre vie. Une foi, une soif, une seule fois. Il comprenait mieux l'énigme du Lanceur — *« Pour toi, le Livre... »* — mais se demanda aussi si le propre du Livre n'était pas de parler à absolument tous les êtres. Et il se prépara, tout en décryptant cette laisse hallucinante, à écrire le second mot, toujours en caractères de mouche, en prenant soin de changer de surface. Il avait utilisé un parchemin en vélin pour le premier mot, il le roula précieusement et extirpa de sous lui un papyrus.

Il était tout à fait imaginable, continua-t-il, que la coupe des mots soit variable et qu'il faille lire « *Île* (le sujet isolé, le scribe solitaire) *tait une soif* », ou encore « *Il-étai* (le sujet comme support), *tu ne fois(onnes)* », le « fois » débutant alors un verbe à la prochaine laisse. Et dans les deux cas, il prit conscience du tissage dont lui avait parlé le Lanceur de Vent. Puisque dans la même phrase, il affirmait sa soif et la taisait, mais aussi qu'elle pouvait être unique ou foisonner. D'ailleurs, « *il était une fois(on)* », le « on » entamant lui-même, comme sujet indéfini, une seconde phrase ? La concentration du Scribe s'intensifia. Peut-être, comme dans la tradition du volumen, le « il » d'entame achevait-il un texte circulaire, finissant par exemple par une question (sut-il ?) ou par un adjectif (subtil ? fébrile ? inutile ?), et plus que le « il » la totalité de « il était » qui pouvait être la fin du verbe « f-iletait »…

« L'examen subt(il était une soif) » ne put-il s'empêcher de balbutier tout haut, et le Valet de Nuit rit doucement en répondant…

— Une est aussi l'anagramme de « nue » qui est ciel inaccessible autant que femme n'est bue, El Levir… Combien de fois fuis-tu ? Qui fait foi ? Les rois ? Sois-en sûr… Les lois peut-être, ou les douze mois, vois-tu ? Le Livre est inépuisable, comme cette nuit…

Au troisième mot, El Levir fit trois lettres de deux millimètres sur un papier de grand luxe en essayant de penser à la structure du rondel. Il était étrange, sinon audacieux, songea-t-il, de débuter un poème comme un conte en prose et de répéter « *Il était une fois* » par *trois* fois, aux vers 1, 7 et 13. Pour la clausule, El Levir se demanda si elle s'obtiendrait en tronquant « *Il était une fois* » (« *il était* » lui paraissait beau mais grave, « *il était une* » délicieusement ambigu et contrapuntique).

Mais sans doute la diction des valets était-elle facétieuse. Rien n'indiquait qu'il s'agissait d'un rondel en pentasyllabes. Il était plus probable d'affronter l'octosyllabe et dans ce cas on pouvait avoir, par exemple, « Il était une fois un valet », avec une clausule simple : « Il était une fois ». Le Scribe se figea plusieurs minutes sur cette hypothèse, avec des frissons incontrôlables dans la colonne vertébrale. Par la Porte du cosmos, se dit-il, et pour la première fois depuis le début de l'écriture du Livre, il eut la certitude de toucher à une œuvre plus profonde que tout ce qu'il avait pu lire ou écrire. Par la Porte du cosmos, voilà le secret, murmura-t-il à deux reprises :

Il était *une* fois.

C'était la clausule. Le vers final du rondel. Il le sut à cet instant et pour toujours. Il était *une* fois. C'était un départ anodin, aussi léger et enfantin qu'un conte à bercer, *parce qu'une suite était attendue*, qui seule, ordinairement, comptait. Mais, prise pour elle-même, la phrase libérait une dimension inconnue. Elle devenait l'énoncé nu de la mortalité. Le glyphe nu du vivant. Animal, plante ou homme, tout vit, certes, au moins un instant, tout *est*, ne fût-ce qu'un éclair, mais la grandeur est que tout finira par mourir. *Il était* est notre avenir à tous. Il était *une* fois, notre don. Seule et unique et magique fois. La valeur d'une vie, se souvint le Scribe, tenait chez les Grecs à cette lucidité. La trace de l'étoile filante, ce trait de fusain blanc que tout calligraphe rêvait d'égaler. La beauté absolue de qui ne peut se répéter, de qui *passe*, que n'aura jamais l'éternité, cette farce fatiguée.

El Levir posa sa plume serrée sur le sol. Il posa son rouleau. Il se leva et fit quelques pas ivres en ouvrant les yeux sur la nuit noire. À ses côtés, le Valet de Nuit chantonnait un air de didjeridoo. Les étoiles dansaient avec une grâce adamantine sur son torse et ses bras. Il avait deux novæs lointaines à la place des yeux et un ourlet de lumière à l'emplacement de la bouche qui lui prêtait une manière de sourire.

El Levir écouta le silence flûté du désert. Il huma la douceur de l'air avec une calme ampleur et il se sentit justifié comme jamais. Il arrivait au bout du chemin, au bout de sa vie et il savait qu'il allait écrire le Livre, ébloui à chaque laisse, courbatu de bonheur, dans la plénitude du don qu'il laisserait aux vivants, fauves, femmes ou chacals, hérissons ou boules hirsutes de spinifex et jusqu'aux fourmis à miel. Il sourit d'un sourire qu'il avait perdu à vingt ans.

— Prends lentement ton temps, Scribe, t'appartient la nuit, comme à tous. Nul n'a fini depuis que jour me suit mais longue ta race et teigneuse l'espérance…

— Est-ce que je vais vraiment tout oublier ?

— Les mots oublieras mais la sensation ni du rondel l'intestin rythme qui houle le sang jusqu'à l'écume.

El Levir se rassit sans hâte. Il sortit de sa poche une feuille d'eucalyptus à la chair argentée.

— Ghost Gum, beau support, commenta doucement le Valet de Nuit.

Et El Levir y inscrivit un *f* élancé. Il divagua une bonne heure puis il inscrivit sur la feuille étroite le *o*. Il discuta longuement de la nuit avec le Valet nonchalant, puis il traça le *i*. Enfin, quelques minutes avant la montée du soleil, il signa le *s* d'un seul trait.

— Je crois que j'ai terminé, annonça-t-il tandis que les premiers rayons brûlaient sa rétine.

Il ne reçut pour réponse qu'un froissement d'étoile. Le Valet avait disparu. Il eut un petit vertige, comme une perte de connaissance. Il ramassa son rouleau : les feuilles en étaient vierges. Il scruta la feuille d'eucalyptus qu'il tenait dans la main. Il n'y vit pas le moindre trait. Il la remit en poche sans savoir pourquoi. Le soir même, il était de retour à Alice Springs.

*

L'écriture du premier quatrain du Livre comporta vingt mots. Elle ne présenta pour le Scribe aucune difficulté technique puisque la taille des lettres du vingtième mot n'atteignait encore que cinquante centimètres. Elle se déroula en notre palais chypriote, dans le plus clos secret, sous le contrôle tatillon du Mètre et la valse quotidienne des Valets de feuille et de papier, d'amande, de grenade et de noix, d'abricot et de figue, d'étain ou de plomb, matière qu'El Levir, par stratégie, avait souhaité utiliser pour le début du rondel et les lettres de petit corps. Les calculs que nous avait confiés notre Maître nous avaient laissés, traceurs, dans la plus vaste des perplexités puisque les derniers mots du Livre devaient atteindre, si le poème était classique, une taille dépassant le concevable.

Mais ces problèmes restaient paradoxalement secondaires face à la transformation qui l'affectait à mesure qu'il avançait dans la calligraphie inhumaine du manuscrit. Nous découvrîmes vite que le Livre était ainsi fait qu'il était certes lisible par tous, quel que fût le support, mais lisible une unique fois. L'oubli lavait implacablement les consciences qui avaient été confrontées au texte, sans qu'il fût possible de le relire puisque la surface apparaissait vierge de tout signe si l'on s'avisait d'y revenir. D'une façon ou d'une autre pourtant, le contenu du Livre se gravait au plus profond de nous. On le sentait vibrer dans nos vertèbres, bruisser dans notre sang, avec une joie bouleversante et sans cause. Et la seule question qui me hantait, plus puissante que mon respect pour El Levir, plus cruciale que l'espoir de le voir survivre, était : comment *fixer* le Livre ? Comment en garder une mémoire ?

La santé d'El Levir subissait une double influence déchirante : vitalité accrue et dégradations physiques. Il avait perdu deux doigts, phalange par phalange, à la suite de brûlures inexplicables. À la fin du troisième vers, alors qu'il achevait le mot « pourpre » sur la peau d'un abricot, l'auriculaire avait éclaté en sang et il avait fallu se résoudre à l'amputer.

Ce qu'on découvrait à mesure, c'était un lien obscur entre le sens des mots inscrits et leur effet sur le corps d'El Levir, comme si le Livre ne pouvait s'écrire sur un original sans qu'une sorte de copie de feu, dans la chair même du scribe, en double le tracé.

Ce phénomène horrible avait un avantage : il laissait une marque. Et cette marque, bien interprétée, permettait de revenir jusqu'au mot qui l'avait suscitée. Ainsi avait été déduit le mot « pourpre », simple hypothèse au départ qu'un traceur, en lisant l'abricot pour la première (et naturellement unique) fois, avait pu confirmer. (Non pas en disant « C'est ça ! » puisque le Livre avait le pouvoir d'effacer tout son et tout geste compréhensible durant le bref instant de la lecture, mais parce que se conservait, après lecture, la sensation de l'instant, sans aucune verbalisation ni précision possible, sinon celle de l'émotion. Or l'émotion du traceur, au moment de la découverte du mot pourpre, avait été celle d'une joie intellectuelle intense de *confirmation* par rapport à ses attentes.)

Ce procédé, purement physique, en appelait à une mémoire du corps, de l'impression sentie, à laquelle aucun d'entre nous n'avait été formé. Mais nous apprîmes. Et ainsi, nous sauvâmes quelques fragments du Livre : les mots « bleu », « pourpre », « strie » et « vertébral »…

L'histoire du second quatrain fut celle des surfaces intermédiaires qui s'étalonnèrent d'un à mille vingt-quatre mètres exactement. Malgré ses amputations, l'art d'El Levir s'y appliqua avec rigueur et maîtrise : camion, conteneur, bâche, cuve, mur de pierre, mur de brique, palissade, toit de tuile, toit de tôle, moquette immense, dalle de marbre, plancher à lattes, linoléum, terrain de sport artificiel, immeuble, tout se déroula en Europe, en exploitant au mieux les constructions de l'homme et en préservant jusque-là le secret de notre aventure. Les trois derniers mots du quatrain, imposés par le Mètre en caractères de cinq cents puis de mille mètres, commencèrent à nous faire entrevoir ce qui nous attendait. Le Valet de Verre nous autorisa à épauler El Levir lors du tracé périlleux, de nuit, à New York, sur les deux plus hautes tours du monde et sous la couverture de laveurs de carreaux, des quatre lettres d'un mot dont personne n'a pu se souvenir puisqu'il n'a laissé aucune marque sur le corps du Scribe…

Le troisième quatrain, avait dit le Valet de Plastique, est le seul qui compte dans la vie d'un traceur. On doit au génie d'El Levir d'avoir su ménager les surfaces les plus vastes pour approcher le douzième et le treizième et dernier vers du Livre. On lui doit plus encore une admiration — qui même avec le recul reste intacte — pour la façon prodigieuse dont il écrivit les dixième et onzième vers du rondel avec des animaux en mouvement. La manière allègre dont il dirigea le troupeau de marmottes du Valet d'Herbe pour tracer sept lettres de deux kilomètres chacune, en combinant touffes de graminées et animaux, appartient peut-être au cirque mais plus sûrement au Land Art, tant la beauté du dessin, fixe en partie, en partie mouvant, rendait indissociables la fourrure des marmottes et l'ondulation des alpages.

D'un point de vue intellectuel, on doit à El Levir cette invention qu'une lettre peut être plus qu'une marque figée sur une surface : elle peut être le mouvement même de son tracé. Tout l'art alors devient le choix du *point* qui, en se déplaçant, va dessiner la ligne. Marmottes, chiens, moutons, vélo, mobylette, antilopes et gnous, chevaux furent utilisés tour à tour. La faculté d'adaptation du Scribe, son empathie naturelle avec le vivant, son énergie et sa rage, tout convergea pour intimer aux animaux d'apporter leur concours au dessin d'une lettre que lui seul connaissait et devait rendre lisible sur des distances énormes. L'exploitation des engins à moteur fut limitée par la surface d'inscription qu'ils impliquaient — l'asphalte — laquelle ne pouvait être utilisée qu'une fois.

— Le douzième vers comporte six mots qui s'étirent de deux cent cinquante à mille km. Ces lettres seront dictées une par une. Le recours aux traceurs est désormais interdit au Scribe. Lui seul doit maintenant affronter son destin.

Ainsi débuta, sentencieusement, le Valet de Pluie. Ainsi s'acheva, pour nous traceurs, notre participation à l'aventure finale.

*

« Au fur te seront les lettres… Libre sera toujours de l'inscription la surface… Après sûrement mourras mais en sachant… »

L'achèvement du Livre par El Levir, dans une solitude limpide, appartient de plein droit à la Légende. Les fragments qui circulent à son propos sont, plus que tous autres, sujets à la question. Mais l'essentiel de ce qui a été dit est vrai.

Le scribe peignit le cinquante-septième mot du Livre sur un gigantesque rideau de pluie, grâce à un vol de flamands roses qui teinta le ciel au-dessus de la Tanzanie. Il écrivit le cinquante-huitième avec une moissonneuse-batteuse hors d'âge en fauchant les champs du Kazakhstan, sous les rires amusés de la Princesse des Blés. Il répandit par hydravion des milliers de litres d'eau sur la banquise antarctique, puis sur les neiges de la Finlande, pour tracer avec l'aide du froid deux mots de givre lumineux de cinq cents km de large. Le soixante et unième mot du Livre, qui a été perdu, comme beaucoup d'autres, El Levir l'inscrivit avec l'aide des oiseaux des tropiques, perchés sur la canopée, de proche en proche sur mille kilos de distance, comme de petits points de couleur.

Comme pour les marmottes, une partie du tracé se fit par le mouvement, en une savante combinaison de points fixes et glissants, le tout se détachant sur le vert sombre de la forêt amazonienne.

Lorsqu'El Levir acheva le douzième vers, il n'avait plus de bras droit et le torse à moitié brûlé, par le soleil et par le Livre. Il était en outre complètement ruiné par les dépenses qu'il avait dû consentir pour ses tracés aux pôles et en Amazonie. Son palais et l'ensemble de ses *jardins déliés* avaient été vendus à un armateur chypriote. Ses serviteurs et ses traceurs furent jetés à la rue. Qu'importe : il avait été plus loin qu'aucun autre scribe avant lui.

Dans l'étroit cercle des artisans du livre, l'écho de sa folie suscitait, *crescendo*, les plus extravagants débats. Car nombreux étaient les scribouillards en toque et autres gardiens de Bible pour dénier à l'œuvre d'El Levir la moindre véracité :

— Rien de ce qu'il trace ne peut venir du Livre !

— Sa calligraphie est sans harmonie, anguleuse et floue !

— Il ne trace que sa propre folie ! Le texte est absurde et indigne du Créateur !

— Il n'a jamais été l'Élu, ni même *un* élu. C'est un imposteur, un faussaire qui est au demeurant victime de ses propres hallucinations !

Dans les rares palais où notre présence était encore tolérée, nous ne trouvions pour tout accueil qu'anathèmes et crocs. Presque tous les scribes nonobstant, accompagnés d'une cohorte d'érudits, se déplaçaient à travers le monde pour suivre la calligraphie du Livre. Mais personne ne semblait y lire les mêmes lettres, comprendre les mêmes mots, encore moins y accorder le même sens. L'oubli instantané les désarçonnait. La puissance des laisses produisait en eux des ondes de choc qu'ils étaient inaptes à apprivoiser — trop neuves ou trop fraîches. La Vie, au fond, était ce qu'ils acceptaient le moins.

Au cœur de l'Amazonie, le Valet d'Arbre frappa du rameau sur l'épaule d'El Levir et lui dit :

— Au treizième vers vas maintenant t'attaquer. Clausule ne comporte que trois mots. À la lettre jusqu'ici as respecté les deux premières conditions du Livre mais n'oublie qu'avec de l'encre le mot dernier d'être écrit se doit et du point final te souvenir qu'il est et restera choix humain…

Tracer un « il » de deux mille kilomètres de long sur une surface qui ne soit ni la terre ni le roc, l'étendue des champs, la forêt, une lande ou une toundra, ni la neige ni la glace, puisque toutes ces surfaces avaient été usées, n'est pas à la portée du premier copiste de Torah. À vrai dire, les quolibets qui nous accueillirent en Grèce avaient fini par déliter notre moral au point d'acquiescer lorsqu'un scribe plutôt bienveillant nous affirma :

— Votre Maître n'a plus d'espace. Il a épuisé ce que la Terre offre de surface. Il est blessé, à bout de forces, en proie à la folie. Allez le chercher et sauvez-le avant qu'il ne soit trop tard.

Est-ce la lâcheté et la fatigue, ou cette forme d'espoir têtu qui fait pleinement partie de l'héritage d'El Levir, mais aucun d'entre nous ne se décida à aller le chercher. Sans doute aussi pensions-nous qu'il ne nous le pardonnerait jamais.

Il restait trois surfaces à trouver, et surtout du courage. Personnellement, je savais qu'il restait le sable. Et puis?

Il avait déjà utilisé le sel du lac Salé aux États-Unis, mais il s'était donc préservé le sable. Il récupéra son vieux char à voile à trois roues, avec sa baume branlante et sa toile élimée et revint dans le désert australien. Il partit d'Adélaïde et rejoignit Perth en coupant à travers l'immensité. Une droite pure pour le *i*. Une droite pure pour le *l*. De Perth à Alice. La traversée lui prit trois mois. La trace fut faite avec un soc accroché à l'arrière du char, qui le ralentissait considérablement.

Puis l'eau. «était» devait être le second mot de la clausule. El Levir vola un voilier en Tasmanie et partit sans carte ni sextant. Il fit une longue boucle écumante dans l'océan Indien. L'accent du *é* demanda à lui seul mille cinq cents km de navigation. Il forma toutes les lettres en cursive relâchée, avec une patience de marin, parcourant l'océan lentement, se ménageant des escales dans des îles, soignant son bras mort et son pied brûlé. Je ne peux dire si le mot fut lisible par quiconque, mais le Valet Vague valida le tracé :

— Importe peu le temps mis, Scribe, si me sied l'élégance du sillage sur la peau de la mer. Piètre marin tu demeures, El Levir, mais beau connaisseur du vent et calligraphe éclairé de l'écume. Une ultime surface te faut pour achever, avec de l'encre, le mot terminal, inscrire le point et mourir. Annonce donc la surface, que j'appelle pour toi le Valet de Matière. Le Livre deux fois sur la même feuille répugne à s'écrire… Innove une ultime fois ou romps-toi sous ma vague !

El Levir s'assit alors en tailleur, comme il affectionnait de le faire depuis que le feu du Livre fouaillait ses jambes. Le Valet Vague déferlait en lui-même, creusant le sable fin sous ses pieds. Son corps d'océan, d'un bleu changeant, s'agitait avec harmonie. Sa voix avait l'inflexion apaisante du ressac. El Levir le contempla avec envie, puis il annonça :

— Appelle pour moi le Valet de Ciel.

— Avec quelle encre comptes-tu donc écrire sur le ciel, fol artisan ? demanda sarcastiquement le Mètre, qui surgissait toujours du néant avec la soudaineté d'une lame.

— Avec mon sang, déclara El Levir.

— Le ciel ne peut se tacher de sang. Le ciel nulle encre ne retient ! La surface que tu choisis est irrecevable, trancha le Mètre.

— Appelle aussi pour moi le Valet de Nuage, enchaîna sans animosité El Levir. Le ciel est la seule surface sur laquelle on puisse écrire le dernier mot. Que l'encre adhère ou pas à son support n'a aucune importance. Seul importe la lisibilité et le trajet du trait.

Le Mètre dessina des figures anguleuses sur le sable, comme s'il interprétait en ligne une directive surnaturelle qui le dépassait. Puis sans autre débat, il acquiesça :

— Libre est le Scribe. Mais tu n'auras jamais assez de sang…

S'effaça alors le Valet Vague et s'effaça le Mètre. Apparurent ensemble le Valet de Ciel et devant lui le Valet de Nuage.

— J'appelle maintenant le Valet de Foudre, intima El Levir.

Le Valet de Nuage s'assombrit, enfla et accoucha d'une sorte de boule d'or à la lumière insoutenable qui roula sur la plage en tonitruant.

— Fils, tiens-toi devant le Scribe et respecte sa vie !

*

La suite du récit, il faut le reconnaître, est assez controversée. Les divergences qui affectent l'interprétation des derniers instants du Scribe sont innombrables et à peine est-il possible de les classer par tendances.

L'hypothèse longtemps tenue pour vraisemblable, celle de la montgolfière à trois ballons dont deux auraient contenu un volume colossal de peinture, a pour elle les vertus du réalisme, mais n'explique en rien comment El Levir, ruiné, put se procurer un tel appareil. Celle du parapente ascensionnel est crédible quant au trajet, puisqu'il est possible, sous ciel d'orage, d'être avalé verticalement et de bénéficier des courants-jets pour faire voyager un corps sur plusieurs milliers de kilomètres. Mais elle pose le problème de l'encre et de la résistance de l'aile sous la puissance des flux. Celle de la tornade qui frappa la Papouasie est fiable en termes de date mais signifierait que le dernier mot du Livre est composé de lignes courbes, donc essentiellement de voyelles (le mot « eau » paraît alors le plus probable, mais une clausule qui affirmerait « il était eau » a-t-elle un sens ?). Celle, enfin, qui affirme que les lettres ont été tracées à coups de tonnerre sur un ciel de nuit oblige à considérer le plasma électrique comme une encre, ce qui se conçoit mais laisse dubitatif sur la capacité d'El Levir à diriger la foudre, sauf à croire en une démiurgie qui lui ressemble fort peu.

Quant à la *teneur* du dernier vers, la furie des glossateurs rend ridicule d'ajouter au débat. La troncation « il était une » est en accord avec la structure du rondel et avec le mouvement d'un corps soulevé, translaté puis reposé, qui dessine aussi bien le *u* que le *n*, lettres symétriques. Mais « il était nu » reste envisageable, tout comme « il était un », voire l'infamant « il était nul », dont le *l* descendant trahirait la chute d'Icare au sol.

Si l'on me permet de mettre un point final à cette légende, j'aimerais avancer ma propre hypothèse, qui n'a que l'autorité de mon amour pour le Scribe et de poids que celle qu'une longue quotidienneté avec son génie m'a permis d'acquérir.

La conception vitaliste de l'art qu'a défendue El Levir, au mépris de son destin, implique qu'il ne pouvait accepter de mourir qu'en versant, pour l'ultime tracé, son propre sang sur la page bleue du ciel. Ce qu'on sait de ses dialogues l'indique assez. La syntaxe du rondel impose, il me semble, que le dernier mot ne comporte qu'une monosyllabe. Ainsi la clausule, avec quatre pieds, coupe l'octosyllabe nettement en deux et joue à plein son rôle suspensif qui dissout dans l'attente, le rêve ou la durée la fin attendue du vers. La troncation est un tremplin. Elle jette un pont dans le vide que l'imagination emprunte puis prolonge. Elle donne ainsi vie, non par l'image suscitée, mais par l'absence de cette image, effacée avant même toute esquisse, laquelle pousse le lecteur à la créer *ex nihilo*. Si la phrase « il était une » est séduisante pour la fusion féminin-masculin, « il était un » vaut pour l'intégrité et « il était nu » pour la condition humaine. Mais puisque toutes ces possibilités *sont déjà dans le premier vers* comme une combinatoire atomique venant hanter le rondel, pourquoi le Livre, par ailleurs si économe, prendrait-il la peine de les répéter, si lourdement, à la fin ? Ne vaudrait-il pas mieux que le glyphe par exemple, le fascinant

« Lie », figure de l'éternel présent qui trame, apparaisse précisément là, sur l'ultime mot, mais masqué, voilé, distordu ? J'ai mis sept ans à construire cette hypothèse. Je crois aujourd'hui pouvoir la proposer. Le dernier vers du Livre est :

« Il était Île »

Île forme *Lie*, féminise *Il* et lui répond, témoigne pour l'isolement absolu du créateur, écourte *aile* et *voile* et trahit l'ellipse d'une myriade d'adjectifs épithètes : « Il était (fert)ile ».

Qu'El Levir ait choisi d'être foudroyé, que son corps fût pulvérisé en gouttelettes de sang puis dispersé sur quatre mille kilomètres par des courants contradictoires, suffit à expliquer ce qui se passa. Qu'il ait achevé la calligraphie n'est selon moi pas discutable. On débattra toujours du point final et de la forme qu'aurait souhaité lui donner le Scribe. Mais je crois que la seule solution noble, qu'il intégra au moment de mourir, fut d'offrir au Livre l'infinité de points dont il a besoin pour achever un à un tous les récits potentiels qu'il libère.

Les facétieux supposent encore qu'au moment de s'élever parmi les nuages, El Levir demanda pour faveur de poser une dernière question au Lanceur de Vent. Celui-ci lui accorda bien volontiers, lui qui allait, en l'éparpillant, avoir le plaisir personnel d'achever l'œuvre.

— Quel est l'auteur du Livre ? demanda, avec un mélange d'anxiété et de résignation, El Levir.

On dit que le Valet de Foudre se mit alors à rire avec une telle ampleur que la foudre traversa le ciel de part en part. Elle allait toucher El Levir quand le Lanceur répondit :

— Toi.

FIN

Sam va mieux

C'est ce que je fais qui m'apprend ce que je cherche.

PIERRE SOULAGES

Je suis le petit salon au plafond crevé du 15, rue Gay-Lussac, avec ses trois fauteuils décloués et le tapis gorgé comme une éponge où chacun de tes pas forme empreinte. Je suis la pluie qui grenaille sur le zinc, tu trottines comme elle sur les toits, à petits pas de moineau mat. Je suis l'eau qui ruisselle le long des huisseries, entre le plâtre et les châssis, le ruisseau en colimaçon issu du sixième étage et qui cascade sur le bois de l'escalier que je remonte, trempé, avec Sam sur ton dos et le jerrican dans nos bras. Il est le fleuve qui roule les buffets dans les boulevards et coule les canapés lentement sur les places inondées parce que j'ai tout mon temps. Je suis les câbles qui rouillent et les poulies encore huilées, je suis le treillis que ta main décale avec un boucan de ferraille et le bouton d'appel qui s'allume encore, nous sommes les ascenseurs qui marchent après six ans sans aucune maintenance, sans aucune présence, pour ton plaisir. Tu es les avenues en crue que je traverse, juché sur des bahuts en acajou qu'il pousse à la perche et au courage. Nous sommes les lits qui flottent mal à cause des matelas — et vous vous en foutez bien car ils explorent surtout la ville de toit en toit, en s'inventant des rues de vertige aux trottoirs de zinc que Sam arpente en zigzag, guidés au son, à la continuité possible des blocs haussmanniens, à tout ce qui vous évite de redescendre et de vous noyer.

Chaque rue déserte que tu empruntes, il la signe. Et chaque immeuble que tu visites de fond en comble, appartement après appartement, pièce par pièce, en défonçant les portes à la hache, nous le taguons à la bombe, pour que je m'en souvienne, que ça t'évite de tourner en rond. Il n'y a pas un bar où vous ne soyez entrés vider une bouteille avec Bob. Dans ces moments rares, nous sommes le fût de bière sous pression, ensemble. Parfois tu es la mousse qui déborde du col de la pinte, parfois le sous-bock où je laisse des mots pour la fille qui me suit, qui n'ose encore nous aborder, qui survit de chaparde, comme vous. Plus rarement, je suis la bouteille et tu es le bourbon, il est le verre que nous levons et que vous buvez pour eux. Cul sec. Il est l'alcool qui te hausse le sang, qui nous tient en haleine, Sam et moi. Partout où vous entrez, quel que soit l'appartement, je fais déjà partie des meubles.

— Comment va Sam ce matin ?

— Sam va mieux.
— Vieux comment ?
— À peu près comme moi.
— Et comment va Sam ?
— Lui, ça va. Il me parle.
— Qui d'autre ?
— Plein de gens.
— Par exemple qui ?
— La pluie… Enfin, ça dépend le type de pluie, mais la plupart des averses me parlent. Les feux que je fais avec des planches aussi. Elles sont bavardes, surtout vers la braise.
— Vous êtes combien ici ?
— Dans cet hôtel inondé ? Combien de planches ?
— Dans toute la ville ?
— Je suis tout seul. Les cheminées aussi.
— Il y a moi quand même, non ? Tu ne me comptes pas ?
— Je ne te connais pas bien, alors…
— Tu te souviens qui je suis ?
— Pas très bien…
— Je suis Sam.
— Ah… Comment ça va ?

Sam, c'est mon fils. Il a eu trois ans bientôt. Je suis son vrai père, je l'ai adopté. Sans lui, je serais mort. Il me tient debout, rien qu'à être là, à respirer, tout à côté de moi, chaque nuit. Et le jour, il a un ruisseau dans les yeux, on dirait que le monde vient y boire. J'adore la voix de Sam. Il élocute mal, dyslexie ou dysphonie, tout ça, je l'éduque. Ou qu'il touche une étoffe. Il sait pas être fixe. Qu'il froisse. Ses jambes, son buste, tout pousse tant, du dedans, que j'ai été fouiller une fois sous le gras du bras et, croyez-moi, c'est pas de l'os, c'est du bambou souple, bien arrosé. Et des joues fraîches comme des touffes. Tout bouge dans mon petit bout, et quand la pièce où nous bivouaquons a trop de murs, qu'il bute, tout son corps part vers le haut, il explose, lève là où c'est libre. Un chèvrefeuille. Chaque pas un saut, tacatac ! pschitt ! tandis que moi je marche zzzz à l'horizontale, un pied à plat tout au long de l'autre. Lui c'est comme si le sol épuisera rien, il est du bond, Sam, petit gars du hop, té !

— T'as quel âge, Sam ?

— Croix.

— Trois ans, c'est ça ?

Ça fait six ans que je n'ai rencontré personne. Nous avons la ville entière pour nous, Sam et lui. Le plus dur, c'est pas que les gens soient morts, c'est qu'il y ait tellement de leur vie réfractée partout. Je parle pas des vêtements ou des photos, sachez, ou des cahiers ouverts qu'on trouve sur les tables (tout ce qui est crit à la main : terrible), ni des portes avec les noms qu'ouvrent sur des intérieurs bourrés de bibelots qui sont de foutus portraits à rebours. Je parle pas de la brocante : ça, je me suis blindé à la longue, ça n'entre plus au cœur. Mais les lits juste défaits parfois, l'empreinte intacte dans la couette, dans certaines chambres comme suspendues, ça tord. Comme font flipper les répondeurs qui se relancent suite aux sautes de jus ! Ou les plaques à duction qui chauffent calées sur 6, peccables, la sensation de chaleur que ça fourre dans la pièce, tu t'en rends jamais tout de suite compte, c'est de la présence qui te prend de dos.

Sam, je l'ai trouvé dans une soupente, au sixième étage d'un immeuble inondé aux trois quarts, rue Mazarine, Dieu sait comment il a survécu, jamais retrouvé sa mère. Il se nourrissait de cancrelats, caca dur. Le bébé me babillait des choses, j'ai pris le samovar avec nous, j'en ai fait un *mot'eur*, comme pour Tom.

Deux millions d'habitants… La ville est trop vaste pour toi, ça fait des millions de pièces à traverser, un tunnel désespérant de chambres oisies, de cuisines ides et de bureaux réduits à quia où tournent des disques mûrs et des crans de veille que tu rallumes d'une pression sur le lavier, des milliers d'escaliers qui se perforent quand t'as Sam dans tes bras et le sac sur ton dos, et faut faire faffe, garçon, tout le temps, parce que la rouille et le gel corrodent tout.

Pourtant je continue à chercher, rue après rue, immeuble, boutique, commerce, je ne trie pas. Tu essaies d'être méthodique, *a minima*, tout en ne prenant pas trop de risques : quand l'immeuble est pourri, vous laissez tomber, hein ? J'avance beaucoup à l'intuition. Guidé au son, souvent de très loin, à la lumière, à l'aspect des toits.

Un jour, j'ai fait le calcul. À vingt immeubles par jour, je n'arriverais jamais au bout par une exploration rationnelle de tous les volumes potentiellement habités de la cité, alors il a décidé de tracer droit, plein sud, blic-blac-bloc, jusqu'aux frontières de la ville, là où le périphérique se dilue dans l'écume. Ensuite il tirera ouest puis nord de nouveau, au hasard, en suivant une ligne quelconque de monuments. Feeling.

Le temps où je découvrais dix cadavres par jour est bien fini. La pluie, la végétation et les infectes ont tout nettoyé et c'est mieux comme ça. J'ai trop de souvenirs qui me hachent. Crâne à lézarde/bûche fendue. Je vous le dis à vous : il boucle sur la fille qui s'était coupé les deux bras pour passer par le soupirail inondé, rue Burnouf. Il chemarde le gamin qui avait allongé les cinq corps de sa famille sur le plancher, et qui leur fourrait des graines dans le ventre. « Ils vivent, qu'il disait. Sont pas morts, hein, regarde ! » et il arrosait au goutte à goutte dans le pli du ventre, ça grouillait de vie, de pupes et de larves. Et il mangeait. Il en avait plein les chailles.

— Ça va, Sam ?
— Je sais pas, demande-lui.
— Il dort.
— Alors c'est que ça va !
— Je m'arrête où pour aujourd'hui ?
— Traverse encore l'avenue…
— Le courant est fort ce soir. C'est débâcle. J'es-

saierai demain. On couchera une armoire en travers, avec une perche, ça doit passer.

— C'est toi qui sais.

Y a une semaine à peine, t'étais gouffre. T'y croyais plus, la force plus, envie morte. T'es resté six jours dans la tour nord de Notre-Dame, salle des Cloches, à les entendre et à les regarder battre, heure après heure, à t'en fendre l'occiput. La fonte te vibrait dans les os et tu te sentais plein comme une pierre, ça t'a sauvé. Parce qu'à quoi bon, hein, tu répétais ? À quoi ? T'avais exploré toute l'île de la Cité en quatre mois avides, et franchement, dis-le, tu y avais cru dur comme faire, qu'il y vivait encore quelqu'un, un rescapé, un frangin de la survie, peut-être même des familles ou une bande, osons-le, té ? Pourquoi j'y ai tellement cru ? Je sais pas… Des indices neufs çà et là, des signes que je n'avais jamais aperçus ailleurs : deux barques arrimées à la pointe du Vert-Galant, des caisses empilées, presque une logique… Un feu qui était né par miracle dans un appart du quai aux Fleurs, sur deux étages, avant de s'éteindre tout doucement. Le sentiment ancré, surtout, que si des hommes avaient survécu, ils se seraient réfugiés par réflexe dans Notre-Dame, ou sous la Sainte-Chapelle, parce que dans ces cas-là, la foi aimante et fait converger. Au pire, les blessés auraient pu, ou dû, ou su, squatter l'Hôtel-Dieu tout proche. Non ? Alors t'es resté dans Notre-Dame, sous la grande volée des quatre cloches et t'as scruté, comme un fauve maniaque, t'as épié à la jumelle et à l'œil nu, à l'oreille et au nez, à la logique pure et à l'instinct, t'as fouillé partout où l'eau coule, sur les rives et les quais, à travers les fenêtres crevées des façades, et mêmement inspecté les toits, dans l'espoir rêche que s'y détache, enfin (quelle explosion ç'eût fait), une forme humaine sur deux pieds. Tu t'es calé sur l'équerre de tes coudes pour balayer chaque entrée de chaque bâtiment à portée de jumelles, géométriquement, ric-rac, ric-rac, et tu les faisais à la fin en rafale, porte-porte-porte, fenêtre-fenêtre-fenêtre-fenêtre, à une cadence dingue et tactique de sniper et t'enfilais ensuite les toits, pentes, cheminées, pentes, sur tous les axes et angles visibles, proche et lointain, jusqu'à la butte Marmotte et le mont Parnasse, hic et nunc, hic et nunc, MAINTENANT ! Ça n'a rien donné. Des nichées de corbacs, ça oui, et des ragondins qui glissaient à fleur d'eau, beaucoup.

Alors t'as continué la nuit, vrillé par ta parano de rater quelque chose. Pour dire d'aller au bout… T'as prolongé le guet à l'oreille — et c'était d'abord indécidable, à cause des bourrasques dans les voliges, du zinc grinçant, de cette foultitude de détritus confuse qui fait crépiter le bruit de fond, t'es resté debout les yeux fermés, sans pouvoir rien interpréter, piégé dans le barouf, le tympan brouillé, qui quête…

Puis le froid est tombé.

À ces moments-là, j'ai l'impression que le ciel gèle comme un lac   Tellement c'est brutal   L'air se fige   Le zinc se rétracte   Descend le silence   La masse de solitude qui s'abat alors sur moi, je ne sais plus lui échapper Ni tricher avec elle, j'ai jamais pu Cette sensation atroce, je lui ai donné un nom je l'appelle : la Vérité

Un son est sorti de moi, comme un spasme. Quelque chose de primal, pas un cri, non)) un appel.

J'ai appelé) appelé))

J'ai appelé à l'aide dans le silence solide)))

T'as appelé comme un bébé sa maman ((

Il y a eu un écho sec du parvis, qui te revenait comme une droite dans ta gorge et tu t'es mis sans t'en rendre compte à chialer tellement ça sentait la mort, la mort dans l'espace. Tu chialais et ta voix chialait mais tu gueulais quand même de tes deux poumons d'adulte et le froid te ramonait le thorax.

— Tu fais quoi, papa ?

— J'appelle…

— T'appelles qui ?

— Je sais pas.

— Tu parles à l'eau, papa ?

— Je me défoule.

— L'a fait une bêtise, l'eau, papa ?

— Dodo, Sam…

J'ai pas voulu faire de feu : peur de fausser l'écoute. Sans te déshabiller, tu t'es allongé sur une quadruple épaisseur de couverture polaire, as empilé la triple couette par-dessus, fourré deux peluches dessous, avec le samovar en melchior et il a écouté. Intense était le silence, et d'un niveau de pureté extrêmement rare pour la ville. Au-dessus de lui, il pouvait entendre les cloches se contracter, avec de légers crik vibratoires.

C'est venu de très loin, ça il en était sûr. Ça n'avait pas de portance, pas d'ampleur, comme un cri qui n'aurait eu que l'air mat pour se transmettre et que la moindre turbulence aurait dispersé, aurait effacé facilement. Mais c'était audible. Et rythmé. Ça avait toutes les inflexions d'une voix, la mélodie en tout cas, la mélopée osons, sans qu'il pût discerner si c'était tout à fait un chant ou juste une scansion, quelque chose d'enregistré ou pas, arabe, turc ou français, à la limite animal, voire mécanique à cause de la sensation de récurrence des fréquences, surtout ça s'interrompait parfois de longues secondes avant de reprendre et il était presque impossible de dire si son oreille ne prolongeait pas d'elle-même le bruit, ne le redépliait pas pour en assurer le continuum, ni même si le son ne provenait pas de plusieurs sources disjointes, qui, combinées par la distance, généraient un effet phonique unique, lequel effet il avait la furieuse envie de supposer humain — une prière peut-être, une plainte, un vocero, bien que ça se rapprochât davantage de la litanie d'un muezzin ou d'un appel en plein vide comme le sien tout à l'heure, ou la réponse, panique, à cet appel ? Naturellement c'était flou et distordu, exaspérément flottant, suramplifié par l'attente, et foutrement loin, trop loin putain, mais il était indiscutable que ça *existait*.

Ce bruit, il l'entendit deux nuits de suite et chaque jour un peu plus nettement si bien que la direction devint interpolable et qu'il décida de quitter Notre-Dame pour partir à la recherche de la source d'émission. Il n'avait jamais été aussi heureux. Jamais autant, non plus, il n'utilisa le samovar pour faire bouillir l'espoir qui le soulevait.

— On va discuter un peu, Sam, tu veux ?
— Oui.

Sam n'avait que trois ans mais il savait parler — très bien même. C'était juste une question de concentration et de réglages. Et juste, de mon côté, une question de courage et d'écoute. En six ans, j'avais développé une acuité extraordinaire pour les sons de la ville, en particulier autour de deux axes vitaux : l'air et l'eau.

J'avais fini par comprendre, à force de l'écouter nuit après nuit, que le vent était un langage, qui se servait d'absolument tout pour articuler ses phonèmes : volets, vantaux et portes, feuilles froissées, charnières, drapeaux, arêtes et angles, tuyaux, tintements du fer, du bois, arbres, ponts, tout ! J'avais discriminé de façon désormais indiscutable une trentaine de voyelles et vingt-deux consonnes nettes, dont beaucoup de fricatives. C'était bien au-delà de notre parole d'humain puisque l'air sortait pour ainsi dire non plus d'une simple trachée, rythmée par une glotte, une langue, des dents et des lèvres, mais de la gorge grande ouverte du monde, par la tranchée des rues, pour trouver, çà et là, selon ses besoins, dans le volume troué des cuisines et des chambres, l'architecture d'une bouche capable de *prononcer*.

C'était peut-être aussi que le vent, comme l'eau, plus mélodique encore, n'avait pas voulu rompre avec la magie d'un langage qui fût *aussi* une musique, d'un syllabaire qui soit (à sa frange agile) un solfège, et que la distinction entre un mot et une note, un phrasé et une phrase, restait parfois indécidable — ou plutôt tellement confondue, tellement fusion et noyée, que ce que me disait le vent portait dans l'air jusqu'à moi le double impact du sens véhiculé et de l'émotion vibratoire, slamée plein corps. L'émotion d'une musique crue, issue de la matière même et qui, à la perfection, l'exprimait — l'extrudait.

De sorte que de bloc en bloc, de chambre en chambre, ça s'appelle la nuit, croyez-moi, ça se fait des blagues et ça caquète, ça chante et ça murmure pour le salon d'à côté, ça se drague d'une fenêtre à l'autre, entre un studio encore propret qui siffle et minaude par sa seule vitre cassée et un cinq-pièces bourgeois fendu de part en part et qui rauque sa déchéance à coups de volet lourd et de gravats.

Encore que ce que tu lâches là est bien anthropomorphe, bien poussif. Car chaque immeuble a sans doute quarante chambres, quarante bouches, douze cuisines, des tas de salons, et qu'un mot passe parfois par trois pièces pour être prononcé tandis qu'une phrase se forme parfois le long d'une rue entière, en traversant d'une seule salve toutes les pièces, et qu'alors on ne peut plus individualiser rien, c'est la rue qui parle — et encore, souvent il faut un quartier entier pour articuler un paragraphe et parfois la ville entière n'y suffit pas, qui bafouille et cacophone. La vérité, c'est que les fenêtres ne sont pas des lèvres ni les tapis des salons des langues qui onduleraient dans des palais déserts ; la vérité c'est que la ville joue par son corps même qui est flûte et hautbois, et que c'est la symphonie la plus concrète, la plus inhumaine qui soit.

Et c'est pareil pour l'eau, apprenez : qu'elle coule, cascade ou glougloute, qu'elle tombe goutte à goutte d'un plafond dans une flaque ou gicle sur l'acier pour chercher son *i*, elle a sa gamme dissociée de sons purs et sa syntaxe liquide, qui dépend de la forme des canaux et des avenues, de l'étroitesse des rives, de la hauteur des chutes et de la profondeur des bassins, qui dépend bien sûr aussi, pour l'incroyable variété des consonnes de goutte, du matériau percuté, effleuré, tintant. Le T mat des tapis secs qui vire au D quand le tapis mouille, le P des parquets lorsque la larme qui tombe est lourde, et les salves de petits K qui crépitent sur la vitre — plus tous les timbres de voyelles quand l'eau frappe l'eau : plic, pluic, souic, flac, floc, pic, poc, ting, tiiinng…

À force de recherches, tu as trouvé dans un baquet de fer fin la caisse de résonance idéale pour sérier tous ces effets. Et pouvoir ainsi entendre Sam distinctement, juste en ouvrant le robinet de sa bouche. Je ne dis pas que tout le monde pourrait le comprendre, ça non. C'est comme pour tous les mômes : y a que les parents qui comprennent et c'est bien comme ça. Sam, d'ailleurs, va mieux. Moi aussi.

— On commence, Sam ?

Dans le corps rond du samovar, l'eau sonne déjà chaude mais je devine que ça ne va pas suffire. Au milieu de la pièce, un feu de chaises flambe. Je m'en approche, en m'abritant le visage, et racle à la pelle une brassée de braises. En tremblant un peu, je l'enfourne dans le brasero du samovar. La braise rougeoie dans le *kuvshin*, la petite cheminée d'acier, que je remplis comme d'hab' à ras bord. Autour de la cheminée, dans chacun des trois compartiments supérieurs, tout est déjà prêt. Le *zavarka* bien sûr, un thé noir très fort, très concentré, pour que je tienne le coup — et puis l'essentiel dans chacune des petites cassolettes, ma magie noire et blanche : les lettres, les épices et les plumes, la matière bavarde, tout ce qui va aider Sam, lui donner envie de parler et d'apprendre.

— On va commencer par s'échauffer, d'accord ? Tu vas répéter les phrases que je te dis, hein, comme d'habitude ?

J'ai placé Sam sur la table, il ronfle de plaisir. Ça s'annonce pas mal. J'ouvre le robinet, l'eau sombre tombe directement dans le baquet avec un crépitement rythmé. J'écoute attentivement l'écho du liquide sur le métal. Les sons sont suffisamment distincts pour jaillir articulés. Il suffit maintenant d'amorcer. Et de voir ce que ça va donner :

— Tu es prêt ? C'est parti ! Crache, ma grosse, crache ta crasse !

— *Tu es pêt ? C'est pâti ! Cache, ma gosse, cache ta casse !*

— Pas de farces, hein ?

— *Pas de faces, hein ?*

— Applique-toi ! Répète après moi : le braquet…

— *Le baquet…*

— La trombe nous brise…

— *La tombe nous bise…*

— Ça marche pas !

— *Ça mâche pas !*

D'agacement, je secouai le cylindre par les poignées et le frappai un peu sur le bois de la table pour tasser le charbon. J'avais toujours eu un énorme problème de réglage avec le samovar, ce n'était ni neuf ni grave bien que ça me déstabilisât toujours beaucoup. D'une telle complexité était le dispositif que n'importe quel détail pouvait tout dérégler : la taille des braises et leur forme bien sûr, leur chaleur, mais tout autant le volume de vapeur qui sortait à chaque seconde du couvercle, la concentration de thé, le calage des pieds, la hauteur entre le robinet et le baquet, le débit du robinet… Sans parler du contenu des compartiments, qui pouvait altérer totalement les syllabes. Mais aujourd'hui, c'était clairement un problème d'air — de manque d'oxygène dans la *reshetka*, la chambre de ventilation. La parole de Sam s'écoulait morne et étouffée, privée d'R, quoi. C'était facile à entendre, et facile à régler : je soulevai légèrement la *kryshka* du samovar et coinçai un copeau de bois entre le cou et le couvercle. Sam respirait plus amplement, il le dit avec un peu de vapeur chuintée.

— Comment ça va, Sam ? Dis-moi « braise ».

— *Brraise.*

— Ça me semble fiable…

— *Ça me semble friable…*

— Hou là ! tu as l'air de surventiler, on va essayer quelque chose… Tu me suis ?

Le plouic bref de la goutte, lâchée par Sam sur le rebord du baquet, tintait pour un oui. J'empoignai mon cahier de notes et je cherchai frénétiquement la page où j'avais déjà effectué une transposition en R mineur. C'était pas la première fois qu'il me faisait une suroxygénation, le bougre ! Je savais gérer ça !

— Les feux capotent et toussent sous la tanche tout juste pêchée. L'infime camé fuit devant ma pote gelée.

— *Les freux crapotent et troussent sous la tranche tout juste perchée. L'infirme cramé fruit, devant ma porte grêlée.*

— Sans tact et sans âme, ses mains codent du tac au tac puis fondent. La ville lâche ses dogues qui foncent dans la fange.

— *Sans tract et sans arme, ses marins cordent du trac au trac puis frondent. La vrille lâche ses drogues qui froncent dans la frange.*

— Concentre-toi, Sam, s'il te plaît : Le foc est en toc.

— *Le froc est en troc.*

— Les nefs sont des naines sous les lames.

— *Les nerfs sont des narines sous les larmes.*

— T'es complètement déphasé, fils. Tes mots t'échappent…

— *T'es complètement déphrasé, fils. Tes morts t'écharpent…*

T'avais tout anticipé bien sûr. Chaque phrase, tu l'avais ciselée, mot à mot, puisque tu ne supportais plus que Sam déforme dans le vide les syllabes, que sa dyslexie débouche sur un babil — pis, sur une lallation de bébé pur, qui t'aurait laissé face à toi-même, sans échange possible, sans écho.

Je me suis approché de Sam et j'ai fermé le *kliuch* du *kran*. Quelques gouttes perlaient encore du robinet. J'ai enlacé et caressé doucement le cylindre chaud, j'étais mélancolique :

— Je t'aime, Sam…

— *Je t'arrime, Sam…*

*

Jour après jour, la mélopée lointaine qui m'était parvenue, en lisière d'oreille, dans la tour de Notre-Dame, cette espèce de modulation trouée, intermittente, qui sonnait tellement humaine par son rythme, je m'en approchais. Sans que je comprenne pourquoi, c'était la nuit qu'elle se faisait le plus nettement entendre et c'était la nuit que je traçais au sol sa direction exacte, pour la graduer ensuite à la lumière du jour, sur le cadran de ma boussole, au petit matin. T'étais comme une mouche autour d'une lampe. Tu ne cessais d'être tantôt à portée, tantôt hors de portée du son, si bien que tu repiquais vers la source, à coups d'azimuts fébriles — dès que ça sifflait — changeant d'axe de progression à midi, au beau milieu d'un toit, parce que subitement le vent avait tourné et que tu doutais de ta direction du matin. Pourtant, un soir, après quinze jours de progression erratique, tu t'es retrouvé tout près…

La mélopée flottait dans l'air, comme un fado, comme un parfum. J'étais dans une rue sèche, la toute première de la journée. Aucune parole parasite, issue de l'eau bavarde, ne me gênait plus. « Ça vient de là-haut, derrière le bloc », j'ai dit à Sam. Tout son corps a éclaté de joie.

— On y va, papa ? On y va ?

— Il va faire nuit, Sam. Faudrait plutôt se trouver une chambre et du bois-qui-brûle-bien, tu crois pas ? Ça va faire froid, cette nuit…

— On y va !!!!

La nuit est tombée comme une pierre. Mais je m'en fous désormais. J'ai pris ma décision : on n'attendra pas que la nuit passe. On saura avant que le soleil se lève. Tu sauras quoi, au juste? Ben, qui joue cette mélopée. Qui est là-haut. Vivant! Debout! Un homme? Une femme? Ou même un gamin, qui sait? Un gamin, oui, qui espère qu'on l'entende et qu'on vienne le chercher, enfin. Un autre survivant. Après six ans de solitude! Je suis là, petit gars! Je t'ai entendu, tu sais… J'arrive!

À la hache, je fracasse la porte de bois épais de l'immeuble. L'escalier semble fiable. Tu prends Sam dans tes bras et tu montes, très lentement comme toujours, en explorant les marches, en scrutant chaque lézarde à la torche — t'as eu trop d'accidents — jusqu'au dernier étage. Le vasistas d'accès au toit est ouvert. Une échelle est en place. Un signe. Je grimpe, jette la torche par l'embrasure et je me hisse sur le toit.

Le vent a soufflé la flamme et tu n'y vois d'abord rien. Dans le ciel couvert, le croissant de lune est si fin qu'il arme à peine une faucille. La lumière est juste suffisante pour que tu remarques une masse, haute, sur le vaste toit incliné. Une sorte de tour, sept ou huit mètres. J'attends que mes yeux s'habituent, je ne veux pas rallumer la torche, pas tout de suite. T'as peur, tout à coup. Sam, c'est pire: il est glacé, le môme.

De si près, j'arrive à dissocier, à l'oreille, la musique qui s'écoule de la tour: il y a un peu de harpe et d'orgue, de la trompette fade, genre vuvuzela — et par moments une sorte de flûte un peu floue. De temps en temps tintent des percussions, légères, et quelque chose comme une cymbale rouillée, qui boingue.

Mais ce qui domine, ce sont des sortes d'énormes didjeridoos, les uns clairs, les autres sombres, qui soufflent le chant modulé que j'entendais de si loin. Une seule personne ne peut pas jouer de tout ça. Ils sont plusieurs, c'est maintenant sûr. Plusieurs !

Au pied de la tour, il y a une cloche, suspendue, qui fait *ding-i-ding*. Je pourrais la secouer. Ou je pourrais appeler. Tu sors ton harmonica cependant, va savoir, un réflexe… Comme si tu voulais leur répondre en parlant le même langage. Mais c'est Sam qui te prend de vitesse :

— OHÉ, LES GENS ! OHHHÉÉÉ ! ON É LA !

— Chut… Tout doux, Sam…

Les secondes s'écoulent, tu pourrais les broyer tellement t'as peur, tellement t'attends, tellement t'espères et t'as peur. Et là tu cries. Infiniment plus fort que Sam. « BONSOIR ! » tu cries. Tu cries « JE SUIS UN SURVIVANT ». Tu cries « Y A QUELQU'UN ? » et l'attente est un champ de braises que tu foules, avec vos quatre pieds nus.

Le vent se lève et tu crois que tu vas calancher parce qu'une lumière vient de s'allumer au milieu de la tour, elle flageole comme si elle hésitait — tu serres Sam — puis elle s'éteint. Mais très vite ça revient et ça s'allume tout en haut de la tour, sur plusieurs fenêtres à la fois. Des ombres bougent et la mélopée reprend, plus vive, plus désordonnée. Ça m'ébranle. Et de nouveau plus rien. Une brise silencieuse, des restes de cymbale, comme s'ils avaient subitement posé les instruments au sol, terrifiés. J'ai cependant eu le temps de voir la tour : c'est une architecture d'homme, faite main, à l'arrache, un montage de poutres et de meubles démantelés, avec des plaques de zinc clouées dessus — mal, ça bâille — et des tas d'ouvertures un peu partout, à toutes les hauteurs, un vrai gruyère à vent. Le pire, c'est qu'aussi tordue et bricolée qu'elle soit, la construction te semble presque logique, familière.

J'ai reculé chercher ma torche, que tu rallumes. Tu n'as plus peur maintenant. Je prends Sam sur mon dos et je me dirige directement vers l'entrée de la tour, en appelant plusieurs fois, en les prévenant…

— JE NE SUIS PAS ARMÉ !

— JE VIENS AVEC MON FILS, SAM !

— N'AYEZ PAS PEUR !

Tu entres dans cette espèce de Babel du pauvre et il n'y a pas d'escalier : juste des paliers découpés à la scie et des échelles qui y montent. Tu grimpes la première échelle et tu tombes sur une pièce carrée. T'as plus de cœur, plus de souffle, tu cherches un visage, un corps qui bouge, tu sais plus. Il y a des trompettes cabossées au sol, quatre fenêtres et dans l'embrasure d'une d'elles, une harpe éolienne a été coincée dans le cadre. Elle vibre légèrement. Je ne m'attarde pas et j'empoigne la seconde échelle. Second palier : il est rempli de machines, de dynamos, de turbines à eau, de roues en bois horizontales placées devant les ouvertures, ça grince, ça s'ébroue, tu fouilles dans les angles, tu t'énerves, je ne comprends rien. Au troisième palier, tu trouves des percussions suspendues aux poutres, une cymbale complètement déglinguée à force de cogner contre les murs et un orgue sans clavier. Où sont-ils? Je lève la tête: il n'y a plus qu'un palier. Ils se sont tous regroupés là-haut, évidemment. Évidemment. La peur. La trouille irrépressible. J'appelle. Je prends une voix douce. Tu hurles. J'essaie de les rassurer. Ta voix est tellement hystérique que tu craches les consonnes comme des noyaux de pêche, tu brailles!

J'agrippe la dernière échelle et je monte barreau par barreau, sans cesser de parler. Ils ont tout le temps de me jeter une caisse, des pierres, toute la place pour me fracasser à la barre de fer dès que je sortirai le buste à travers le plancher. Mais ils ne toucheront pas à Sam, ça j'en suis sûr. Ça peut les rassurer, un gosse — si bien que je le lance doucement à travers l'ouverture. Il roule sur le bois. D'une traction, je me dresse dans la pièce, strié d'adrénaline. Je lance des grands coups de torche latéraux, l'air bruisse et se défroisse, je furète, je les cherche…

— Bonjour! Bonjour! Bonjour, vous tous!

Ils sont partis. C'est la première chose que tu te dis quand tu constates que les dix mètres carrés de la pièce sont vides. Sauf que tu ne vois pas comment. Les ouvertures vers l'extérieur sont trop petites, même pour un môme. T'as cru un instant qu'ils s'étaient suspendus aux pierres et aux poutres, parce que tu voyais des masses saillir des parois, mais ce n'est pas ça : ce sont des cônes en acier, en plastique et en bois, coincés de force dans les trous du mur. Certains ont la pointe à l'intérieur et l'embouchure au-dehors, d'autres c'est l'inverse : on dirait de grands porte-voix, prêts à hurler sur toi.

Je ramasse Sam et je le prends dans mes bras. Il ne dit encore rien. Il verse une larme. Je serre le robinet. Je suis dans le brouillard absolu. Tu ne veux pas comprendre. Je regarde encore et encore la pièce à la lueur de ma torche, tous ces cônes, ces trompettes de fortune, ces porte-voix cimentés dans les murs.

— C'est quoi ça, papa ? souffle Sam.

— Quoi quoi ?

— Là !

Tu ne les avais même pas vus, obnubilé par les cônes. Ils sont pourtant à hauteur d'homme.

— C'est mes petits frères, papa ?

Je m'approche des niches aménagées dans les murs. Il y en a huit en tout. Et trois sont occupées. La première par un cylindre de bois, ouvragé de tubes et de trous. Une œuvre de doux dingue.

— Tu t'en souviens ?

— Non, Sam.

— C'est Jim. Il te parlait avec du vent, il était pas sage. T'as fait un an avec lui.

Le second est une petite harpe éolienne. Sur son cadre, c'est écrit « Line ».

Je tends ma torche vers la troisième niche… Un son très ample de didjeridoo monte dans la pièce, j'ai soudain la chair de poule, je frissonne violemment, des pieds à la tête, la torche tremble, je la lâche et je tends les mains vers le samovar en melchior qui trône dans la niche avec ces trois lettres gravées dessus : TOM.

Le vent, brusquement, s'est levé. La première salve est brève. Dans la pièce, ça ne produit rien d'autre qu'un souffle sourd, de corne de brume. Mais dès la seconde rafale, qui déferle longuement sur toute la face sud, avec furie, tes tympans explosent sous la violence du son. La tour barrit par toutes ses trompes et la lumière jaillit, de chaque palier, comme une eau. Tout s'illumine et crie, les orgues, les roues et les harpes, cymbales et percus, trompettes et cônes, tout siffle en toi par une longue fente vertébrale, qui te transperce de part en part, comme une révélation.

Tu te souviens — maintenant.

Je me souviens des mois passés à construire la tour, à l'arrimer à ce toit-là. Le magasin de musique que j'avais pillé, le meulage des cônes et des trompes de fortune, la cimenterie de l'ensemble, les réglages incessants… Jusqu'à obtenir ce son que j'espérais humain, cette mélopée, ce vocero que personne ne pourrait plus me donner, sinon le vent. Bien sûr. Bien sûr, c'est moi qui ai fabriqué ce savant bricolage d'aérophones pour que le vent puisse, sans un homme, sans une femme, sans rien de vivant, m'appeler dans un langage qui me parle, qui me guide, puisse m'offrir de très loin cette mélopée immense que j'ai poursuivie à l'oreille tant de jours, cet appel qui a conjuré mon errance, m'a remis debout — qui m'a sorti du désespoir.

Si personne ne te parle, fais parler le monde. Tout seul. Et écoute-le.

— Lui, c'est mon vrai frère, pas vrai, papa ?

Sam regarde Tom. J'ai l'impression qu'il me pèle la tête comme une orange. Tu t'épluches. Tout revient, à nu.

— Il parlait pas aussi bien que toi, tu sais. Tom disait mal les consonnes… et il ajoutait des O partout… Il disait pas caca, il disait « j'ai fait cacao ». Tu vois ?

L'eau me tombe des yeux toute seule. Tu mets le pied sur la torche, sans t'en rendre compte. Tu pourrais brûler vif, tu t'en foutrais. Tu serres Tom et Sam, chacun dans un bras, et tu leur donnes des surnoms que les papas donnent — Tomate, Boula, Toula, Pichou, Samosa, Tomahawk, Choulatou, Slam, Samouraï — et eux ils sourient, d'un air mélancolique, parce qu'ils devinent : tu vas les laisser là. Dans la tour. Tu vas placer Sam dans la quatrième niche en écrivant SAM sur le samovar. Tu vas remettre Tom dans la sienne. Et tu vas travailler et resculpter la tour plusieurs semaines, de haut en bas, pour que ce soit un phare, plus puissant encore — ton phare, à lumière et à musique. Parce qu'il te sauvera, à nouveau, un jour.

Il y a assez de nourriture dans cette ville pour que tu survives. Je ne suis pas vieux. J'apprends chaque jour un peu mieux à comprendre ce que me disent l'eau qui coule et le vent, réarticulé par les volumes qu'il traverse. Tu discuteras peut-être un jour avec les ragondins et les chats. C'est une question de volonté et de patience. D'ici là, je me trouverai un nouveau Tom, un nouveau Sam, à qui parler. Tu les protégeras. Les samovars, ça offre des possibilités infinies. Faut juste que j'accepte d'être un peu mieux fou, hein ? Faut juste que t'arrêtes d'espérer rencontrer un survivant. Et que tu vives avec tes forces et ton imagination. Debout. Ce qui te manque ne reviendra jamais. Ne le cherche plus : crée-le.

— Papa ?
— Oui, Sam. Qu'est-ce qu'il y a ?
— Je… t'arrime.

Une stupéfiante salve d'escarbilles de houille écarlate

À ma sœur

( ) Mon nom, que vous le sachiez, aurait son importance. Je m'appelais, par exemple, Île. Et ma femme, Aile, n'aura pas d'autre nom que celui de sa race Angélique (puisque d'un chat neuf qu'on croise, qui s'empêtre à le baptiser « Barf » ou « miaouteur », plutôt que directement « chat » ?). J'en fus resté là et vous m'appellerez — comme Aile — Île. Mon récit a déjà trop durera. Qu'il eût fallu l'excuser, pour ses incohérences, puisqu'il s'écrirait sous l'emprise du mu, conjuguera à sa puissance si je pus dire, détemporalisé et retemporalisé, rétrogradant au futur, puis projeter au passé. Faseyage polychrone, annonceront les sages, d'ores et jadis. Ce récit, toutefois, vaut témoignage. De ma métamorphose. De ce qui resta d'encore transcriptible, de translittérable, d'un *mumain* vers un simple humain — vous, ou d'autres. Ou Aile, qui n'aurait décidément pas compris. Nora ?

)(Je voudrais rassembler, par ces pages, le peu qu'Île et moi avons pu saisir, en neuf mois, de la lente apparition du mu en lui, de sa puissance croissante, jamais réellement domptée, bien qu'elle s'alimente (sans équivoque) aux sensations propres d'Île.

Le mu peut s'apprivoiser, au moins en partie. Mais il ne se laisse pas interpréter. Ni circonscrire ni tempérer. Il n'est pas situé précisément. N'a ni origine connue, ni motivation compréhensible, fin ou but, rien de figé ou fixable, ni même une forme, seulement des corps de précipitation, et sans doute moins : des sensations, à peine nées, qu'il avive, élève à sa vitesse, affole au-delà de l'humain. Île a été choisi, d'une façon ou d'une autre, peut-être pour son art d'aéromaître, peut-être pas, s'est trouvé là, ou pas tout à fait, mais il l'a contracté, moins comme maladie que pouvoir, don instable, échappé tel de lui, qui ne relève d'aucune maîtrise — au moins à ce jour, et malgré moi.

Un matin insignifiant d'automne, le mu a surgi. Amené par le Barf, il file, furtif pur, depuis, portant le flambeau du mouvement partout, hérissant ses flammèches, poussant l'incendie de sa vélocité aux fibres des corps vivants — et jusqu'aux cristaux qui structurent l'inerte.

Définir le mu, le définir avec netteté, d'une façon claire et analytique, est à peu près aussi délicat qu'essayer de décrire son archange (ou prétendu tel) le Barf — cette splendeur loufoque, cette boule turbulente de fourrure, mi-chat, mi-ours, mi-sylphe, pas plus haute que deux coudées, mais si vive, brouillée et voltante, *mue* ! (Sorte de fulgurance fauve irregardable, le Barf, tant il est, incessamment et sans pause ni repos, en mouvement.)

Disons, pour tenter d'être simple, que le mu est une force. Cette force peut manifestement *s'incarner*, prendre chair et effet, dans n'importe quel organisme. Certains sages du beffroi d'Orphys vont jusqu'à affirmer qu'il serait *déjà* en nous, invaginé, à l'état de graine, de potentiel compact — et que le Barf aurait ce pouvoir d'en défroisser le souffle — mais peu importent les sages. Sur Île, l'effet principal du mu est d'*agir* les sensations qu'Île éprouve, d'en prolonger, dans la matière, la puissance. Ce qu'Île ressent est transcrit, précipité dans tout ce qu'Île touche tant que dure la sensation ou tant qu'Île la tient. Sous l'emprise de la colère, par exemple, Île peut enflammer ou faire fondre n'importe quel objet et il met le feu aux draps, au plancher, à ses propres vêtements. Ou brûle ma peau s'il me caresse alors.

Pour l'exemple, je me souviens d'un jour cendré de cœur d'hiver, où la neige s'écoulait nonchalamment dans le lit du Fleuvent. J'étais partie tôt, à longs battements frileux, quittant Île sur une dispute et n'étais revenue qu'au crépuscule, les ailes crissantes de froid. Lorsque je me posai sur la terrasse perchée, la neige avait fondu au soleil sur les planches de bois. Mais la baie vitrée, tout entière et inexplicablement, ressemblait à la surface d'un lac gelé, crevé par une pierre. L'onde de choc partait d'un point situé à hauteur d'homme. Je m'approchai. Le front d'Île était posé, songeur et triste, sur la vitre. Le givre fasciculait au point d'impact. Il rayonnait sur toute la surface de la baie, en cercles grossièrement concentriques. Île me vit alors et le givre fondit brièvement. Mais je ne souris pas. Son front reposa à nouveau. Le soleil mourant derrière moi devint un brouillard rouge et imprécis, sur la vitre. Il s'étala à mesure que la glace s'épaississait sous mes yeux. Puis des craquements métalliques, mais aussi plus doux, à petits pas de cristal, fragmentaires, strièrent l'écran de glace. La baie vitrée explosa d'un bloc. Le verre écuma sur la terrasse puis se déversa en cascade dans le vide. Voilà : le mu avait *agi* la tristesse.

Il y eut ensuite la longue, l'insidieuse période de flottement dans notre couple, la jalousie rampante, le doute. Le doute surtout s'incarna — d'une manière très étrange, autour d'Île. Le moindre objet qu'il toucha à cette époque est aujourd'hui inutilisable : mité, troué, truffé de vide, de bulles d'air. La plupart des meubles qu'Île avait construits, la table et les chaises, les tapis, les bibelots. Sans évoquer les animaux : notre petit lycaon, sauvage comme un louveteau, devint, sous les caresses d'Île, craintif et miaulassant, incapable d'aller bondir en bout de terrasse pour agripper ne serait-ce qu'un hippogriffeau !

( ) Si ce n'est le Barf, juché à plus de deux cents mètres de haut, sur sa colonne branlante, pardessus le fouillis des tours de l'Archipel, toutes, qui ? Par-dessus les beffrois d'os et de bambous, le campanile d'albâtre, le phare fier Eolo, si proche, qui guide les drakkairs au son des hélitrompes. Par-dessus la cathédrale monotour du Flottant, les flèches gothiques tirées du sol, en bouquet, le pic de Bure, nid d'aigle et de granit, par-dessus tout et tous, qui d'autre, qui mieux, qui seulement ? Le Barf, tout bonnement. Lui seul, et ô combien. Le Barf ? L'archange foutraque du mu.

Qu'ensuite, ou même préalablement à la Course, le Fleuvent entrerait en crue, qu'on sentit, à la base des tours d'Alticcio, ce que cet archipel de pure verticalité (de pur orgueil) avait de risiblement précaire, de construit à vau-vent, d'érigé en dépit des rafales et des salves, au seul profit des notables, des gratteurs de ciel et des gratte-cul, des jeunes riches, importera peu. Et guère qu'à ceux qui, longtemps encore — allez : toujours — vivront au beau milieu du courant, couverts de sable et nourris de poussière, gavés en outre trop souvent de l'espoir d'accéder un jour au faîte d'une tour dressée, de surnager enfin du fleuve puissant de vent qui les baigne et les racle, jusqu'à l'os — quand il ne les emporte. Ou les noiera.

Au sol donc, les réflecteurs de vent auraient été relevés ? Les grands panneaux de bois massif, grenaillés, réverbèrent ce qu'ils interceptent de flux vers le ciel, créant cette précieuse portance, ce fécond matelas d'ascendance qui irriguera les toiles, sustentasse les ailes volantes, et permet aux habitants des hauteurs, aux poètes et aux ascètes, aux tricheurs repus, de circuler de tour en tour, d'un phare l'autre, joyeusement, sans tomber, planant.

Au sol, les nabots reniflent l'ouragan qui s'annonce. Ils s'empilèrent dans leur buron, s'ils l'ont suffisamment jointoyé — au pire derrière les réflecteurs, s'ils croient à la solidité des étais, s'ils crussent en Dieu plutôt qu'au mu, s'ils peuvent.

)(Notre séparation faillit lui coûter la vie. Île dut faire face seul à l'enchaînement, au déboulé métamorphique des sensations *agissantes*. En dépit des techniques que nous avions inventées — introspection réflexe, boucle-retour sur soi, contrôle émotif, tautologie de fixation — Île se laissa déborder par le mu.

Île tenta d'abord de chasser la tristesse. De contrecarrer l'absence que je creusais. Boire était un exploit, dès qu'il s'avisait d'utiliser un verre, lequel verglaçait et se brisait aussitôt entre ses mains. Il appliqua très souvent la technique de tautologie, la plus simplement efficace de toutes. « Le verre est du verre, *est* verre, n'est que verre, verre pur et dur, verre » et il formait, encore et encore, l'image des éclats dans son esprit, il voyait précisément les miettes de verre répandues sur le sol, comme de petits diamants banals, comme des grains de lumière brouillée, épars au carrelage. Île secouait alors ses mains, s'essuyait sur son pantalon de toile, gardait les yeux fermés et empoignait à nouveau du verre qui *est* verre. Une fois, me raconta-t-Île, Île se coupa en serrant. Métal. Lâcha les éclats, machinalement. Ouvrit les yeux. Île pissait le sang, paniqua, chercha une serviette, mais c'était déjà trop lent pour le Mu : la plaie s'était refermée. La coagulation avait été si intense qu'elle avait cristallisé le sang. Une longue veine de minerai rubis était enkystée dans la paume. « Chaleur, fusion », tenta-t-Île mentalement, mais Île ne sut si ça suffirait. Alors Île repensa à moi, nous revécut ensemble, Île revit le lit chaud et large, Île *ressentit* les matins au réveil lorsque j'étais encore alanguie de sommeil touffu, caressa de sa main ma nuque lisse, sentit l'odeur de drap, de linge mêlé, de parfum dissous, lourd et ailé à la fois. Île ferma la main, la rouvrit. Et ça marcha : la chair était à nouveau souple et lisse.

( ) Le Barf, hautement, resterait infidèle à lui-même. Attachant en diable, cette bête, avec sa boule de fourrure changeante, avec ses pirouettes vertigineuses sur sa colonne auto-érigée dont il n'eût nul réel besoin, sauf pour nous voir distinctement peut-être, comme points, ou pour s'aviser, au jugé, d'une qualité de vol, si l'un de nous douze méritait, eût mérité, selon lui, d'accéder au mu, au moins d'en apprivoiser les métamorphoses, si l'un de nous survivrait à son épreuve, à la Course.

Le Barf a pris — chipa — la harpe éolienne de l'ascète Zeleude, qu'il aurait, par mégarde ou jeu, déséquilibré de sa colonne, jetterait dans le vide puis rattrapé, avant de l'accrocher tremblant à une éolienne dont il ralentira (un peu) la rotation. Il y eut des cris, rares, mais surtout des rires tant la vitesse du Barf, son incomparable vivacité, désarçonne et ravissait. Puis il appela ceux que le mu aurait choisis (d'après lui, mais qui sait où s'inventerait sa liste ?) — deux hélicornes et un pégase, un papillon de poussière, le Condor de Brume, une pierre volante, un œuf, un lit de braise, un équipage de drakkair, une feuille de sycomore à peine cueillie, deux humains, la pluie et la foudre — afin de décider, par une épreuve rigoureusement douteuse, qui de nous tous pourra. Qui ? Je serais celui. Je fus et demeurerais ? Île pourra. Île peut ? Put-Île ? Putain.

)(La séparation aménagea son salon de glace au ventre. Île ne m'oubliait pas : Île conjurait par l'action, le travail artisanal. Deux semaines après mon départ, Île façonna une *barcarolle*, petite barque flottante pour les trajets intertours. Île laissa brièvement monter la fierté qu'il avait, ce jour-là, d'avoir trouvé cette forme, de tailler la double aile en pleine corne. Un certain nombre d'objets se dorèrent fugacement. Puis il imagina, naturellement, le dévoiler devant moi, avec cette joie enfantine de m'offrir la première vision du vaisseau, ce partage, ce partage déchu désormais.

La puissance du Mu lève subitement en lui. Île sent le vent intestin souffler, la vibration métamorphique qui monte. Séparation. Île chancelle malgré lui, s'appuie au mur, sur la table, le plateau s'effondre, les pieds se disjoignent, les vis sautent et ruissellent sur le sol, Île tombe et se relève, évitant de toucher quoi que ce soit.

— Aile, Aile ! Reviens, pitié ! Aile !

Le vide de la séparation s'est enfoncé en lui comme un coin. Il n'a pas su, pas pu, relancer la boucle-retour, assurer le contrôle. Entre les carreaux qu'Île piétine, les joints de ciment rapide ont fondu. Un à un, les tableaux accrochés au mur où il s'est adossé se détachent et tombent mollement, les tons liés sont rompus, la peinture s'écaille et desquame, la tapisserie se décolle avec des plaintes chiffonnées. Île cherche un point de stabilité. Île s'assoit sur le canapé qui se découd lentement, enlève ses chaussures dont la semelle se décloue (et prie, sans trouver le moindre dieu). Le canapé grince. Sous les coussins, les chevilles se désolidarisent. Île empoigne la barcarolle, cherchant la fierté, un sentiment focal, un effet tunnel d'enrayement. Échec. Lorsqu'Île la lâche, la coque n'est plus qu'un tas de bois. Tout gît au sol, désagrégé.

— Fusion ! Fusion ! Ensemble ! Lié ! Uni ! Ensemble ! hurle-t-Île comme si les mots pouvaient porter la sensation, l'invertir, la ramener intacte, mais le cœur ne suit pas, les tripes ne forment plus un bloc uni de chair et de confiance. En partant, j'ai arraché, à la diable, des bouts de lui, des bouts de nous — et bien au-delà emporté jusqu'à ce qui lui permettait d'être noué à lui-même (compact et sanglé).

Île est maintenant nu au centre du salon. Le mu s'est propagé, selon sa loi, à tout ce que sa peau touchait : chaussettes, chaussures, pantalon, chemise, culotte, tout s'est décousu fil à fil, détramé, détissé. L'écheveau de fil est répandu par terre, sur ce qui n'est plus un carrelage, mais une terre grêle, une poussière d'argile sèche, qui contamine la dalle de béton, la dissocie continûment.

À travers la baie crevée, l'air poudroie.

Les deux mètres sur dix de plate-forme suspendue, qui font office de piste d'envol à son vieux vélivélo, ouvrent sur plus de cent mètres de vide. De cette terrasse étroite et chiche, on surplombe majestueusement les tours et les flèches d'Alticcio, l'archipel de ma race, qui n'est que saillie, pointes dressées, beffroi de granit, de fer et de bois, planté dans le lit gigantesque du Fleuvent. La lumière, à cette hauteur, est d'un jaune épais, elle teinte les voiles végétales des drakkairs, efface la traînée des ballons, fait scintiller la carapace des hélicornes, elle donne envie de planer longtemps.

( ) De la Harpe, par le Barf saisie, se fussent donc égrené moins que des notes ? Plus que des sons ? Assurément ouis ! Puisque de la colonne d'où il se tiendrait a été libéré quelque ruissellement d'une musicalité à lui. Mais plus encore car du Barf, certes toujours, il s'agit : une stupéfiante salve d'escarbilles de houille écarlate fléchant vers le ciel et retombant en une pluie de rubis qui clignotent du rouge sombre au noir de suif, s'éteignirent, se rallument, et flotter, et pleuvent. Posée cordes à plat, sur le mètre carré de sa colonne, la harpe n'est plus exactement, soumise au Barf, un instrument, plutôt un sol rieur, un trampoline aux rebonds approximatifs, une marelle où s'extasient les pattes joueuses du Barf, toutes griffes saillantes, la corne à même la corde de cuivre torsadée, les pointes glissées et crissantes, sur le métal sonore à petites tapes rageuses et nettes, à petites touches cascadées, distinctes, riffs brefs coupeurs de solos longs liquides, avec slabs, frappes, cordes arrachées puisque surtendues, claquantes en plein tympan, aussitôt remplacées, sans doute par du bronze, de l'or ductile, du laiton improvisé, n'importe quoi de bruyant ou d'explosif, de jeteur de flammèches et de braise, de tranquillement terrifiant pour les escarpes du bas des tours ou pour les prêtres en soutane d'Arlequin, de la Haute Loge Barfique, censés accompagner l'annonce de la Course, la dépiauter aux oreilles des badauds et en défibrer calmement les règles essentielles.

— Simples humains de la roture et nobles Tourangeaux, je vous salue ! Mesdames et messieurs les Minéraux, chers Végétaux et Animaux, Anges planant et Anges déchus, messeigneurs la Pluie, la Brume, la Poussière et la Foudre, permettez-moi de prendre la parole en lieu et place du loufoquissime Barf, que notre Haute Loge a l'honneur de représenter auprès du Vivant — annoncerait donc l'Arlequin. Brasillait sa robe polychrome, se soulevant sous l'effet des bourrasques, et de s'amplifier sa voix, à la manière acquise de l'école Barfique, c'est-à-dire comme une onde.

— La Course qui va maintenant se dérouler sous vos yeux a été expressément voulue par le Barf. Elle a pour but de départager divers états du Vivant afin de déterminer lesquels se révèlent aptes à intégrer et à incarner le mu. Les candidats retenus l'ont été à la suite d'une période plus ou moins longue de probation — laquelle s'est étalée, selon les cas, d'une fraction de seconde à neuf mois. La Course se déroulera dans les airs. Elle se fait en trois tours de vol, sur une trajectoire ovoïde, qui passe par les six édifices suivants.

Un à un, qu'à les désigner de la manche, les édifices ont pris une lueur de bougie, le temps que, mémorisant, il les mouche : le départ et l'arrivée seront placés entre les deux flèches de la basilique de Priape, soit. Puis il aurait indiqué la colonne de porphyre dévolue à l'ascète Zeleude, ce vertigineux clou rougeâtre planté dans le Fleuvent d'où pirouette le Barf et s'exprima l'Arlequin ; après la colonne, exigeant un début de courbe, le séquoia Leto, perchoir préféré des Angéliques, et angoisse des vélivoles dont je suis, à cause des branches — passer près du bas tronc, à hauteur du colimaçon enroulé, à moins de cent mètres puis remonter à la pédale car le quatrième point, alluma-t-il brièvement, eût été la cathédrale monotour du Flottant, visible de loin à son oriflamme et qui culminera à cent cinquante mètres. Virage en U, à l'évidence, pour aller chercher le pic de Bure, ce cône de granit fruste qui diffracte les ascendances, puis filer leste sur le beffroi d'Orphys en frôlant le Campanile Rose, pour revenir enfin, en virant sur l'aile, à la basilique.

— La Course se jugera au plus rapide, naturellement. Mais aussi, a tenu à préciser le Barf, au plus original, au plus insolite et au plus amusant — l'appréciation de la drôlerie d'une situation relevant, il faut le rappeler, du Barf exclusivement ! L'utilisation de la puissance du mu est non seulement permise : elle est vivement souhaitée. Toutes les transformations, touchant à soi-même ou aux autres candidats, à l'air, aux véhicules, à la poussière, aux tours, sont donc pleinement autorisées. Les blessures et fractures, le meurtre, les pétrifications, vitrifications, liquéfactions et autres blagues, sont par conséquent considérées comme des actes réguliers. Les deux seules règles intangibles sont le respect de l'itinéraire et l'autonomie des candidats, qui ne devront faire appel à aucun allié, comparse, complice ou colistier. Je demande maintenant aux candidats de venir se présenter un par un, dans l'ordre de leur citation, afin que le public puisse les apprécier dans leur intégrité et leur magnificence avant le début des hostilités. J'appelle, pour commencer, le Condor de Brume.

)(Île n'est qu'un humain, « avec ses deux ailes sans plume ». Île se tient debout au centre du salon, face à la baie. Huit pas le séparent du saut dans le vide. Sur le promontoire de planches chevillées, son vélivélo est soutenu par une béquille. Il suffirait juste de s'asseoir, donner trois tours de pédale et se laisser planer. Sous séparation, le mu disloquera le pédalier de la chaîne, l'hélice des pignons, la toile de la voile, la voile de l'armature, l'armature du cadre. Et Île tombera, en ne pensant à rien, pour ne pas modifier le mu, pour être sûr de trouer le matelas d'air et de s'écraser en bas, parmi la Horde.

C'est à ce moment-là qu'il eut ce sursaut de m'appeler : il enfonça la carte de bois dans l'orgue de Barbarie et libéra la courroie qui retenait l'éolienne. Le vent actionna mécaniquement la manivelle. J'étais proche du beffroi de Triptul lorsque la plainte lambine et nostalgique, à la faveur d'une salve, m'atteignit au ventre. Le ciel ne fut plus qu'un écran que je trouai à tire-d'aile. J'apperchai aussi vite que possible. Quoique moins vite que le Barf qui était déjà là.

— Tu dois, le mu, agir))) Ce n'est, de t'agir pas, à lui !

Avec sa soudaineté, coutumière en pareille urgence, le Barf avait dû *naître* sur le plongeoir. Le Barf ! D'un déboulé, il avait roulé sur le carrelage, mangé l'écheveau et les grains, reniflé la poussière, le verre pilé, éternué, sifflé et craché, et fait caca. Une dizaine de secondes plus tard, tout était de nouveau en place sur les murs. La tapisserie avait été recollée, la barcarolle réagrégée, la baie revitrée, le sol lissé et les joints refaits. Et Île était rhabillé, avec des chaussettes et un slip en toile épaisse, un pantalon de terre et de soie et une chemise métissée de laine, de coton rouge et de verre.

— Barf —)(messager du mu — toi incarnat) corps d'action pour mu) expérience par nous tentée) osmose à l'humain) mouvement tu dois trouver—) (foudre à deux pieds) agir sensation) seule fluidité) vitesse en toi)— vif - vite -) pas renoncer jamais) filer leste) air eau) mu)(bu

— Ralentis, s'il te plaît.

La boule de poils, d'agacement multiplia d'abord brièvement ses pirouettes, qui étaient indifféremment verticales, horizontales ou vrillées, puis sembla accepter (non pas la moindre pause) mais une manière de décélération dans ses gestes, ses paroles et sa syntaxe :

— Mu a choisi toi)(avec d'autres) car vitesse en toi) quand crées)— proche du mu) donc pont possible — passerelle mu-humain) tentative en cas tout) pour faire mumain)—(Mumain —(

— Barf, je ne suis qu'un aéromaître, un petit airtisan doué pour les petites choses : les ailes végétales, les barques légères, les vélivélos. Je ne suis rapide en rien. Je conçois lentement, j'agence lentement. Je polis lentement. Je ne suis qu'une graine qu'il faut longtemps arroser pour qu'elle donne pauvre fleur ou petit fruit. Me comprends-tu ?

Le Barf était retourné au bout de la bande de terrasse qui n'était manifestement pour lui qu'un plongeoir puisqu'il y rebondissait sans cesse, de plus en plus haut, en étirant ou condensant sa boule au gré des figures qu'il improvisait. Son pelage variait à chaque rebond, tantôt d'un brun de marmotte, tantôt roux comme un chat, tantôt mauve ou bleu ciel, presque indissociable alors du fond sur lequel il détachait son incompressible énergie. C'était la cinquième fois que le Barf surgissait dans la vie d'Île. Et Île, à l'évidence de son regard, ne pouvait s'habituer à sa vitesse, à sa féroce turbulence. Personne ne le pouvait. Il était, sans doute, l'archange du mu — ou le mu même, comme j'avais fini par le soupçonner. Pourtant, rien dans son attitude n'autorisait à conclure qu'il comprenait ce qu'on lui disait, ou vice versa : que son extrême sensibilité, qui se trahissait au pelage, au son, au barouf, ne lui fasse pas *tout* anticiper, transcrire et répondre bien au-delà — très en aval du fil ordinaire d'une discussion.

Je retranscris, comme précédemment, ce qu'il a pu dire avec cette ponctuation approximative qui tente de rendre l'élocution si singulière du Barf : un mélange de poches grognées, presque rauques, percées de trilles sur les *i* et les *u*, et rythmées de ronronnements entre les phrases, de ronronnements doux ou ronflés selon l'humeur, avec parfois des borborygmes de type « Raarrff », « Rooo », « Grrrommpf », « Baaarff », le dernier étant chapechuté avec une rondeur étonnante, et lui ayant valu son nom auprès des humains. Il est probable, enfin, que la grammaire lacunaire du Barf ne soit pas due à une assimilation incomplète de notre langue, mais bien plutôt à une incapacité chronique de ralentir pour prendre la peine d'articuler tous les articles et tous les pronoms nécessaires, qui ne sont que déchets. Au moins pour lui.

( ) Un oiseau impressionnant, qui dut bien faire dix mètres d'envergure, semblera comme se matérialiser des niches narquoises de l'air. Il s'avancera en planant entre les tours, immensément flou, guère détachable de la nue que par sa masse grisâtre et brouillée, son corps de bruine en suspension et cette sensation, qu'il emportera à chaque battement, de lever de lune sur un lac. Le Condor de Brume… Pourquoi fut-il choisi ? Barf seul le sut, mais pas le public debout au sommet des tours qui accueillit l'oiseau sous un silence admiratif et givré.

— J'appelle maintenant les deux hélicornes !

Le flap-flap assourdissant qui signe l'entrée des hélicornes ne dut rien à leurs ailes giratoires : il provint d'une escadre de leur espèce, massée près de ma tour avec moultes familles et une ribambelle de petits hélicoons qui virevoltent d'excitation en frottant leurs ailices l'une contre l'autre dans le but d'encourager leurs champions. La trompe des hélicornes résonne sur toute la ville, avec une violence, avec une puissance extraordinaires ! Les deux candidats ont actionné leur hélice dorsale à plein régime et gonfleront d'air leurs poches de sustentation puis s'étireront en delta, se réarrondissent comme des éléphanteaux, pour aspirer encore de l'air, et partent enfin comme des ballons, grâce aux ailices caudales. Les trompes barissaient à nouveau leur joie, les champions ont plongé, piquent, accéléreront, remontèrent, changeraient plusieurs fois de couleur et disparaître enfin, enflés de brouhaha et de gloire.

— J'appelle la feuille de sycomore !

Il n'appellerait rien du tout ! Il extrairait de sa bourse une feuille minuscule, à peine visible et la lâcherait dans le vide ! La feuille flotterait un instant puis tomberait en tournoyant vers le bas. Des rires éclateraient çà et là dans les tours. La feuille s'enfoncerait. Elle se perdrait. L'indifférence serait totale.

— J'appelle l'œuf de Gorgone !

Il n'appela toujours rien. Il sortit un œuf de sa manche et le jeta au loin, dans le vide ! L'œuf, gros comme une tête d'homme, chutera rapidement. Puis il se bloquera. En plein vide ! Resta ainsi, enchâssé, quelques instants. La coquille se lézarde, une forme éclot, en jaillit, se dilate fulguramment, puis aussitôt se rétracta, se replie, œuf lisse. L'œuf n'eût pas bougé, ni monté ni descendu. Suspendu. Il rétrécissait à vue d'œil, rétrécit, rétrécit puis disparaît. Le malaise est perceptible dans l'atmosphère.

— J'appelle maintenant le pégase !

Nul pégase ne se présente.

— J'appelle le pégase !

Tous les regards se tournent vers le Barf, qui est réapparu, pour les attentifs, au sommet de la flèche ouest de la basilique. Il en décroche la girouette d'acier, haute de deux mètres, et l'a lancée vers le ciel. Le cheval ailé, issu de la forge, se mit à bruisser. Il passe en tournoyant de l'acier au bois, du bois à la feuille, de la feuille au fruit, à la chair, au poil et à la plume, s'épaissit, se déploiera, s'élance.

— J'appelle le pégase !

Une flamme déchire l'air juste au-dessus du Barf, qui s'est vitrifié en riant. Le cheval est bleu nuit et ses ailes d'un blanc cassant luirent à la façon d'un cygne. Sa gueule anale crache un second souffle brûlant si bien que l'animal est projeté vers le séquoia, qu'il évite facilement, contourna et manquerait de carboniser à la troisième poussée, celle qui l'avait ramené sur la basilique.

— Le pégase, cher public, procréation libre du Barf !

La fascination est si intense pour la propulsion au gaz organique et les véritables torchères qui sortent de la gueule arrière du cheval que les applaudissements furent d'abord timides, s'encanaillent un peu, avant que les premiers sifflets fusent vraiment — bientôt noyés par les trompes hurlantes des hélicornes : nnnnnnoooooooohhhh !

— Toi peux) Veux au fond) As peur car sensation-agissant-matière pouvoir terrible)!(Te manque sens des bifurcations)—(accept des ruptures)) accueil de qui fuit en toi (Humain sac de sang) (os fixes) (grosse tête balourde) (Humain coagulation) (sirop bouseux) (humain gros magma) —) Sauf airtiste et airtisan) jeteurs de sons) scribouillards et hormis) peinturlurant) —))— eux fustifs) eux vifs au ventre) eux habités par mu) ((eux mus au centre)) sans savoir encore) stade demain —) Apprendre.

— Apprendre quoi ? À maîtriser mes sensations, à guider mes émotions quand elles me glacent, pour ne pas givrer mes vitres ? À ne plus douter puisque le mu rend fragile tout ce que j'empoigne, rend poreux mon bois, le rend fibreux, bralant ? À surveiller mes rêves pour ne plus faire de mon duvet un nid d'oisillons piaillant, affolés ? De mon oreiller un bloc de buis ?

— Amas de plumes enveloppé sont oiseaux potentiels)) Mu amplifie. Toi bourgeon)(toi doit mûrir

— Mu amplifie tout, c'est vrai, Barf, je le reconnais. Il amplifie la beauté aussi. Je suis parvenu à faire un arbre de cette planche où tu danses, à l'amener une nuit jusqu'à la fleur, jusqu'au fruit. Avec Aile, nous avons volé une heure sur un vélivélo qui n'était plus cette mécanique usée que tu vois mais un animal, peu importe lequel, planant sur Alticcio, et je pensais ce jour-là avoir trouvé le secret : la concentration. Mais le mu échappe. Il m'échappe. Je n'arrive pas à *tenir* mes sensations, comme je tiens une note de harpe. Elles filent en comète et le mu les agit, les disperse, enchaîne, inscrit, il précipite ! Ma peau devient une force. Mes mains une arme. Et je ne sors plus, de peur de brûler, de métalliser, de fondre, d'unifier tout. Ou de tout disloquer. Je pourrais toucher le Fleuvent un jour de rage et en faire du sang ! Du quartz ! Du miel coulant ! Selon mon humeur, par la puissance du mu ! C'est trop dangereux, Barf, trop lourd à porter ! Il faut m'ôter le mu, le retirer de moi. Barf, je t'en supplie ! Je ne suis pas à la hauteur de ce que tu attends de moi. Personne d'humain ne peut l'être ! Personne !

Le Barf se roula en boule d'une façon irrésistible, en émettant une série de grognements joufflus. Un tohu-bohu de miaulements ronronnés, de trilles et de brames sortit encore de lui puis il se tut, adoptant, pour la première fois de l'histoire connue du Barf, une position stable. Le crépuscule virait lentement de l'ambre à l'ombre. La fraîcheur du fleuve était maintenant perceptible de la terrasse perchée. Le calme recouvré rendait Île insensible au mu. Ou alors était-ce que ce calme même était imprimé autour de lui, sur chaque chose, par le mu ? D'une façon invisible mais prégnante ? Les flammes des torchères d'Alticcio s'allumèrent au loin. La cathédrale monotour du Flottant sonna l'interdiction des vélivols. Sur la colonne de l'ascète, quatre-vingts mètres au-dessus du Fleuvent, et à peu près autant de notre terrasse à vol d'oiseau, un hélicorne lâcha une pluie de fruits secs sur le crieur Zeleude, qu'on disait ange du Mu et fascinant voyageur, lui qui n'avait jamais daigné bouger de son carré de porphyre en plein ciel. « Le vrai vagabond ne bouge pas, il fait bouger ceux qui se sont crus en mouvement », clamait-il chaque matin sur l'angélus. Et lui-même était acrobate, équilibriste mangeur d'air et de vertige, et nous saluait sur une main en singeant du bras libre ma façon de voler, qu'il aimait.

Sur le plongeoir, Île demeurait immobile. La fourrure du Barf seule continuait à s'agiter, dans un feu couvant de couleurs. Au bout d'un moment, de l'herbe se mit à y pousser, des graminées et des coquelicots, un peu de blé qui passa du vert tendre à l'or, et comme s'il se moissonnait lui-même, le Barf passa une sorte de patte griffue sur son dos, piétina furieusement les épis, les malaxa en pâte, la fit cuire à sa colère et avala le pain — le tout à l'exacte vitesse des mots que j'aligne. Enfin il se releva, bouclant son quart d'heure de sommeil actif (ou de réflexion, de bouderie, de bougonnage ?) et fit résonner le bois du plongeoir. Je pourrais insister sur le fait qu'à ce moment-là, le Barf n'était qu'un ballon de fourrure rebondissant sans but, mais qui s'en soucie ?

— Grosse bouboule de sang baguenaude) gros bubon doit bourgeonner bientôt) Course te donnera dernière chance de prouver valeur humaine auprès du mu — (((((((((((

— J'appelle à son tour le Papillon de Poussière !

)(L'attente était grande dès l'énumération des candidats : elle culmina subitement à ces trois mots : « papillon de poussière ». Aucun Tourangeau adulte n'ignorait ce qu'était un hélicorne ou un pégase, même si celui du Barf avait désarçonné par son élégance et son anus de dragon. Le Condor de Brume était parfois aperçu près des lacs, en aval d'Alticcio, mais pour tout le reste (hormis l'œuf de Gorgone, qui certes inquiétait) la feuille, le drakkair, la pierre levée, la pluie ou la braise, rien n'était de nature à déstabiliser les nobles blasés — à tort certainement tant le Barf enfin. Mais le Papillon de Poussière, qui ne pouvait être qu'une invention Barfique, intriguait fortement. Son entrée fut franchement indécelable. Sa sortie fut sidérante. Entre les deux, il y eut une vingtaine de battements d'aile, une croissance d'un facteur cent, le soleil occulté un instant sous l'envergure du papillon et surtout la traversée interne et sans effort des deux cents mètres de nef de la basilique de Priape pour réapparaître, entier, scintillant de sciure, de limaille et d'éclats de vitrail, à la lumière d'Alticcio. En deux minutes, il fut évident que cet animal était une créature du mu, capable de s'autoalimenter dans la poussière, de traverser n'importe quel édifice, de croître ou décroître à l'envi et sans doute, mais j'anticipais, de revenir à l'état de nymphe ou de chenille, mais alors pour faire quoi ? Je ne savais pas s'il fallait le considérer comme un danger pour Île ou si d'être effleuré de son aile vous réduisait en poussière, mais j'eus peur, et le cacha.

L'Arlequin appela ensuite la Pierre Volante dont il était manifeste que le Barf la pilotait, puis le lit de braise qui se déplia comme un tapis qu'on secoue, s'enroula autour du phare Eolo et se sphérisa, donnant à voir une boule ravissante de feu contenu. Là encore, le danger était sous-jacent. Comme pour l'œuf ou la feuille, il m'apparut que le Barf y avait recours non pour leur morphe initial, plutôt anodin, mais pour leurs potentialités de métamorphose, d'autant plus ample que ce morphe était embryonnaire.

Fut ensuite appelé le drakkair : c'était comme prévu un équipage de l'école Barfique, très entraîné, avec six mumains à bord et beaucoup de morgue dans les cales. Il fut suivi de Lanjar Calyssan, un parapentiste d'une indiscutable agilité qu'Île et moi connaissions bien, puisque, comme Île, il avait hérité — sans l'avoir le moins du monde demandé — du Barf et du mu. Et qu'il ne s'en dépêtrait guère mieux, n'espérant plus, comme Île, que sortir *vivant* et bon dernier de la Course afin que le mu lui soit enfin retiré et qu'on le laisse à sa simple et rassurante et très bornée humanité, dont il se satisfaisait assez bien.

— J'appelle maintenant l'aéromaître Île !

Île appuya sur les pédales de son vieux vélivélo, passa du moyen au grand plateau et mit le petit pignon. L'hélice arrière s'ébroua. Île chercha rapidement les ascendances pour prendre de la hauteur, planer nonchalamment au-dessus du séquoia et redescendre habilement à travers les branches, avec son élégance naturelle, un peu lente, très charmante. Je m'attendais à la bordée de sifflets qui avait accompagné la présentation des autres humains, mais était-ce sa réputation, son véhicule suranné, son style en vol, mais un crépitement d'applaudissements rasséréna ses évolutions et Île repassa le portique des flèches la tête haute. De bon augure pour la Course !

— J'appelle la Pluie !

La pluie vint. Ponctuelle. Elle vint même sans se faire prier et sans aucune préséance ! Elle tomba, diluvienne, sur les terrasses des tours, trempant en une trentaine de secondes les nobles qui tardèrent à s'abriter. Elle lesta la poussière, mouilla le pelage du Barf, nettoya le ciel, puis eut la politesse de disparaître avant que le Barf bougon en fasse de la neige, du gravier ou des hallebardes ! On eût pu attendre de l'Arlequin un peu de jugeote, à savoir de faire précéder, ainsi que le veut le protocole, cette pluie de la foudre. Mais il voulut garder le clou des présentations pour la fin. La foudre. Donc. Allait-il l'appeler comme la pluie ? Je hélai Île, lui fit signe de rentrer et je volai jusqu'à sa tour pour m'abriter. Par la baie sud, nous pouvions voir à la jumelle l'Arlequin et par l'arcade ouest les deux flèches de la basilique du Priape. Inutile de prendre des risques.

— Mesdames et messieurs les Tourangeaux, messeigneurs du Vivant, je vous prie maintenant de bien vouloir accueillir la force la plus terrifiante du cosmos ! J'ai cité, et j'appelle par ces mots, la Foudre !

Il ne se passa d'abord rien. Un silence plombé scellait les tours. Les Angéliques s'étaient repliés dans les branches du séquoia. Les hélicornes avaient cessé de mugir, de barir et de frotter leurs ailices. Ils se tenaient prudemment groupés (une bonne trentaine) à dix battements de notre fenêtre. Seule leur hélice dorsale ronronnait. Sobrement. Plus de pégase en vue. Plus de drakkair, de barcarolle, de parapente, de delta ou de ballon dans le ciel d'Alticcio. Plus d'hippogriffe.

— J'appelle la Foudre !

Au-dessus de nous, la coupole de verre prit progressivement une teinte d'ardoise. Des nuages au ventre gris, en forme d'enclume, s'accumulèrent entre le soleil et la ville. La luminosité déclina brusquement. Là-haut, dans l'épaisseur de leur couche, des nuages commencèrent à se bousculer à coups d'épaule, à coups de poing dans les joues, et le son des plombages qui sautent, des dents qui cassent au fond des gorges, se fit profond, récurrent. Ça démarra en douceur, à la façon d'une bagarre lointaine et étouffée, puis le ton monta, le timbre s'éclaircit et le tambour du tonnerre roula le long des poutres. Puis ce fut tout. Ni éclair ni coup de canon. L'Arlequin attendit un peu, sans trop d'espoir, et déçu mais résigné, rappela tous les candidats sur la ligne de départ.

À quelques battements de mon poste d'observation, la tour des Paris était prise d'assaut. Je m'en éloignai pour ne pas entendre les cotes de chaque candidat, qui étaient scandées par l'enchérisseur.

*

Sur la ligne de départ, empilés sur trois niveaux, se tenaient, au premier d'entre eux : les deux hélicornes, le drakkair, la pierre levée et le pégase, qui ruait. Au second, le Barf jonglait avec l'œuf de Gorgone, la feuille de sycomore et un parchemin sur lequel il avait, disait la rumeur des terrasses, inscrit le nom des trois vainqueurs — se mêlant ainsi aux paris lucratifs en cours, lesquels n'avaient jamais été si nombreux pour une course — bien que celle-ci fût unique et promettait effectivement de dépasser en folie les fameux concours de faucons, de deltas ou d'Angéliques, et même les joutes des Esquifades, qui agitaient chaque saison les hauteurs de la ville. Au troisième se trouvait-Île, encadré par Lanjar Calyssan, le Condor de Brume et le Papillon de Poussière. La pluie n'était présente qu'épisodiquement, sous la forme de gouttes intermittentes, et le lit de braise n'avait pas trouvé meilleure position que se dresser tel un écran de feu à cinq mètres à peine devant l'ensemble des candidats.

Difficilement, Île tâchait de se maintenir à la hauteur de la ligne, en captant des ascendances, pédalant par à-coups et actionnant au besoin ses volets de freinage. Il était transparent de peur et de tension, modifiant sans cesse sa surface de voilure, vérifiant les transitions delta-diamant-spi, le bon fonctionnement des plateaux, la régularité du dérailleur, resserrant plusieurs fois à la clef les charnières des armatures et huilant à l'excès l'hélice de propulsion.

À le voir ainsi, lui autrefois si serein, si calmement concentré sur son art, je ne pus m'empêcher de repenser à ce qu'Île était, à ce que nous étions tous les deux, avant le surgissement du mu. Le mu lui avait pris sa santé, sa prestance, son sang-froid. Mais pour moi, il nous avait surtout pris notre couple. Nous nous étions connus dans les airs, à l'époque où il testait lui-même chacune de ses créations. Les premières *barcarolles* à deux ailerons, les *yols, les allèges* ! Je l'avais repéré à son enthousiasme, à sa frénésie d'essai, à son amour du vol et de tout ce qui volait. Jamais personne ne m'avait admirée, dévorée des yeux et des tripes, comme lui quand il me regardait planer, monter, prendre le flot, appercher. Oui, mes copines s'étaient moquées de moi, de nous, de sa maladresse d'humain à hélice, de notre nid d'amoureux à sol plat. Oui, elles n'y avaient pas cru, que ça durerait, qu'il m'épaterait encore après cinq ans, qu'il se révélerait, d'entre ceux que j'avais croisés, nombreux, l'humain le plus intuitif en vol, le plus proche de la *matiair*, comme il disait lui-même, de l'air concret, palpable, vibrant que tout Angélique possède, inscrit dans chaque rémige, chaque bulle de son sang.

Nous avions fait l'amour, en dépit des doutes, rêvé d'un enfant, quand bien même, et j'avais cumulé les fausses couches, les œufs brouillés coulant du ventre, sans renoncer. Et j'y crois toujours. On dit que le Barf, s'il le souhaite, peut rendre féconde une Angélique. On dit que certains Barfs naissent des Angéliques qui ont fait l'amour avec des humains, et qu'ils s'en souviennent. On dit que…

— Messeigneurs du Vivant, augustes champions, cher public, son altesse loufoquissime le Barf va maintenant donner le départ de la Course ! Il va jongler devant vous avec trois boules ! La première est de marbre, la seconde est une orange et la troisième une tête de mort ! Lorsque le marbre retournera à la lave, que l'orange sera rouge et que la tête de mort vous souriera avec des lèvres, vous devrez partir ! Attention, tout faux départ sera sanctionné ! C'est parti !

Le Barf vol-roula sans peine à travers le mur de braise, se plaça au-dessus et commença à jongler. Il était trois heures. Coupé de rares cumulus, le soleil luisait sur les toits d'ardoises des tours d'Alticcio. Il scintillait au hasard sur les coupoles, accrochait des girouettes. Il isolait, sans y penser, chaque édifice dans sa vieille splendeur poussiéreuse et sablée. Tout en bas, dans ce qui n'était depuis longtemps plus des rues mais des pistes, des espaces, des trous laissés entre les tours, le Fleuvent coulait paisiblement, son flot alluvial s'irisant sous la lumière inclinée. Les cloches des beffrois sonnèrent les trois coups à la volée, chacune dans leur timbre, décalées. Selon mon angle de vol, les réflecteurs d'étain, relevés à mi-équerre pour la

Course, brillaient dans le lit du Fleuvent, complétés par ceux de bois, dont on voyait les racleurs vérifier les étais, avant de porter leur regard vers le haut, jusqu'à nous, avides comme nous, ou anxieux, de la suite.

Avec une centaine d'Angéliques, je me calai en vol stationnaire à l'aplomb de la basilique, les yeux fixés sur le Barf, sur Île, sur le Barf. Ferait-Île un faux départ ? Île était trop fin pour cela. J'avais peur pourtant — peur qu'il chute, peur qu'il se blesse, peur qu'on l'attaque en vol. Peur qu'il perde. Peur qu'il gagne. Je tenais à ce moment-là plus que je ne l'avais su, plus que je ne l'avais cru, jamais, à lui, et j'aurais voulu le lui crier, mais je n'osais pas, pas encore, pas ici. Pas maintenant.

Fou, follement, le Barf jonglait, en arc, mais les boules ne retombaient pas avec une gravité normale, elles tournaient à la vitesse d'une hélice dans les pattes irrepérables du Barf, changeaient de couleur. Impossible ! C'était impossible à suivre ! Surexcité, grognant, braillant, mouftant, le Barf jouait pour lui-même, ou était trop pris par l'enjeu, ou trop enthousiaste, il accélérait encore — puis jeta d'un coup toutes ses boules en l'air, presque jusqu'à nous. J'eus le temps de voir que l'orange était verte, un tas de boue brûlante et une tête humaine qui souriait.

— Pas encore, Île ! L'orange est verte ! beuglait-Aile.

( ) Brusquement, le drakkair serait parti sur un signal mal compris ? Il aurait percuté le lit de braise, écopé à la hâte du tison, les matelots activant avec la frénésie des débuts de course les grandes roues reliées aux hélices ? Que le Barf les sanctionnât, en enflammant vif un équipier zélé, s'expliquera. Qu'il les reculât d'une bourrade très en arrière de la ligne, cela s'est dit. Qu'il perçât une poche d'air d'un hélicorne pressé et lui bouchât la trompe avec de la braise, n'étonnerait jadis plus. Toujours sera-t-il que l'orange devint sanguine, et que la Course était bel et bien lancée.

)(De tous, c'est le pégase qui prend le meilleur départ. Il lâche une immense flamme de gaz et déploie ses ailes. Derrière lui, le drakkair de l'École aéronavale de la Haute Loge Barfique, qui n'a guère eu le temps de se ranger, part aussitôt en torche, au propre comme au figuré. La coque prend feu illico. S'effilochent les cordes de la voile-ballon et craquent les sustentes, rongées au feu. Privé de soutien, alourdi par six équipiers, le vaisseau d'amarante chavire dans le vide. Un équipier parvient à agripper l'allège de secours et à la redresser à quinze mètres du Palazzo Strozzi pour s'écraser finalement dans le Fleuvent. Des trois autres, on ne dira rien sinon que leur initiation au mu ne les a pas aidés à éviter la mort. Leurs professeurs apprécieront peut-être leur métamorphose en statue, qui témoignera pour l'incarnation de la peur panique en eux. Doit être excepté de mon tableau (mais ces crétins rogues le méritent) le capitaine, qui a ouvert à temps son parapente, le *mue* en toile de plume et poursuit sous nos yeux la Course — sans doute pour l'honneur militaire.

Île a prudemment choisi une trajectoire basse, proche des cent mètres d'altitude, afin de s'assurer des ascendances plus dynamiques. Comme convenu ensemble, il souhaite aussi éviter les contacts avec le gros du peloton qui, a-t-on parié, va préférer voler légèrement au-dessus des balises, ou très au-dessus, pour mieux contrôler la Course. Pour l'instant, nous avons vu juste. Le pégase aborde le séquoia Leto un peu vite, il percute les branches de ses cuisses, s'empourpre aux ailes, mais passe. Il est toujours en tête. À vingt secondes le suit un premier hélicorne, le second mouche des braises et barrit de douleur, mais le talonne. Derrière eux et au-dessus, altitude 170, on trouve Lanjar, qui veut manifestement survoler la cime du séquoia. À son aplomb, le Condor de Brume nous cache le Papillon de Poussière, qui lui-même masque le tapis de braise, l'œuf pris à l'intérieur et peut-être la feuille. La pierre levée a disparu. Non, elle a *mué*. Vraisemblablement.

Île a dépassé la colonne de l'ascète. Île avance plutôt bien, en « pompant » les ascendances et en piquant régulièrement pour reprendre de la vitesse, le tout avec beaucoup de souplesse et de feeling.

Avec parcimonie, la pluie tombe de quelques nuages. Mais toujours aucune nouvelle de la foudre — et tant mieux.

— *Attenti a voi! Attenti!*

Ce sont les écureuils du séquoia Leto qui crient et se dispersent comme une volée d'étourneaux dans les branches. Leur queue touffue se faufile entre les cônes *« Attenti a voi! »* Au tiers environ de la houppe de l'arbre, en partant de la cime, une branche supplémentaire vint d'apparaître, elle s'allonge, énorme, pousse, multiplie ses rameaux, s'enrichit de feuilles d'érable ! Elle dépasse maintenant largement à droite du tronc, à l'image d'un second arbre, mais horizontal. Le capitaine de l'aéronavale décimée a juste le temps de faire un écart tandis que le rideau de braise percute de plein fouet le sycomore — car c'est un sycomore, la feuille ! — et provoque un début d'incendie dans les ramures. Arrivent le Papillon de Poussière, qui s'enfonce sans peur et ressort pétillant de flammèches, et le Condor, comme une nappe de brume, qui étouffe le feu. L'arbre horizontal ressemble à un morceau de charbon. Il se fragmente, se casse sous le poids, les braises dansent dans le ciel et rejoignent leur lit, qui s'accroît d'autant. À la cime de l'arbre, blottis les uns contre les autres, les écureuils se sont regroupés, apeurés, sans un son.

Devant, la Course fait rage, avec les deux hélicornes, en formation delta, qui se relaient très efficacement pour fondre sur le pégase, lequel semble avoir des ratés de propulsion. Ils ont déjà passé la cathédrale monotour du Flottant et virent aussi serré que possible pour revenir sur le pic de Bure, cahotant sous les ruptures d'ascendance.

— Nnnnoooohhhhhhhh!!!! mugissent les trompes des hélicoons rassérénés. Et les hélicornes, à bloc, tracent en ligne droite sur le pic — ils vont couper le virage, attention, au moins un est trop à l'intérieur, c'est un peu tricher, il grille le pégase qui a contourné comme il se doit par la droite du pic — coup de sifflet surpuissant — le Barf fait jaillir un trait de lumière indiscutable au zénith du pic, l'hélicorne est passé à gauche, il doit revenir, il n'entend pas ou ne veut pas entendre, le Barf piaffe, s'énerve — c'est épouvantable!

En une seconde, une clameur d'effroi laboure Alticcio. Le Barf, implacable, a empalé l'hélicorne fautif sur le pic de Bure. Il le métallise aussi sec et en fait une girouette, qui balance, falote, au gré du vent. Dans le camp des hélicornes, on n'ose même plus hurler, à peine pleurer. Le pégase donne déjà des signes de fatigue, liée à la démesure de ses ailes. L'hélicorne survivant est revenu à sa hauteur et le toise, deux mètres à peine au-dessus de sa crinière. Ils passent ensemble devant le beffroi d'Orphys, reviennent sur la basilique quand l'hélicorne, gorgé de haine et de douleur, semble enfin se décider à venger son frère sur la créature du Barf. Dosant ses doubles hélices, il s'approche du cheval et réussit à s'allonger en douceur sur sa croupe, ses pattes avant crochetées sur l'encolure, ses pattes arrière crispées sur la croupe. Le cheval rue dans le ciel, pique, se cabre, mais rien n'y fait! La trompe de l'hélicorne bloque la mâchoire du cheval telle une courroie, le privant de souffle, donc de propulsion ! Le cheval décline, récupère en planant, rue de nouveau ! Des mugissements énormes de trompe saluent le courage du champion des hélicornes. S'attaquer à une création du Barf ! Volant à l'intérieur de l'ovale, de cette sorte d'hippodrome en plein ciel, nous suivons facilement, avec mes amies Angéliques, ce qui se passe. Et ce qui se passe est proprement déroutant.

Le pégase est en train de se métamorphoser. Il enfle rapidement, s'arrondit, prend une forme oblongue, il change subitement de pelage, se caparaçonne, rentre ses mâchoires, raccourcit ses pattes et ses ailes, transforme sa queue en hélice, à une vitesse et avec une fluidité qui fait froid dans le dos. Le mu est clairement en lui. Et il y fait appel de toutes ses forces restantes, en et au-dehors. L'hélicorne, visiblement, est désarçonné. Il s'accroche encore à l'encolure avec sa trompe mais subit dans ses fibres la vague altérante du mu. Ce n'est déjà plus un hélicorne, pour tout dire, qui s'accroche désespérément à ce qui était il y a une minute un pégase. C'est un bâtard, à mi-chemin de l'éléphanteau et du cheval, sans carapace, en robe bleu nuit !

— Il opère une transmorphose ! me souffle à l'oreille une Angélique.

— Une quoi ?

— Le pégase intervertit le morphe de l'hélicorne avec le sien : il fait de l'hélicorne un cheval et il prend sa forme !

Elle a foutrement raison. Le poulain qui pend au cou de l'ancien pégase n'arrive plus à s'accrocher, il glisse sur la surface cornée, n'a plus assez de trompe pour s'enrouler. Il lâche. Il tombe dans le vide. Est-ce par instinct qu'il ouvre ses ailes et les agite ? Il vole ! Totale est la stupéfaction du public !

( ) Pour l'avoir tant pratiqué, ce couloir aérien du pic de Bure, j'en connaissais tous les réflecteurs, dont la plupart tellement grenaillés, quelques autres défoncés ou détruits, que la portance s'en ressentait. Dès le virage derrière la monotour du Flottant, je me serais retrouvé, pour un demi-tour, si je plongeais suffisamment bas vers le Fleuvent, vent arrière, au pire vent largue — et je pouvais me servir de cette poussée horizontale, en sortant le spi, pour accélérer franchement et revenir sur la tête de la Course. C'est ce que je fais. Régulièrement vérifiant, sur mes rétros plats, qu'aucun candidat ne me surplombera ni ne menaça de le faire.

)(Les batailles entre créatures me rassuraient, aussi longtemps qu'elles focalisaient l'attention ailleurs que sur Île, qui n'avait pu résister à sortir le spi et à plonger entre les édifices pour suivre la ligne idéale des réflecteurs ! Il se prenait à la Course ! Mais peut-être avait-il raison ? Le Barf supporterait-il de voir un candidat lambiner, ce que faisait Lanjar, bon dernier ?

Je coupai par la médiane du volodrome : des clameurs s'élevaient du côté du Flottant où un groupe d'Angéliques suivait, je le découvris, le coude à coude entre le Condor de Brume et le Papillon de Poussière.

Quand j'arrivai, condor et papillon étaient aile contre aile à l'entrée du virage de la cathédrale. Le condor s'inclina pour virer à la corde et il coupa même brièvement l'oriflamme, talonné par le papillon, qui sembla un instant s'alourdir dans la traîne de vapeur d'eau. J'étais très proche d'eux, à moins de soixante mètres au nadir, mais moins que le Barf qui les suivait comme un petit soleil fourré, tantôt roux ou tantôt bleu, mais toujours tohuant et bohuant, public à lui tout seul, plus attentif que quiconque, plus enthousiaste qu'un hélicoon de deux ans, qui les harassait de cris, de trilles et de sifflets et ne voulait décidément pas perdre une miette de ce qui allait se passer. L'aile droite du condor effleurait l'aile gauche du papillon — elles se touchèrent bientôt, et bientôt s'entre-traversèrent carrément. Le distinguo des deux ne se faisait plus qu'au poudroiement de l'aile du papillon, lorsqu'elle passait par-dessus les rémiges du condor. Ça dura peut-être une minute, et je sentais, à la façon feutrée dont volaient les Angéliques qui m'entouraient, que chacun d'entre nous retenait son souffle. Le changement fut anodin, quoique rapide : au survol d'un toit de lauzes, le condor parut soudain plus clair, puis encore plus clair, puis subitement blanc — pas d'un blanc de cygne : d'un blanc de givre pailleté. Il continua à voler, essayant, à grands battements désespérés de se défaire du papillon, lui-même plus consistant, moins vaporeux, mais le processus de métamorphose était enclenché et à chaque seconde les chances du condor se faisaient plus fragiles. Le pic glacial qui harponnait l'oiseau le secouait de spasmes, mais il se battait, il se battait encore, les ailes lestées de neige, durcies, s'épaississant.

— Sers-toi du mu ! Sers-toi de ta colère ! ne pus-je m'empêcher de hurler, mais la gangue de givre s'était déjà substituée aux goutelettes d'eau, la glace s'emparait du ventre de brume.

— Colère ! Colère ! *Strettenfirenzo !*

Le condor ne m'entendit pas, sans doute parce qu'un seul son, terrible, saturait à ces instants toute sa perception. Et ce son n'était pas la longue plainte morbide des hélicornes affolés, ni les encouragements sincères du Barf — c'était ce grincement, ténu, de charnière métallique rouillée qui lui bloquait, un battement après l'autre, la base des ailes. Il se mit à planer. Les rectrices de la queue, rigides désormais, ne le guidaient plus. Il planait sans direction, le corps plat, incapable de lever une fois encore ses ailes, d'accomplir une ultime fois la grimace du vol. Il planait. Il plana. La ville s'était tue. Il approchait du phare Eolo, il tombait vers les toits dallés de pierres des basses-tours, il était translucide de glace finale. Le silence se fit encore plus compact. Lorsqu'il toucha le premier toit, le fracas de sa carcasse de cristal de dix mètres d'envergure, sur la pierre, se répercuta sur toutes les façades d'Alticcio. Lugubrement.

Île venait de boucler son premier tour, sans que personne se préoccupe de lui. Plus que deux ! D'entre les candidats, je craignais désormais plus que tout autre le Papillon de Poussière, qui décrochait régulièrement pour aller se ressourcer dans les alluvions du Fleuvent. À un quart de tour derrière Île, il avait la capacité de revenir sur lui et d'aller le *muer* à basse altitude.

Je compris toutefois vite que je me trompais, non sur la menace du papillon, mais parce que le danger de partout pouvait surgir. Ce qui arriva à Lanjar Calyssan me mit dans un état de terreur. Au point que je fus prête à arracher Île, en plein vol, de la Course si je n'avais appréhendé, plus encore, les réactions erratiques du Barf.

Sans se presser, Lanjar venait de survoler le beffroi d'Orphys, bien au-dessus, comme depuis le début de la Course, et il veillait à ne pas se mêler aux autres, quels qu'ils fussent. Le lit de braise voguait à son aplomb, une averse venait de se déclencher sur son parapente, crépitant sur sa toile, sans que le nuage plutôt dense qui l'activait ne s'attarde, poussé qu'il était par l'alizé et missionné peut-être qu'il fut par la pluie même (dont on ne mesurait pas très bien si elle participait ou non à la Course et de quelle exacte façon, puisque sa trajectoire ne pouvait, sauf miracle, qu'être verticale, en rien ovoïde).

Pas plus que quiconque, Lanjar n'avait pris garde à l'œuf de Gorgone enclavé depuis le début dans la braise. Pour vigilant qu'il fût, il ne remarqua pas qu'au contact de la pluie, l'œuf s'était craquelé, ni qu'une colonne d'air, pas plus large que l'espace de deux bras, projeta d'un jet cet œuf très haut dans le ciel. Qu'il faille imputer ce météore soudain au Barf passe, moins le fait qu'en retombant l'œuf éclata précisément sur la toile de Lanjar. Ce qui fut libéré alors. Ce qui prit forme. Des sustentes, je crois bien, de tous ces fils qui convergeaient vers le harnais de Lanjar et le soutenaient, c'est de là que ça partit. Les fils se modifièrent, devinrent translucides et gélatineux. De loin, on entendit un hurlement d'effroi, suivi des soubresauts d'une succion. L'on vit Lanjar, sans qu'on y puisse plus. On le vit se faire remonter par ces sortes de tentacules, oui, se faire aspirer, dissoudre dans les caissons d'air de son parapente. Dans quoi ? Ça n'avait plus rien à voir avec des caissons, avec une toile. C'était végétal, animal, marin. Un bulbe, une masse de gelée rosâtre, diaphane, qui se déformait de spasmes. On comprit alors ce qu'était une Gorgone. On le vit. La corolle de la méduse devait bien faire dans les quinze mètres de diamètre. Elle flottait, portée par le moindre souffle, en laissant traîner sous son bulbe un enchevêtrement écœurant de polypes et de tentacules qui léchaient certaines terrasses.

— Il faut arrêter cette monstruosité, il faut intercéder auprès de la Haute Loge.

— La Haute Loge est dépassée.

— Le Barf ne peut pas laisser *ça* se développer !

Le Barf ? Il ne comprenait même pas en quoi il y avait danger ! La gorgone déviait sous l'alizé. Elle rattrapa le capitaine de l'aéronavale et ne prit même pas la peine de le phagocyter. Elle pondit un œuf qui s'écrasa lui aussi sur le parapente. Une seconde méduse s'en éleva, que la première avala. Elle croissait. Comme tous les candidats, Île s'était retourné. Sous le choc, il manqua de chuter. La méduse passa les flèches de la basilique — sans s'éventrer comme nous l'espérions tous — et elle remontait lentement en glissant sur les ascendances, en louvoyant avec peine. Île était au-delà du séquoia. Île releva le nez du deltaplane pour prendre le maximum de hauteur et piqua en piochant sur les pédales. Devant lui s'étendait le Papillon de Poussière : Île ne l'avait pas vu, Île ne put l'éviter. Île le traversa, le dispersant quelques courtes secondes, puis l'animal se reconstitua.

( ) Va chercher le plus loin possible le virage ! Garde du vent dans la toile, constamment, tout le virage ! Ensuite tu décroches vers le Fleuvent, tu sors le spi, tu t'approches des réflecteurs, altitude 60 — pas plus pas moins — tu fonces grand largue, gauche, le S, droite, la chicane du Palazzo Carlini, droite encore au ras du pic, tu évites la tour de guet, tu remontes à 80 pour passer l'abbaye de Lebthem, tu replonges, grand plateau toujours, tu tiens, il faut tenir, tu dois boucler les trois tours.

— 200 sur la méduse ! 200 !

— Le papillon, 120 sur le papillon !

— 50 encore sur la méduse !

— Moi, je crois au papillon : 150 !

— La foudre, qui parie sur la foudre ? La foudre à 30 contre un, très bonne cote ! La foudre, pour les risque-tout !

— Excusez-moi monsieur ! Monsieur ! L'aéromaître est à combien ? (Le bookmaker se retourne, tout surpris de voir une Angélique ici, sur la plate-forme des paris.)

— Qui ça, l'aéromaître ? Le vélivélo ? Il est pas encore mort celui-là ? Ricardo ! Ricardo, nom d'un Barf !

— Oui ?

— Madame l'ange veut jouer le vélivélo. Il est à combien ?

— Euh. Attends. 80 contre 1 !

— 300 sur le vélivélo !

— 300 ? Vous êtes sûre de vous ?

— 300, bras-nu, tu sais ce que ça veut dire ?

Le collecteur de paris s'exécute avec un sourire. C'est un geste de désespoir, je le sais. Île n'a plus la moindre chance de survivre. Le poulain vient d'être avalé par la méduse. Hormis Île, ne reste désormais sur le volodrome que des créatures Barfiques. Le pégase, qui a repris son morphe initial après sa transmorphose spectaculaire, achève son deuxième tour. Depuis le départ, il n'a pas cessé d'être en tête. Île est maintenant second, mine de rien, à hauteur d'Orphys. Le Papillon de Poussière s'est refait une santé en trois plongées dans le fleuve. Il fait environ quatre fois la surface du deltaplane. Et Île ne parvient pas à le distancer. En troisième position, la braise s'est mise en boule. Impossible de deviner pourquoi. La pierre levée, qu'on croyait perdue, s'est muée en nuage. Elle est quatrième. Derrière progresse la méduse, à plus d'un demi-tour ; outre qu'elle aborde le séquoia.

Depuis une dizaine de minutes, des mouvements de nuages plutôt inhabituels bouleversent le ciel d'Alticcio. La fine couche de stratus que la pluie avait agencés avec peine a été bousculée par le déboulé de cumulonimbus de type *mammouthéen*, de sorte qu'une manière de nuit en plein jour commence à s'installer. Se gavant d'air, la méduse a atteint des proportions inquiétantes, qui éloignent toute créature volante dans une sphère de cent mètres alentour. Son bulbe rose tranche sur le ciel gris plomb et elle amorce le contournement du séquoia, qui défile par transparence, brouillé, à travers son corps.

— Elle va se faire empaler ! Je te le dis ! La feuille de sycomore est toujours active ! Tu vas voir, schllaaa ! Comme une dague qu'on dégaine ! Dans le ballon !

Héméra a toujours été d'un enthousiasme magnifique. Je sais qu'elle ne croit pas un mot de ce qu'elle prophétise, mais elle le dit, pour me faire rêver, pour me soulager, parce qu'elle sent à quel point la peur me terrasse.

— La gorgone passera pas le séquoia, je te le jure ! Elle va s'enferrer !

La Gorgone est à la hauteur de la branche calcinée d'où avait jailli l'arbre horizontal au premier tour. Elle la frôle. Elle va passer...

— Ça y est ! Ça y est ! Il repousse !

Héméra m'a fait sursauter tant elle hurle. Le sycomore s'est effectivement réactivé ! Un érable entier, plus puissant que le premier, surgit spontanément entre les branches du séquoia. D'un jet, il se déploie à l'équerre du tronc et lance ses rameaux devant lui comme des flèches tirées. L'inertie de cette pute de méduse est trop grande pour esquisser ne serait-ce qu'un décalage. L'arbre l'enfourche en plein bulbe, il crève par centaines l'immense poche d'air et de gélatine, perce, fouille, laboure à nu ! Les tentacules se rétractent, ils cherchent à accrocher les branches, sans y parvenir. Le Barf est passionné, il vole en orbite autour du séquioa, ioule un air à lui, hulule, passe sous la Gorgone en lui tirant les tentacules ainsi qu'on le ferait de cloches, et le bulbe miraculeusement se met à tinter, dong ! il résonne, ding ! Il sonne son propre requiem !

— Yaaahhhaaa ! Je te l'avais juré ! Juré !

( ) L'atmosphère tournait au bizarre. Le tonnerre avait commencé à se faire entendre. Une méchante trace de charbon bleuté salissait à présent le ciel. Puis tout à coup — ce sera vif, cru, énorme — la Foudre claqua à travers la ville ! Unique fut l'éclair. Frappant à plat, sur une trajectoire ovoïde, il illumine d'un trait aveuglant la totalité du volodrome, sans toucher aux flèches ni aux tours offertes à son courroux. Qui, sinon le Barf, put annoncer sur-le-champ, en langage-môme, ce que ça signifierait ? Que la Foudre, quitte à participer, venait, en un éclair, d'entonner et tout à la fois de boucler son premier tour de Course !

)(Foudroyé, l'érable ! Foudroyée, la Gorgone ! La panique dans les frondaisons est telle que les écureuils se jettent (empanachés de flammes) dans le vide.

— Il faut les sauver, Aile ! Viens !

À tire-d'aile, Héméra file en direction du séquoia, accompagnée d'un petit groupe d'Angéliques qui repêchent les écureuils au vol (petits parachutes roux) et font des navettes avec le Haut Eucalyptus pour les y poser. Je ne veux pas quitter Île des yeux. Il entame son troisième tour, vent debout, et peine à reprendre de l'altitude, juste au moment où la pluie se déchaîne.

Je me retourne à nouveau : la partie droite du séquoia Leto s'embrase, malgré la troupe d'intervention des hélicornes, qui pompe jusqu'à plus trompe dans le réservoir du château d'eau tout proche et vient, à tour d'escadre, en pulvériser l'eau sur les rameaux, épaulée en alternance par une nuée de canardairs, moins efficaces mais plus nombreux. Mais c'est la pluie, qui tombe de nouveau à verse, qui fait le plus gros du travail. Une odeur de gélatine brûlée puis refroidie empeste l'air. Tel un sac de peau morte, la méduse a sombré dans le Fleuvent où l'on aperçoit des racleurs trempés jusqu'à l'os, barbouillés de poussière mouillée, qui en dépècent de larges morceaux — pour en faire de la colle, en manger, qui sait ? La puissance du déluge va sauver le Séquoia, j'en suis désormais à peu près sûre. Cependant, elle handicape sévèrement Île, qui cherche des ascendances introuvables, sa toile se leste d'eau, il change de braquet, il marque durement l'effort, il est épuisé, il espère un coup de vent, une pompe, il appuie à fond sur les pédales pour maintenir son altitude déjà critique… Par le saint ange du mu !

( ) Je fus, je fus, je fus, bord de rupture gars, décroche pas, tiens, le vent va se relever, tu le sus, pluie amènerait vapeur par temps chaud donc ascendance, l'as-tu appris ? Jamais tu ne touchas le sol, jamais sais-tu, pas aujourd'hui alors ? Relève le nez, relèvera ? Le mu, Île, le mu, c'est le moment : vas y piocher, n'aie pas la trouille, tu peux t'en servir ! Cherche-la au ventre, cherche-la cette sensation de chaud, de sec, tu dois ébouillanter ta toile, l'évaporer, chasser ce poids de flotte sur le delta, sans quoi, sans quoi quoi ?

)(Par le saint ange ! Méconnaissable ! Je parle du Papillon de Poussière, encore en course, qui avait dû vouloir chercher matière dans le lit du Fleuvent, sans doute, oui, sans aucun doute au moment où s'est déclenchée la pluie. Il est d'un gris boueux, sans dessin, uni, incapable de dépasser Île pourtant pitoyable, mais il se rapproche de lui, il est dangereux, Île !

( ) Enculé de Barf, enculé, fils de chat-huant, trou de balle bleu, pitre minable, clown, clown nase, clown de basse-tour, jeune crétin, bouboule ! Énerve-toi, Île, trouve ta colère, fais-la monter ! Fils de pute, de pute, de PUTE !

)(De la toile détrempée du vélivélo, une fumée subitement s'éleva. Une bouffée de vapeur. Puis une autre, puis une autre… De rouge sombre, la toile s'éclaircit vers l'orouge, comme un linge sèche. Île regagna cinq, dix, vingt, quarante mètres d'altitude, la pluie ricochait à présent sur son delta, sans l'atteindre. Île était tout proche de mon perchoir de prédilection, à mi-chemin entre la colonne de l'ascète et le séquoia et je l'entendis hurler, s'insulter, tenir la braise de sa colère au creux de ses tripes. À son passage, je lui jetai mon bois :

— Sale minable, t'as rien dans le bide ! Ton vélivélo pue la sueur ! Tu n'as jamais eu de génie, tu n'es qu'un copiste ! Léarch del Vasto a toujours été meilleur que toi !

Ça ne marche pas puisqu'il se met à rire en m'entendant et reperd un peu d'altitude ! Quelle truffe je fais ! À cinquante mètres sous lui, le papillon broie sa boue, toujours sans muer… Il paraît vraiment affligé. Il essaie — ssscchplafffff ! —

— TaBarfnak ! Tu as vu ?

Un immense « Oh ! » de stupéfaction monte de toutes les tours de la ville. Ce qui vient de se produire ne relève plus du mu : carrément de la magie. Ou alors d'un mu d'une exceptionnelle maîtrise… La pluie a été suspendue, enfin, non, elle a été réunie, toutes les gouttes ensemble, une seule boule, en une seule boule oui, au-dessus du Barf, en parfaite montgolfière. Puis lancée, à la façon d'un ballon, lancée en direction d'Île, enfin juste en dessous, sans qu'on puisse parler de hasard — c'est strictement visé — sur le Papillon de Poussière. Une vraie bombe à eau, colossale, l'a emporté en plein vol pour aller le dissoudre dans le limon du Fleuve. Pourquoi ?! Perché sur la cime du séquoia, le Barf s'emporte :

— Papillon faignasse !)) Brasse-boue !) Gorgone grosse glu !))   )   )   )   )

… suivi d'un brouhaha renfrogné et de gestes trop vifs pour être perçus… Je crois comprendre qu'il n'est pas satisfait de certaines de ses créatures. Mais alors pas du tout ! Tout en tournoyant sans cesse, il vitrifie le ciel à portée de patte et fracasse ses vitres d'air pur à coup de museau (de trompe ? de groin ?) Une marotte pour qui connaît le Barf. Enfin, il se détend un peu et fait signe de suivre la fin de la Course.

— Le vélivélo, il a le mu, ce gars-là ! 80 !

— Le pégase, 400 !

— La foudre, 220 !

— La pierre-nuage, enfin le truc cotonneux qui flotte !

— Combien ?

— 100 !

— 100 aussi sur la pierre !

— L'aéromaître, 150 ! Et 200 sur la foudre !

Stoppée net par le Barf, la pluie a disparu. Pas les lourds nimbus qui obstruent le ciel. Ça n'en mène pas large sur le toit des terrasses. La plupart des Tourangeaux ont préféré continuer à suivre la Course de leur fenêtre.

— Aïe !

— Quoi ?

— Aïe, aïe, aïe !

— Quoi, Héméra ?

— Je ne sais pas...

Ssssscccrrrrracccccc)))))))))

Un deuxième éclair — aussi nu que le premier — aussi pur — vient de claquer ! L'ovale qu'il trace fulguramment est parfait. Il n'a même pas touché au séquoia !

— Et de deux pour la foudre ! Deux tours ! Qui dit mieux, messieurs les parieurs ?

— 600 sur la foudre ! Banco !

La décharge électrique m'a fait frissonner jusqu'au bout des rémiges.

— Où est le pégase, où il est ?

— Volatisé, Héméra, foudroyé ! Il était sur la trajectoire !

— Et le lit de braise, regarde ça !

Sous l'impact, la braise a mué du charbon en diamant ! Un tapis de pierreries frémit sur le velours sombre du ciel. Quelques-unes ont été projetées vers le Fleuvent, où une bagarre terrible se déchaîne pour leur possession. Le Barf, tout fou, crawle dans ce lit de joyaux, s'éclabousse en riant, en croque et ronronne, il s'éclate !

— Si je compte bien, il n'y a plus qu'Île et la pierre-nuage en lice ?!

— Exactement. Avec la foudre !

De la pierre, on ne sait absolument rien. Elle vole à altitude et à vitesse constantes, dénuée pour l'instant d'attitude belliqueuse. Par la forme joufflue, son morphe rappelle un nuage, quoique par la texture un granit, sans qu'on puisse deviner si elle flotte, est portée ou pilotée, ou lévite. Qu'importe ! Île est à un demi-tour de l'arrivée, qui plus est, en tête ! S'il gagne, pourra-t-on demander une grâce de mu ? Plus que le pic de Bure à passer, ensuite le beffroi d'Orphys et une dernière courbe pour passer triomphalement entre les deux flèches de la basilique.

La pierre-nuage vient d'accélérer. Sans effort, sa masse grise double Île et vient lui barrer, étrangement, la route. Un peu comme une nappe de brume sur un couloir aérien. Île plonge pour l'éviter. La masse le suit, et lui barre à nouveau la voie. Altitude 110 environ. Île sort les volets de freinage, vire sur l'aile et replonge, résolument, dans le dédale des basses-tours. Le public est en ébullition, fasciné par le cache-cache qui s'amorce. Île accélère, Île zigzague, Île vire deux fois à angle droit, feinte un piqué, rentre et ressort le spi.

— Vas-y Île ! Vas-y, un loop !

La pierre-nuage, tantôt longue, tantôt ronde, s'effilant selon le relief et les édifices, suit à la trace le vélivélo. Île déploie la magnificence de son arsenal technique, fruit de tellement de jeux entre nous ! En survol sur une succession de terrasses, il pose les roues sur les ardoises, les plaque en figeant les volets, pour une adhérence maximale, puis accélère en danseuse. Île sprinte ! Bout de terrasse, yahaa, il s'élance dans le vide, reprend de l'altitude, longe les gargouilles de l'abbaye de Lebthem, spi déployé, grand plateau, freine brusquement — et décroche. En cinq secondes, il perd cinquante mètres, puis relance, magnifiquement, en montant un à un les braquets et en pompant. Rien n'y fait. La pierre-nuage est toujours devant. Toujours se fige. Toujours doit s'éviter. Elle le pousse vers le bas, petit à petit — c'est le piège.

— Laisse-toi monter ! Lève le nez du delta ! Un loop !

— Non, Héméra, il est trop fatigué pour ça ! Il n'y arrivera…

Île n'écoute que lui. Peut-être est-il caffi d'adrénaline, gorgé des cris d'encouragement, de cet espoir frissonnant des Tourangeaux qui hurlent son nom, qui maintenant l'ont complètement adopté, en font leur champion, leur héros, leur fierté longtemps tue.

— Ililile, hourrah ! Ililile, hourrah ! scande la foule des racleurs amassés au pied des basses-tours.

Une nouvelle fois, Île reprend roue sur les toits. Il profite de la pente du Palazzo da Mare, plie en accordéon sa toile, sprinte sur toute la longueur de l'édifice, redéplie le delta et redécolle. D'un geste, il a verrouillé les cale-pieds. Il va tenter un loop ! Île repère une solide pompe à l'aplomb d'un réflecteur d'étain, l'aborde à fond et — d'un coup de guidon, vertical, braque le vélo vers le ciel en pédalant à la limite de la crampe. C'est la figure la plus dangereuse qu'on puisse imaginer en vélivélo — chaque Tourangeau le sait, chaque femme, chaque enfant. Le vélo s'élève en chandelle. D'une main, Île déclipe les volets arrière, ouvre sa toile au maximum. Le vélo ralentit, à l'extrême limite du décrochage — vertical toujours. Des clameurs fusent dans l'espace. La pierre-nuage l'attend juste en dessous, à quatre mètres…

— Maintenant ! je lui hurle. Maintenant !

D'un coup de reins, il bascule le vélivélo à l'envers, dos au vide, et enclenche le looping. L'arc de cercle qu'il décrit le fait contourner (tel un torero) le nuage enchâssé en plein ciel, lui fait passer au-dessus, à côté puis en dessous avant de repartir de plus belle vers le beffroi !

— Ollléé ! acclament les Tourangeaux.

Le Barf lui-même apprécie — et répond. Plus de doute désormais : c'est bien lui qui pilote la pierre-nuage. Sans attendre, il la dynamite en morceaux, transforme les morceaux en oiseaux gris, puis bleus, et les envoie se poser en nuée sur la toile du delta-plane. Avec effort, les oiseaux soulèvent le vélivélo, lui font prendre de l'altitude, l'emportent haut, très haut… Inquiètes, nous les suivons. La toile orouge s'effrange, elle vire au beige, s'emplume. Les armatures du delta blanchissent, s'ossifient puis se couvrent à leur tour de plumes. La double barre, qui relie l'armature au cadre du vélo, esquisse des écailles, se prolonge en serre. Île ne panique pas. Île empoigne la serre naissante et la reboise, Île touche le plumage qui s'étend et, avec douceur, le fait refluer, pour partie, en toile.

Le Barf, de loin, moufte et sourit. Le vélivélo hoquette.

— Continue, essaie d'atteindre l'arrivée ! lui soufflé-je.

Il n'en a pas le temps. Muées en moineaux, ses deux pédales s'enfuient à tire-d'aile. Île est désormais condamné à planer — alors qu'une seconde salve de métamorphose colonise sa toile !

— Rétromorphose, cette fois-ci, constate Héméra, consternée. Le Barf va rétrograder la toile vers le lin d'où elle provient, peut-être plus en amont encore…

Effectivement, un grand tramage de tiges végétales se fait jour sur la surface du delta. S'y entremêlent des fleurs bleues, effilées. Mais la rétromorphose s'attaque aussi au cadre de bois qui se tord et perd son poli. Ça retourne à la branche native, inexorablement… Île a abandonné toute velléité de pilotage. Île se concentre sur son vélivélo, se crispe sur le guidon et les armatures, caresse la toile de paille, sans s'énerver, surtout sans s'énerver… Île cherche manifestement la sensation interne qui pourrait contrer ce qui se passe, mais ne trouve rien de probant.

— Ne doute pas ! Ne doute pas !

Autant dire à quelqu'un qui vous aime « Ne m'aime plus ! » C'est trop tard. Le cadre noueux du vélivélo se désolidarise de la voile de lin et tombe comme une branche cassée dans le vide ! Une houle d'effroi nous balaye tous. Dans un ultime réflexe, Île s'est cramponné à l'armature croisée de la toile. Île s'y tient suspendu, comme à un parachute improvisé, mais la toile se troue par petites plaques et les tiges de lin se redressent vers la nue. Île perd rapidement de l'altitude — la voile va craquer — mon Dieu…

— Non ! Barf ! Pas ça !

Comme s'il anticipait sur mon instinct, le Barf nous a piégés, les Angéliques et moi, dans un cube de verre épais, qu'il a tracé subrepticement autour de nous. Nous avons beau frapper de nos poings, de nos fronts, sur les vitres, et hurler, nous assistons impuissantes au spectacle.

— Le Barf avait prévenu qu'Île ne pourrait être aidé. Ni lui ni personne !

Sur les tours, la foule, quitte à braver la foudre, est revenue en masse. Des grappes de Tourangeaux, d'animaux et de créatures diverses sont venus partager les derniers instants de la vie d'un humain. Ils l'encouragent, ils lui crient des conseils qui nous parviennent assourdis à travers les parois du cube. Autant qu'Île peut, Île pilote son trapèze de paille, et met ses dernières forces à atteindre les flèches de la cathédrale, qui sont à moins de trois cents mètres de vol.

Le Barf a interdit à quiconque d'intervenir. Il se réserve le droit, peut-être, de sauver Île, s'il le juge intéressant, apte, ou par pitié, mais pour l'instant le regarde décliner, pour l'instant ignore les supplications et les prières des Tourangeaux, comme s'il attendait, comme s'il espérait quelque chose…

Mais rien n'arriva. La toile acheva sa rétromorphose. Le lin revint à la terre qui l'avait nourri. La terre se dispersa. Si bien qu'Île se retrouva accroché à un croisillon de planche, à un croisillon de rien, au vide. Je fermai les yeux. Le silence était parfait.

— Iiiiiiiiiiiiii !

— Oooooohhhhhh !

— Aile, Aile ! Regarde !

Je rouvris les yeux. Et ce qui m'apparut alors, je ne pourrai jamais l'oublier : Île volait. Île volait comme un ange, avec deux longues ailes à la place des bras, Île volait comme s'il avait toujours su le faire, facilement, en s'élevant au-dessus des tours…

— Son âme part au paradis…, murmurai-je.

— Mais non, tête d'oiseau ! Ce n'est pas son âme, c'est lui ! LUI ! VIVANT ! Île a mué ! Île a mué en pleine chute ! Île a trouvé la sensation du vol ! Ça l'a sauvé !

Il n'y avait même pas d'applaudissements, des femmes fondaient en larmes sur les toits, des gens se serraient dans leurs bras. Puis les hélicornes entamèrent une ovation à la trompe. Île vira et se présenta dans l'axe de la basilique. Les applaudissements le rejoignirent alors, les hourras montèrent du Fleuvent, issus des racleurs, repris des tours, amplifiés et répercutés de beffroi en campanile, de pic en pic, jusqu'aux arbres !

Ccchhhhhrrrrra-ak)))))))))

La foudre, pour sa gloire, choisit de frapper à ce moment-là. Elle ne toucha rien ni personne. Elle signa tout simplement son troisième tour, quelques secondes avant qu'Île ne franchisse enfin la ligne. Elle avait gagné. Sans débat. Sans combat. Et Île était son dauphin — devant la braise, ou plutôt les diamants, qui finirent en troisième position.

Le Barf liquéfia notre cage de verre et il nous libéra. Je fonçai me réfugier dans les ailes d'Île.

— Comment tu as fait ? Comment tu as pu ?

Île était couvert de sueur.

— J'ai pensé à toi, j'avais ton image, quand tu voles le soir, que tu rentres en vol battu et je la tenais, je la tenais, je la tenais comme si c'était la dernière chose que je doive me rappeler de ma vie, toi, toi qui volais vers moi, pour retourner au nid. Je n'ai pas cherché le mu, je t'ai cherchée toi, je n'ai rien essayé de faire, je savais que j'allais m'écraser en bas, que le Barf avait compris que je n'étais pas au niveau, je le voyais à ses gestes, je le sentais, il espérait, mais sans y croire et moi non plus.

— Tu n'y as pas cru ?

— Non. J'ai voulu partir avec l'image de la joie crue. C'est tout. Et c'est…

Je l'enveloppai de toutes mes forces au creux de mes ailes. Vivant, Île était vivant ! Ses bras étaient nus. Sa chair était douce comme un duvet.

Le Barf s'approcha de nous, et frotta sa fourrure affectueusement, comme il l'avait déjà fait une fois : dans une volée, dans un brouillard de pattes de chat, ou d'ours, ou de marmotte, on ne le saura jamais, tant ses gestes restent d'une turbulence touffue.

L'Arlequin prit la parole au nom du Barf. Il demanda le calme aux hélicoons. Annonça le résultat. S'excusa au nom du mu pour les proches des morts.

Puis il fit avancer un drakkair d'apparat et nous emmena, en compagnie du Barf, dans la salle haute du beffroi d'Orphys pour une fête préparée en l'honneur des vainqueurs. Elle fut tout simplement époustouflante, grâce à un Barf déchaîné auquel les péripéties de la Course n'avaient apparemment pas tout à fait suffi. Il accumula les farces, modifia une centaine de fois le décor, les murs, les convives et les plats, chanta, joua, dansa et mua, sans négliger des tours fantastiques de magie blanche et noire (et pourpre et abricot et parme et) qui épatèrent jusqu'aux plus expérimentés des sages de la Loge Barfique.

En fin de soirée, le Barf se calma enfin. Il tituba quelques mètres et il s'endormit, à sa façon (immédiatement) dans un recoin de la salle. Chaque invité put enfin l'admirer au repos, et personne ne s'en priva tant était intense la fascination pour son morphe. Quoique roulé en boule, on aperçut une partie de son museau, de sa truffe, le bout d'une patte et une oreille fourrée. Avec une certaine retenue, les novices de la Loge venaient le caresser, et tout en dormant profondément, il ronronnait. Son pelage, nous expliqua l'Arlequin, était parcouru des nuances de ses rêves, de sorte qu'il changeait continuellement de couleurs.

— Est-ce qu'il a toujours cette forme ? Est-ce que c'est sa forme puisque…

— Naturellement non, sourit avec gentillesse l'Arlequin. Le Barf, comme le mu, n'a pas de forme définie. Il prend celle qu'il aime et qui correspond à son état d'âme. Les phases de sommeil sont précieuses pour nous à ce titre. Elles nous donnent des clefs inestimables pour comprendre ce qu'il ressent, ce qu'il souhaite. Chaque Barf est unique.

— Il y a d'autres Barfs ? sursauta un angelot qui écoutait avec attention.

— Il y aurait actuellement quarante-sept Barfs en vie de par le monde. Sans compter le nôtre.

— Est-ce qu'il… Enfin, est-ce que notre Barf est spécial par rapport aux autres ? Ou sont-ils tous comme lui ?

— C'est-à-dire ?

— Aussi fous, aussi inconscients, aussi imprévisibles quoi !

— Oh, non, loin de là. Celui-ci est encore un bébé.

— Un quoi ?

— Un bébé. Un tout jeune barf si vous voulez. Il n'a que deux ans.

Île et moi nous regardâmes avec une stupeur ahurie.

— Un bébé ! Ce barf n'est qu'un bébé !?!

— Oui, ça explique certains comportements. Il n'est guère mûr encore.

Île restait estomaqué. Une question lui brûlait les lèvres. Il la posa :

— Mais que deviennent-ils après ? Que devient un barf comme lui à l'âge adulte ?

L'Arlequin se pencha sur la bête et lui caressa délicatement le ventre.

— Très peu de barfs atteignent le stade adulte. Très très peu. La plupart meurent à cinq-six ans.

— Pourquoi ? Ils n'ont pas de prédateur.

— Le barf n'a en fait qu'un prédateur, mais il est terrible, sourit l'Arlequin.

— Lequel ?

— Lui-même. À cinq ans, la réflexivité émerge dans sa conscience. Il se rend compte qu'il existe. Et il tourne vers lui-même la force du mu qu'il projetait auparavant sur les autres. Il se transforme sciemment, il tente des expériences personnelles. Et il finit le plus souvent par s'anéantir.

— Je ne comprends pas : il peut tout muer, même son sang, même ses blessures ! Comment peut-il mourir ?

— Il se met par erreur dans ce que l'on appelle des impasses métamorphiques. Des morphes morts dont il ne peut plus muer : certaines pétrifications complexes, des liquéfactions touchant au cerveau même. Ou encore des gyromorphoses où il tourne en rond de morphe en morphe, mécaniquement, jusqu'à mourir d'épuisement.

— Que deviennent ceux qui survivent ? Qu'est-ce qu'ils font de leur pouvoir ?

— Ils se spécialisent. Ils choisissent par goût un élément et en déploient toute la saveur. Les Grecs leur donnaient des noms de dieux. Notre monde leur donne des noms d'éléments. On les appelait Éole, Neptune, Héphaïstos ; nous les appelons le vent, la mer, le feu. Mais ce sont les mêmes Barfs, depuis plus de trois mille ans maintenant.

— Et quel est le plus vieux de tous ?

L'Arlequin salua de la tête quelques invités de marque qui se retiraient en barcarolle et nous répondit en bâillant :

— Celui qui a créé ce Fleuvent, cette terre, ce soleil, la pluie et la foudre, tant d'autres choses, et qui les mue, les transmue, les transforme, sans guère se montrer, sans chercher le spectaculaire. Celui qu'on croit unique parce qu'il est, depuis dix mille ans, le seul à ce niveau de maîtrise et de fluidité. Le seul mais pas forcément le meilleur, ni le plus imaginatif…

— Dieu ?

L'Arlequin se pencha à nouveau pour écouter le ronronnement du bébé barf. Sous sa caresse, une vague de fourrure jaune parcourut l'animal. Il se releva, ému, et répondit.

— Dieu, oui. Lui-même, ce vieux barf en bout de course. Nous travaillons ici à le relever de ses pouvoirs, en protégeant des barfs qui seront, nous l'espérons, plus profondément liés à la magie du Vivant. Plus respectueux de sa brève beauté, plus sensibles à la splendeur de notre mortalité puisque la braise seule est belle qui devient charbon ou diamant, et qui a été feu.

Il se faisait furieusement tard. Accroché à un anneau de la paroi, le dernier drakkair tanguait sous les rafales, n'attendant plus que nous. Île contempla une dernière fois le Barf emmitouflé dans ses songes, ses morphes couvants et cette bonté qui se dégageait de lui, instinctive et physique, en dépit des drames qu'il avait pu provoquer. Île regarda intensément l'Arlequin, puis lui demanda :

— Est-ce qu'il va survivre ? D'après votre expérience de sage ?

— Il survivra. Vraisemblablement.

— Pourquoi ?

— Parce qu'il vous aurait sauvé la vie si vous n'aviez pas trouvé, dans votre chute, le mu.

— Comment le savez-vous ? lui demandai-je, déroutée. Et qu'est-ce que ça prouve ?

— Ça prouve qu'il saura sentir la mort qui le guettera, intestine. Comment je le sais m'appartient. Tout Barf a un visage qui est sa vitesse. Sachez juste une chose : il a ralenti quand vous avez chuté.

Aucun souvenir assez solide

Pour Caroline P.

« Si tu parviens à traverser l'avenue, tu trouveras ce souvenir d'elle que tu cherches. Dans ta mémoire, il reste un lieu où vous vous aimiez. Plonge. Rapporte un son, la couleur qu'elle hissait en toi, un instant à vous, une lèvre. Ce que tu peux. Extirpe cette pépite de ta boue de souffrance. Et repasse le sas avec. »

En face, sur le trottoir, elle se tient, une torche souple, Carlione. Le choc du présent est massif/ mon nez coule/l'apnée. Ils me l'ont redonnée. Avec la courte flambée de son blond vénitien et ses yeux d'olives picholines, son regard d'affront, de lolita têtue, et ses gestes, la coulée de ses bras, sa légère cambrure et ses seins petits, ce buste que j'adorais posé sur cette ligne de hanche, une chaloupe, une grâce simple et Manon, trois ans, une menotte dans sa main, girandole à frimousse et à billes de ciel.

Le mécanicien quantique m'a dit : « Les Formeurs fabriquent un monde avec la matière de ta mémoire. Ils ont ce talent. Avec tes souvenirs, ils tissent une ville fluide pour que tu y marches debout. Ne cherche pas à comprendre où. À quel siècle. Ce qu'est. La ville n'est que le bougé de ta quête. Ne regarde pas le visage des gens. Tu reconnaîtras tout, parce que ce sont tes souvenirs. Tu ne comprendras rien puisque tu te marches dessus. Seule la traversée compte. Passer. »

De l'exposé arachnéen des risques — choc, trauma, autisme, coma — subsiste cette menace : « À chaque point de l'espace, là-bas, correspond un temps différent : conjugue. »

L'avenue étale son lac d'asphalte. Aucun véhicule. Un pointillé de lait flotta à mi-voie. Alicorne me souriait, Manon a cinq ans, elle bondira en me reconnaissant, retenue par maman, ses pieds volent au-dessus du fleuve lent, elle décrit un court arc dans l'air, retombait sur la tranche du trottoir. Ouf. J'ai le cœur en décalé avant. Je fige un premier pas. Goudron jusqu'aux genoux. Des hors-bord à coque de cuivre sifflent. Ils ont fendu l'épaisseur de suie liquide, l'écume grise éclabousse et frémissait, le temps fond jusqu'au sang, recoagula. Aurait gelé. Six pas sur l'avenue poncée. Des cubes à roues de caoutchouc déboulent bloqués. Des Cadillac de granit. Je lèverais la tête vers le trottoir blond. Caliorne clignote comme un phare à feu fixe, apparaît, disparut. Apdis/apdis/disap. Ainsi font. Elle serrera Manon sur sa hanche, dans son ventre. Pas encore. Elle fit déjà l'amour.

Les camions, par saccades, fonçant, cherchent à percuter ma tête. Trouille. J'atteindrais le pointillé central qui tira des salves blanches. Les monospaces laissent des traînées de métal fondu, de filaments de plastique, les pare-brise dégivrent en pâte de verre, l'huile rissolait et file… Aucun souvenir ne tient. À huit mètres, Orcaline jouit muette à travers le lit de fumée et de kérozène bruissant, à travers la maille effilochée de lumières, les traits de gouache électriques qui la croquent.

Ce n'est qu'une coupure urbaine, a dit un Formeur. *Une saignée entre deux blocs d'amour. Fais le lien.* «Quel nom l'avenue?» j'ai crié en gobant le détendeur. *C'est une "Avenir"*. «Quel nom?»

Un canapé crème, taché au feutre, est posé sur le parquet lisse du trottoir, quatre mètres. La foule autour s'est effacée. L'Institut du monde arabe dérive derrière l'abribus, un couple neuf se penche d'une terrasse. Le type qui m'encourageait a une chemise rouge. C'est moi. Des glisseurs me frôlent, un calepied me casse le tibia.

Je me souviens.

Caroline s'est levée pour mettre du son, guitare sèche et harmonica, tintement de bambous ronds, la fenêtre est ouverte sur juillet, de l'air entre, elle est couchée à même ma peau, enfoncée jusqu'à ma hampe, elle se creuse et mouille, ses hanches me trouvent, elle m'embrasse, donne sa bouche et prolonge, prolonge la sensation de blond souple…

— Il boucle en neuronal. Réaspirez-le!

Caro, devant moi, se dissout. Dure sonne la salle.

— Tu as ton souvenir, Aal? Dis-moi que tu l'as!

— Tout fuit… J'ai juste un tas de mots…

— C'est ta sixième apnée. Tu risques le coma.

— Je replonge. Reformez-la !

— Elle t'a quitté, Aal…

— Elle me quitte. C'est pire.

Postface de Systar

Portrait de Damasio en aérophone

Au sommet de la tour de Leuze, aux côtés de l'ascète Zeleude juché au plus haut d'Alticcio, ou dans la luminosité sur fond d'asphalte enjoignant de lire Deleuze, une figure philosophique forte est régulièrement revenue sous la plume d'Alain Damasio. La lecture qui va suivre, aiguillée par ces quelques indications, voudrait risquer ceci : voir ce qui, d'un dialogue librement reconstitué entre l'auteur et Deleuze, pourrait *donner à penser*. La pensée, Deleuze la décrivait comme l'acte de « suivre une ligne de sorcière ». Et, pour accomplir ce geste étrange de sorcellerie intellectuelle et corporelle, le philosophe encourageait chacun à créer ce qu'il appelait un « plan d'immanence ». Penser, c'est créer, et aucune connaissance n'est possible si elle ne résulte pas d'un travail de construction accompli par le penseur.

Penser, ensuite, c'est toujours être concret : une idée a besoin de son lieu, de son monde propre, pour se déployer et être reliée à d'autres idées. Ce monde-là, ce grand tissu fabriqué par le penseur, intègre tout, et n'admet aucun être supérieur qui lui serait extérieur, aucun dieu ou principe transcendant. C'est pour cela que Deleuze parla d'un « plan d'immanence ». En décrivant ce plan, il suggéra la vision d'un grand champ peuplé de mouvements innombrables et très rapides, un monde minéral sujet à toutes les variations, à toutes les apparitions, à tous les agencements possibles[1].

L'immanence — le fait qu'il n'y ait pas d'extérieur ni d'être supérieur à ce monde qui est le nôtre et à ce plan que nous fabriquons pour penser — est une notion qui permet d'éviter les oppositions souvent rencontrées, et rarement surmontées, dans l'histoire de la philosophie. Ainsi l'opposition entre existence et pensée : être, vivre et penser, pourraient bien ne plus s'exclure, mais au contraire s'impliquer les uns les autres, ou, dans le vocabulaire deleuzien, se « plier » : *« Penser et être sont une seule et même chose. Ou plutôt le mouvement n'est pas l'image de la pensée sans être aussi matière de l'être*[2]. » Être créatif était pour Deleuze le moyen, obtenu par une ascèse et une détermination hors du commun, d'entrelacer la réalité et l'idée, l'existence la plus concrète et la spéculation la plus libre. En lisant les dix nouvelles d'*Aucun souvenir assez solide*, il nous a semblé qu'une

1. Cette façon de décrire l'activité de la pensée comme la construction d'un grand espace minéral frappe immédiatement le lecteur familier des romans d'A. Damasio : qu'avait fait ce dernier, par le Dehors, puis par une Terre balayée par des vents fous, sinon créer, à son tour, un tel « plan d'immanence » ?

2. Gilles Deleuze et Félix Guattari, *Qu'est-ce que la philosophie ?*, Éditions de Minuit, 1991, Paris, p. 41.

telle expérience avait été, de dix manières différentes, rendue accessible. Comme si les dix récits, très variés, étaient de secrètes invitations à réaliser, pour soi, l'expérience de ce plan d'immanence, où ressentir c'est penser, et vibrer comprendre.

Qu'est-il donné à penser et à vivre ? Peut-être cette intuition sobre que la solitude, l'absence, la faille, l'abandon, sont autant de fausses questions ou de mots sans objet. D'où le défi maintes fois relevé par l'auteur : faire sentir, à fleur de narration, combien une déception amoureuse, un deuil, le désespoir d'une révolte avortée, n'ont rien d'irrémédiable ; qu'elles ne sont, au plus, que le ralentissement d'un mouvement plein et généreux, toujours apte à se recréer pour mieux faire revenir, dans la plénitude de la présence, les êtres aimés. La littérature d'Alain Damasio ne console pas du mal (il n'existe pas), mais comme la plus grande pensée elle conjure le « chaos », cet effet d'évanouissement qui peut toujours menacer toute chose : *« Ce qui caractérise le chaos, en effet, c'est moins l'absence de déterminations que la vitesse infinie à laquelle elles s'ébauchent et s'évanouissent: ce n'est pas un mouvement de l'une à l'autre, mais au contraire l'impossibilité d'un rapport entre deux déterminations, puisque l'une n'apparaît pas sans que l'autre ait déjà disparu, et que l'une apparaît comme évanouissante quand l'autre disparaît comme ébauche. Le chaos n'est pas un état inerte ou stationnaire, ce n'est pas un mélange au hasard. Le chaos chaotise, et défait dans l'infini toute consistance. Le problème de la philosophie est d'acquérir une consistance, sans perdre l'infini dans lequel la pensée plonge (le chaos à cet égard a une existence mentale autant que physique)*[1]*.»*

Peut-être est-ce dans une atmosphère à la fois sereine, jubilatoire et héroïque que les nouvelles furent écrites; c'est dans ce climat-là qu'elles méritent d'être lues. Une fois constitués dix plans d'immanence distincts, tantôt animés d'enjeux esthétiques, tantôt d'enjeux affectifs et existentiels, tantôt d'une interrogation politique radicale, c'est notre manière même d'être en mouvement, de voyager, en corps et en pensée, d'habiter un lieu, qui s'éclaire.

Un tel éclaircissement mérite notre attention. Le mouvement, figure du changement selon l'espace, ne reçoit jamais de définition unifiée, ni en philosophie, ni dans les textes de Damasio. En effet, ce qui bouge, change, se meut, le fait toujours de manières multiples, contradictoires, alterne les vitesses grandes et faibles, jusqu'à s'immobiliser, et, surtout, est toujours susceptible de se dégrader, mystérieusement, en un simple simulacre de mouvement. Création ratée, mémoire

1. *Ibid.*, p. 44-45. La définition ici proposée du «chaos» ne va pas de soi, et rencontre, dans l'œuvre même de Deleuze, et dans les textes de Damasio, une compréhension et un usage très différents du concept de chaos. En effet, de celui-ci, on pourrait ne pas retenir la force de «néantisation», la puissance de destruction, mais au contraire l'inlassable productivité, la générosité d'être foisonnante et toujours renouvelée. En ce sens, lorsque nous écrivons «conjurer le chaos», nous avons en tête la possibilité que soit décrit le même geste d'A. Damasio par de tout autres mots: trouver dans un chaos de vivacités, de multiplicités, les ressources nécessaires pour surmonter l'expérience du néant (mort ou rupture), et permettre à l'individu de s'ouvrir à nouveau au monde…

lacunaire, deuil insurmonté, obsession de la sécurité et du confort, révoltes politiques trop peu pensées et contre-productives : l'énergie cinétique d'une vie qui s'engage dans le monde est toujours susceptible d'être récupérée et de disparaître. Victoire finale du « chaos » ? Triomphe des simulacres, empire de l'erreur ? Isolation par l'insulation narcissique des êtres ? Face à cette éventualité, dix fois nous rencontrons l'occasion de *« donner consistance sans rien perdre de l'infini*[1] *»*, par-delà les simulacres.

Tout devrait, en art, commencer au désert. Là seulement, en effet, se déploie l'illimité du *désir*, la grande vie inorganique que Deleuze et Guattari surent décrire et suggérer. *Hybris*, démesure, é-norme, vie impersonnelle. Non pas l'affirmation sauvage d'un désir destructeur, consommateur, prédateur, mais lieu de l'offrande de soi (Oroshi, Caracole, Golgoth même…), ouverture accueillante à toutes les griffures du monde. La création artistique est l'une des manières « athlétiques » de parvenir à cette grande vie multiple, libérée de la petite intériorité recroquevillée du « moi » — celle à laquelle parvient également le schizophrène, selon *L'Anti-Œdipe*. Créer sera donc sortir d'un schéma de production dans lequel toute l'énergie subjective viendrait se déposer, et s'annihiler, en se fossilisant, dans l'œuvre objective. Créer ne peut plus signifier, non plus, l'imposition d'une forme

1. *Ibid.*

préexistante à une matière brute et informe. Dès lors, comment « faire consister » ? Incarner sans forcer une matière à s'informer ?

La sensualité du mouvement félin, souvent présent dans le recueil, et la volupté de l'étreinte amoureuse, source potentielle de rédemption dans et par l'immanence de l'instant, ajoutent une particularité à la démarche de Damasio. Dans les nouvelles de celui-ci, il y a bien le désert, mais il y a plus. Le désert, et l'ambition de parvenir tout de même à l'organique, à la tendresse de la chair, par un jeu incessant de « coulées », de « bonds », microdynamiques du corps mises au service de sa restitution sensuelle. Équation sommaire : « Damasio = Sahara + Ezéchiel 37, 6 — Yahvé ». Il s'agit de mettre la plus grande vie dionysiaque et euphorique à la température d'un corps humain, au minéral de rajouter la vivacité et la douceur d'une chair, en lui soustrayant tout recours au divin : *« Je mettrai sur vous des nerfs, je ferai pousser sur vous de la chair, je tendrai sur vous de la peau, je vous donnerai un esprit et vous vivrez, et vous saurez que je suis Yahvé. »* Par là, Damasio atteint ce que Deleuze appelait la « Figure », manière de faire penser sur le plan d'immanence non plus de manière conceptuelle, mais par « affects » et « percepts ».

Premier test de consistance face au défi d'un infini jaillissant : *Hybris*. C'est la rencontre joyeuse et amicale de l'écriture et de la sculpture, due à la série *Humanofolie* du sculpteur Jean Fontaine, ami d'Alain Damasio. Sculpter et écrire ont un commun enjeu :

non pas affronter la matière, mais devenir le maître de la lumière. Face à Anje, la furtive Sarah Calys, « celle qui sculpte la lumière », a trouvé une solution énigmatique. Quant à Anje, il figure un artiste pris dans le paradoxe classique de la production : faire advenir au jour, bombarder de lumière un être, faire entrer un objet dans la phénoménalité, l'élever à la dignité et à la clarté de la manifestation sensible (sens originel de toute *tekhnè*, qu'elle soit artisanale ou artistique), c'est aussi le perdre immédiatement, en le figeant. C'est abîmer une énergie vivante. La Figure se dégrade en fixation, et ne s'obtient que par prédation, comme le montre l'étrange scène de chasse menée par Anje dans la sidérurgie, qui va le mener à une fusion hybride entre l'artiste et son œuvre, le chasseur et sa proie. Échange des chairs, des conditions (charnelle et métallique), des phénoménalités (apparition spontanée, *physis*, et apparition provoquée, *tekhnè*), jusqu'à leur mélange surhumain. Ici, faire consister revient finalement à retourner, par-delà l'acte de prédation auquel se livre Anje, à un mouvement chtonien sourd, incandescent, celui qu'évoque précisément le golem en décrivant la coulée de fonte portée à 1 500 °C : *« C'est ici que tout naît... C'est le sang du monde, qui nous crée tous. L'Orange Sang. Le feu liquide qui a fait notre Terre. La Magmatrice... »* Peu importe qu'ensuite le galeriste Mika comprenne cette rencontre hybride comme un acte radical de sculpture de soi, par une interprétation trop littéraliste de l'impératif humaniste de pic de la Mirandole (sculpter sa propre statue) ou de la thématique foucaldienne de la vie comme œuvre : le mouvement auquel l'artiste s'est ressourcé, même pour une dernière fois mortelle, n'est pas pure invention : Anje ne fait que *retrouver*, pour l'enserrer en une forme provisoire, et méconnue de l'artiste jusqu'à l'instant précis de son apparition, une énergie venue d'ailleurs et d'autrefois.

Retrouver : c'est sous le motif de la réminiscence que la même ambition se fait jour sous la plume de Damasio dans un texte bref, déroutant, inattendu, celui qui prête son nom au recueil. L'anecdote y est occasion de révéler la quête esthétique. Comme les mystérieux « formeurs », capables de susciter des mondes pour y déployer la quête d'un ressouvenir, l'auteur tente ici d'abolir le temps linéaire (passage de l'avant vers l'après) par la technique stylistique du « faseyage polychrone », démultiplication des temps, des personnes et des événements. C'est ici le buissonnement des scènes qui, contre toute attente, fait office de méthode pour affronter le néant. Le néant est ici souffrance, asphalte et sang répandu ; c'est un affect susceptible de dénaturer tous les souvenirs au point de les faire disparaître. La plus haute quête intime, celle qui réclame de tisser un récit valide pour organiser la mémoire, se mue en enjeu esthétique : il s'agit de déployer des mondes pour organiser la grande restitution. Il *faut* que tout, un jour, soit redonné, que l'amour rejaillisse pur, que, le temps aboli, la réalité se trouve rendue, consolidée par toutes les ressources de l'écriture. *Aucun souvenir assez solide* est le point de néant qui révèle négativement la quête éthique et esthétique du recueil. L'exception ébranle et confirme la règle : une fois n'est pas coutume, dans une œuvre majoritairement optimiste, A. Damasio laisse planer le doute sur l'éventualité d'un heureux dénouement. C'est ailleurs que l'auteur trouvera comment, par un gambit joyeux, (se) redonner la totalité de ce qui fut vécu, et ne voir dans la souffrance, la rupture, l'effondrement, qu'un ralentissement momentané de l'élan de la vie.

Pour réussir ce gambit, proposer en offrande son être et se voir restituer la plus grande vie dionysiaque, douce et éternellement soulageante (les destins de Caracole, de Golgoth, et plus encore peut-être d'Oroshi Melicerte sont encore vifs dans notre mémoire…), Alain Damasio retrouve dans *El Levir et le Livre* certaines notations de Mallarmé. D'une confrontation soutenue avec le néant, le poète ressortit habité d'une conviction : la fiction est, dans le monde, la pensée, les Lettres, omniprésente — *« Enfin la fiction lui semble être le procédé même de l'esprit humain – c'est elle qui met en jeu toute méthode, et l'homme est réduit à la volonté*[1]. *»* Que tout soit fabriqué, forgé, inventé, ne mène à aucun désespoir, mais au contraire surmonte celui-ci de manière éclatante. À ce point-là, l'opposition entre la vie et le livre se complique au point de devenir caduque, et

1. Mallarmé, « Notes sur le langage », in *Igitur. Divagations. Un coup de dés*, Gallimard, « Poésie », p. 66.

la plus haute intensité de vie peut s'obtenir au point où les deux fluides élémentaires, sang et encre, se confondent enfin.

Suite à l'impérieuse prophétie (mais une prophétie qui ne provient d'aucun arrière-monde, comme le révélera la chute, et ne se réclame d'aucun dieu extérieur au plan du livre et du corps d'El Levir) qui ouvre la nouvelle, El Levir réalise en quelque sorte son « plan d'immanence » : le monde devient une surface parcheminée sur laquelle chacun, par un effort d'ascèse, peut venir inscrire idées, devenirs, lettres de plus en plus grandes, et déployer la vitalité de son corps, jusqu'à ce que ce corps, affranchi de toute limite, acquière les dimensions du monde lui-même. Ainsi se donne la vie nue. Sacrifice ? Oui et non. Gambit, plutôt, impressionnant certes (écrire du rouge de son propre sang sur le bleu du ciel, vaporiser sa vie sur le monde entier), mais lisible comme une figure de l'abolition de la violence, en réalité. El Levir, comme bien des héros damasiens (Spassky…), est un grand Quitté qui reçoit, de l'abandon ascétique de son individualité, la grâce de redevenir un grand Vivant. Son destin de personnage tient tout entier dans la dissipation d'un simulacre : cette complaisance morbide dans l'échec amoureux qui surestime l'empire de la solitude. Et puisque Damasio livre souvent de manière transparente les clés nécessaires pour le lire, revenons à l'une d'elles : *« L'écriture du Livre par El Levir figure non seulement au ciel ultime de ce que peut viser un scribe, mais cela reste, plus modestement, plus crûment, comme un acte qui montre ce qu'un homme dépouillé par l'ascèse, libéré de l'espoir et gorgé d'azur brut peut atteindre, pour peu que l'animal rythme dans le cube humain sa ténacité rouge qui est la vie nue.* » Le cru, le brut, le nu : l'élémentaire et le vital sont bien redonnés à El Levir, une fois assumée et accomplie la station athlétique de l'ascèse, qui dissipe toutes les illusions et redonne célérité aux émotions et à la pensée. Là, seulement, par la dissémination de lettres parfaitement singulières sur le plan du monde, seront reliées entre elles des *heccéités*, des choses absolument uniques (*ce* ciel, *ce* corps, *cet* animal…), prêtes à acquiescer joyeusement au spectacle de leur devenir. Quand le Livre vibre sous l'effet de sons purs qui signent la présence conspirante de toutes les singularités, alors la Vie, lien pur, apparaît dans sa folle nudité : libre.

Alors s'approfondit notre enquête sur le mouvement, et sur l'énigme de ses simulacres (le fait, somme toute étrange, qu'il y ait de *faux* mouvements…), selon deux pistes principales, souvent indémêlables dans le corps de la narration : mouvement de l'existence individuelle, mouvement de libération politique.

Être, exister, ce n'est pas se contenter d'être là, ni entretenir son identité à soi, son « petit secret », ses névroses et fêlures passées. Une telle facilité est impossible dans un monde qui toujours nous sollicite, et nous impose l'immense marée de son mouvement (les eaux de *Sam va mieux*, la mer d'asphalte de *So phare away*), et où tout *sur place* équivaut à un effondrement. L'athlétisme corporel et affectif, encore et toujours : être en vie, c'est réagir aux sollicitations (op)pressantes du monde en tentant d'y apposer sa patte, son signal lumineux coloré personnel, sa vibration singulière.

Le mouvement sourd et souterrain de la matière, menace de submersion, encourage le père héroïque de Sam à prendre de la hauteur. Mais il est alors crucial de déterminer à quelle hauteur on a droit lorsqu'on évolue sur un plan d'immanence qui n'admet aucune extériorité radicale, aucun refuge, dénoncé par avance comme illusoire, dans un arrière-monde. La mise en scène de Notre-Dame de Paris et de la Sainte-Chapelle, et le rappel de la fonction originellement politique de la religion (créer un sentiment de communauté puissant) peuvent ainsi être lus comme le récit d'un geste typiquement nietzschéen : prendre toute la mesure de la tentation de se reposer dans la figure d'un Père extérieur, aller au bout de cette tentation, jusqu'à comprendre que la seule possibilité acceptable sera d'acquiescer à tout ce qui advient. Se faire le père de ses propres devenirs, trouver dans l'enfantement créateur — Sam — le moyen de réfuter la solitude et de surmonter la folie (ou de vivre celle-ci de la manière la plus magnifiquement vivante).

Puissance de l'air mis en vibration, création de son propre aérophone, ou de son propre aérophore, aération de petites existences qui « sentent le renfermé », comme aurait dit le Nietzsche de *Par-delà Bien et Mal*: gestes et thèmes fréquents dans l'œuvre d'A. Damasio. Il y est toujours question, au fond, d'une origine qui n'en est pas vraiment une : au commencement, la musique, la note de harpe (instrument de l'ascète Zeleude, lieu d'une course effrénée aux Enfers pour Annah et son père…), le son créateur de sens. *Sam va mieux* met en scène l'éternel retour de la musique, les retrouvailles d'une ritournelle d'amour qui n'avait jamais cessé d'être entonnée, et qui l'est magnifiquement, dans la nouvelle, par la ville elle-même. Redécouverte du paradoxe bien formulé par Peter Sloterdijk : on n'est quelqu'un qu'à deux ; il n'existe pas de subjectivité vive et viable qui ne soit, dès l'origine, une dyade, un couple d'êtres qui s'aiment et, tournés l'un vers l'autre, forment une bulle d'être merveilleuse. Au commencement, qui revient toujours, donc : la musique des dyades aimantes, celle du souffle d'air qui permet à ceux qui s'aiment de prendre ancrage et consistance dans le monde — alors ils s'a*rr*iment.

Annah à travers la Harpe médite plus avant l'oubli contemporain de cette originarité de la dyade. En raison du primat désormais accordé à la techno-science, afin qu'elle scande toutes les étapes de la formation de notre individualité, nous ne savons plus, ou nous savons *mal*, qu'il faut toujours au moins être *deux* pour simplement réussir à *être*. Dès lors, il faudra à nouveau, comme dans *Sam va mieux*, mettre en œuvre un gambit pour que le sens de l'autre et le goût de l'ouverture au monde se trouvent redonnés. Pourquoi l'inattendue présence d'Enfers mythologiques sous la plume de Damasio ? Pour faire écho, peut-être, par le temps mythique, à la tentation proprement historique de retourner à Dieu et au passé, subie et surmontée par le père de Sam. Plus profondément cependant, de l'image des Enfers ou de l'Enfer, une lecture symbolique s'impose : on y verra alors moins une dépréciation plaintive et seulement *réactive* (donc forcément retardataire) des technologies immersives et englobantes, qu'une description de leur caractère circulaire (les cercles de l'Enfer…), et donc clôturant. Il ne sera en rien technophobe de rappeler que l'être humain est un animal essentiellement claustrophobe, dont la seule vraie patrie est le monde, c'est-à-dire un lieu ouvert d'où tout arrive, imprévisible et nouveau.

Qu'a-t-on fait à la petite Annah ? En l'exposant à toutes les propositions mafieuses (« qu'on ne pourra pas refuser… ») faites aujourd'hui par un certain complexe technologique qui comprend la prolifération de relations humaines virtuelles (réseaux sociaux, smartphones…), et les instruments de détection et de captation du monde extérieur, on a dépassé la stricte définition de ce que Peter Sloterdijk appelle l'anthropotechnique, pour basculer dans le « technococon ». Dans la conférence « La domestication de l'Être », le philosophe allemand rappelait que l'homme n'est pas un donné, un animal dont la nature et le comportement seraient spontanément établis, mais un construit et, plus exactement, le résultat d'une construction par lui-même. L'homme s'est humanisé par une technique, un artifice qui lui est propre, et qui a consisté en un jeu à double sens : se créant une intériorité (toit, maison, famille…), *domestiquant* donc la réalité, lui donnant, en un premier temps, la forme d'un milieu clos et protecteur où il n'est pas exposé au danger, l'homme s'est donné la possibilité d'avoir un rapport ouvert avec la plus grande extériorité. L'homme est le seul être pour qui le réel est a priori « ouvert », n'est pas uniquement un monde à l'entour, un environnement dont les limites sont (pré)définies. C'est par son autofabrication que l'homme a accédé à une expérience des choses différente de celle de l'animal, expérience dont le trait fondamental est l'« ouverture », la possibilité de l'événement, de l'effraction, du surgissement de l'imprévisible. Technique et humanité vont de pair ; d'autant plus étrange est la manière dont la technologie, originellement vouée à donner accès au monde, s'est repliée sur elle-même[1], et enferme aujourd'hui chacun dans une sorte de bulle de confort constituée d'écrans et de capteurs. En surprotégeant Annah,

1. C'est sur ce point, sans doute, que l'analyse d'Alain Damasio des nouvelles technologies diffère sensiblement de celle de Peter Sloterdijk. Ce dernier annonçait en effet, à la fin de la conférence citée, l'hypothèse d'un dépassement du fait politique de la domination, une fois atteint un certain seuil de développement de la technologie cybernétique, nano, etc. Comme on le verra, le travail d'Alain Damasio vise plutôt à rendre sensible la persistance des problématiques politiques du pouvoir, de la domination, de l'inégalité, de l'injustice, au cœur d'un monde où la technologisation des existences produit l'atrophie de la conscience politique individuelle.

en la coupant du monde, on lui a imposé une forme de perception univoque : le monde n'est susceptible d'être capté que pour autant qu'il représente un danger. La philosophie de la perception que mobilise implicitement le technococon est une philosophie xénophobe et néo-phobe : l'altérité n'y est prise en compte que lorsqu'elle est détectée comme danger. Le technococon n'est qu'un dispositif noci-ceptif.

Alain Damasio parle alors de « monade », en un sens, à certains égards, novateur. On doit à la *Monadologie* de Leibniz l'apparition et la diffusion de l'idée de monade. Une monade, au sens leibnizien, est une unité infiniment divisible, une sorte de point d'énergie ; toutes les monades constituent la réalité que nous connaissons. La monade, dans la théorie de Leibniz, a pour caractéristique de ne pas pouvoir être modifiée radicalement par la rencontre avec d'autres monades ; en termes contemporains, elle n'a pas de rapport à une vraie « altérité ». Elle a cependant des relations, en nombre aussi grand que l'on voudra, avec la totalité des choses du monde, avec lesquelles elle coexiste harmonieusement. Point de vue ou perspective singulière sur le monde, elle « exprime le monde » : à partir d'elle, on peut déployer la totalité d'un monde, ou l'en déduire. Elle est vivante, reliée, et entre en rapport d'expression ou de communication avec toutes les autres monades. Cependant, jamais aucune d'elles n'a la possibilité de transformer les autres ou d'être transformée radicalement, puisqu'un immense programme originel, l'« harmonie préétablie », a réglé d'avance la manière dont « tout conspire », se tisse et s'entrelace.

Là est le point crucial : la monade ne connaît pas l'« autre », l'événement, le nouveau. C'est cet aspect-là de l'idée de monade qu'Alain Damasio a su réifier sous forme d'une bulle matricielle et maternante de confort moite et régressif. Annah est l'enfant d'une époque qui a oublié qu'on n'est un soi qu'exposé, pour le meilleur et pour le pire, à l'autre, et qui dégrade la liberté, laquelle implique d'accepter le risque, le dehors, en une capacité d'autodéfense face à un monde dont on ne perçoit plus que l'agressivité. Annah est l'hyperbole d'un enfant devenu proie du seul fait que la technologie ne veut reconnaître, face à elle, que des prédateurs.

Aimer n'est pas surprotéger, mais laisser libre : voilà qui paraît bien trivial. Mais cela ne l'est plus, depuis que la mise en réseau technologique des individus les a rendus politiquement amnésiques, affectivement pantouflards, et physiquement frileux. *So phare away* explore une autre conséquence de cette mise en réseau généralisée des êtres, l'« infobésité ». Celle-ci est suggérée par le couple d'éléments asphalte/lumière. Trop de langage tue le langage ? À nouveau, l'idée est depuis longtemps repérée. L'originalité de la nouvelle tiendra à prouver que la saturation du langage n'a pas uniquement pour effet la production de « bruit blanc », ou la banalisation des rapports humains, mais que, plus gravement, elle rétrécit le monde, le rapetisse, et y réinstaure

— simulacre du mouvement de libération de la parole — les rapports de domination les plus iniques. Annah était seule dans sa bulle, voici Farrago et Sofia seuls dans leur phare. Insulation originaire qui tourne à l'isolation, monadisation qui rend impossible la joie de nomadiser et d'aimer. Quel est ici le simulacre dénoncé par Damasio ? Il est celui d'un affadissement des schémas issus de la théorie critique, affadissement qui finit par les retourner en leur contraire, donc en instruments de pouvoir. Rhizomes, réseaux, capillarités, archipels, multiplicités, désir pur : la langue des phares, langue de lumière buissonnante, aveuglante, pure écume d'êtres en voie d'évanouissement, n'est rien d'autre que le singe de presque tous les grands concepts inventés ou réactivés par Deleuze et Foucault. Tout le monde brille en même temps, irradie, crie du photon en permanence, tout simplement parce que les technologies de communication le permettent. Mot d'ordre moral et politique implicite — « Je te rends capable, donc tu dois » — à quoi l'on, ou « ça », obéit collégialement, et d'autant mieux qu'on ne le sait pas mot d'ordre.

Light power : par-delà même le *soft power*, gouvernance généralisée par l'arme la plus *légère* qui soit — la *lumière*. Les marées d'asphalte sont peut-être l'image d'un monde réel qui n'a jamais été aussi peu déchiffrable, aussi peu plastique, paradoxalement (toute coulée se fige, toute chaleur se refroidit et emprisonne ce qu'elle saisit), et il revient à la démultiplication des communications par les *mass media* et par l'encouragement technologique à l'expression de soi primaire et irréfléchie (de mon phare, j'émets sans attendre réellement de retour, simplement pour le plaisir d'émettre, et *parce que tout le monde le fait*...) de faire oublier cet obscurcissement et ce durcissement conjoints du monde. Lequel n'a jamais été aussi cruel, mais peu importe : pour en ressentir de l'angoisse, il faudrait quitter la lumière, dé-saturer un langage fasciné et fascinant par sa pure matérialité (il reviendra à Loupiote, l'un des nombreux avatars de l'enfant libérateur, joueur, et grand vivant qui jalonnent le recueil, de trouver la clé colorée d'une telle dé-saturation), qui ne se mêle plus ni d'avoir un sens ni d'avoir le moindre rapport consistant avec un monde qu'il n'est là que pour voiler.

Derrière la critique, politiquement exigeante, de ce narcissisme qui croit faire une parole de la moindre pulsion ou de la moindre opinion, *So phare away* retrouve la critique deleuzienne de la « communication ». Il ne s'agit pas, par autoritarisme pur, d'empêcher quiconque de s'exprimer, mais de rappeler qu'on ne fera jamais, avant de parler, l'économie d'un acte de création. Deleuze et Guattari écrivirent ainsi, affrontant la théorie de l' « agir communicationnel » de Jürgen Habermas[1] : *« Si la philosophie se reterrito-*

1. Le cœur de cette théorie consiste à affirmer que l'individu ne forme sa subjectivité, et ne tient de possibilité d'avoir une expérience du monde, que dans l'activité de la communication : je ne suis pas sujet avant de parler, mais c'est en parlant que je me forme et que j'acquiers la possibilité de penser et d'agir.

rialise sur le concept, elle n'en trouve pas la condition dans la forme présente de l'État démocratique, ou dans un cogito de communication plus douteux encore que le cogito de réflexion. Nous ne manquons pas de communication, au contraire nous en avons trop, nous manquons de création. Nous manquons de résistance au présent[1]. » Ce n'est jamais par mépris ou méfiance envers la liberté d'expression individuelle, mais bien au nom d'une redéfinition de la pensée en termes de création, qu'Alain Damasio en vient à prôner une raréfaction des signes. La couleur est rare, c'est pourquoi c'est elle qu'il faut créer, sans se contenter de relancer la blancheur morbide et mortifère d'une lumière informe et insensée.

So phare away, comme *C@ptch@*, rend sensible l'idée d'une désaturation de l'espace, des réseaux, et se souvient de la part d'ombre nécessaire à toute vie pour mûrir avant de s'offrir à la lumière. La ville est la métaphore la plus consistante de cette saturation des réseaux et par les réseaux. Il est intéressant de constater à quel point Damasio s'en sert, très souvent, comme d'un terrain d'expérimentation antithéologique. La sociologie et l'histoire ont depuis longtemps repéré la puissance de désenchantement et de sécularisation de la ville. Plus un peuple s'urbanise, moins il croit en Dieu, et les villes, comme dans les romans de Sartre, sont peut-être par excellence le lieu minéral où souffle

1. Gilles Deleuze, Félix Guattari, *Qu'est-ce que la philosophie ?*, *op. cit.* p. 104.

le plus grand vent de liberté que procure l'athéisme radical. Cependant, la ville recèle toujours la possibilité d'une réapparition du divin, par réinstauration de principes unitaires : la Capture, la Communication, le Réseau, le Quadrillage, qui deviennent autant de nouvelles théologies succédant à la mort de Dieu. Dans les villes, l'histoire des simulacres religieux, travestissement du mouvement infini de la pensée, se poursuit, par une sorte de passage à la limite : la ville capturera les êtres, ou les forcera à parler, jusqu'à vider ceux-ci de leur substance, et jusqu'à n'être plus qu'un processus pur, maximal, intransitif, qui ne porte plus sur aucun objet. Capture qui n'a plus de « dehors » à capturer, communication qui n'a rien d'autre à communiquer qu'elle-même : l'analogie avec les définitions traditionnelles de Dieu (pensée de la pensée, acte pur d'être, etc.) est ainsi frappante. C'est à notre sens le mérite d'Alain Damasio d'avoir souvent montré que, derrière la technophilie la plus débridée, et derrière les mirages d'une expression de soi incessante, se profilent une nouvelle forme de *piété* et un enthousiasme (dont il faut réactiver l'étymologie) aux effets politiques d'autant plus conséquents qu'ils ne disent ni leur nom, ni leur origine véritable.

Le mouvement qui s'incarne sur le plan d'immanence, sans se réduire à la trace qu'il laisse, porte en lui nécessairement, si l'on suit Deleuze et Guattari, une portée politique : il est utopie. Penser, c'est, politiquement, connaître un devenir-révolutionnaire, provoquer, dans la trame serrée des faits historiques, la déchirure d'un événement, d'une « nuée non-historique » (Nietzsche). Mouvements esthétique et existentiel ne trouveront donc pas leur couronnement ailleurs que dans cet *ici et maintenant* pensé et appelé par la philosophie politique révolutionnaire. Les nouvelles d'Alain Damasio, comme ses deux romans, témoignent bien de cette centralité de la politique : tout vrai mouvement ne peut manquer d'être une volte, et se doit d'incarner le pôle du Rebelle absolu. Il doit être l'anarchie réalisée dans la figure d'un individu suprêmement vivant. Penser, écrire sont des gestes politiques. En tant que tels, ils sont naturellement explosifs, producteurs d'une énergie libérée et libératrice, flux purs ne connaissant a priori aucune limite (et c'est bien là la compréhension proprement deleuzienne du « dionysiaque » : moins l'ivresse nocturne et pulsionnelle que l'accès à l'illimité, à l'infini).

Toute la difficulté consiste alors à éviter la captation (« C@ptch@ ») de cette énergie de révolte par le système politique et économique d'asservissement fonctionnant par récupération de toutes les forces qui feraient mine de s'opposer à lui. Ce système, pour Alain Damasio, héritier en cela de la French Theory, c'est le capitalisme. Dans *L'Anti-Œdipe*, Deleuze et Guattari proposaient du capitalisme une interprétation stimulante. Tous les grands flux circulant dans le monde (langage, désir, biens, argent…) avaient été codifiés, au cours de l'histoire précapitaliste, par certains systèmes politiques (désignés comme « despotiques »). Ces flux avaient été codés ou « surcodés », pour prendre forme et demeurer relativement contrôlables. Il est de la nature même du capitalisme d'avoir décodé intégralement tous ces flux, les rendant à nouveau disponibles pour une circulation intense, multiple et planétaire. Apogée du mouvement, par son affranchissement de tout code et par sa planétarisation ? Non, bien plutôt son simulacre le plus abouti, notamment par le fait que ces flux sont toujours, dans le système capitaliste, réglés à nouveau par l'invention de nouvelles normes, de contraintes, par de nouvelles « axiomatiques ». La C@ptch@, la bague, la privatisation du langage mises en scène dans les nouvelles « politiques » du recueil peuvent ainsi être lues comme autant de résistances possibles à ce couple décodage-des-flux/ré-axiomatisation, couple qui fait du capitalisme le système politique le plus puissant et le plus englobant jamais apparu. En effet, il peut laisser n'importe qui se rebeller contre lui, il a, comme un moteur, la capacité de récupérer toute l'énergie produite par l'explosion, la révolte, pour peu que, justement, l'individu produise encore quelque chose : *« ton capital ou ta force de travail, le reste n'a pas d'importance, on te retrouvera toujours dans les limites élargies du système, même s'il faut faire un axiome rien que pour toi*[1] ». Fatiguez-le, c'est justement ainsi qu'il (vous) récupère.

1. Gilles Deleuze, Félix Guattari, *L'Anti-Œdipe. Capitalisme et schizophrénie I*, Éditions de Minuit, 1972, p. 298.

Dans *C@ptch@*, Alain Damasio pousse à son point extrême le trait dominant du rapport technologique au monde : la prédation. Impersonnelle, la capture, captation, récupération, prend alors les traits d'un ogre dévorateur d'enfants, bouleversants petits êtres du Libre condamnés à survivre en mangeant de la matière *junk*. Mais il ne s'agit pas uniquement d'une dénonciation unilatérale du système-Moloch ; la singularité de l'approche damasienne de la politique tient à une certaine élégance dans l'analyse : jamais n'est dénoncé comme une sorte d'entité macrostructurelle, invincible et intégralement mauvaise, le « système » ou le « capitalisme », sans qu'y soit immédiatement ajoutée une approche clairement nietzschéenne. Il y a des lignes séparatrices entre dominants et dominés, il y a des prédateurs et des proies, du maître et du serviteur, cependant ces lignes ne passent pas entre le « système » et les individus, mais toujours au cœur même des individus, dans le jeu multiple de leurs pulsions. Il y a des personnages aristocratiques, des élans inégalitaires aussi, dans les récits de Damasio, mais ils sont à lire comme l'image de pulsions intimes en chacun de nous. Le maître et l'esclave sont tous deux en nous.

C'est d'ailleurs le ressort ultime de la « Ville » captatrice : comme dans le *Discours de la servitude volontaire* de La Boétie, derrière l'empire froid d'un maître ou d'un pouvoir borgésiennement capable de s'accroître, de se ramifier, de s'épaissir à l'infini, il faut l'énigmatique consentement de l'individu qui, par fatigue, facilité ou goût pour le confort, « habitude » ou méconnaissance de ce qu'est la liberté, renonce à celle-ci. Tout pouvoir commence avec la maîtrise des visibilités ; mais le génie ultime du pouvoir est d'utiliser les yeux de ceux qu'il domine (c'est le sens de la « C@ptch@ ») pour parvenir à ses fins : *« D'où tire-t-il tous ces yeux qui vous épient, si ce n'est de vous ? Comment a-t-il tant de mains pour vous frapper, s'il ne vous les emprunte ? Les pieds dont il foule vos cités ne sont-ils pas aussi les vôtres ? A-t-il pouvoir sur vous, qui ne soit de vous-mêmes ? »* (La Boétie.)

La c@ptch@, capte-chat, mange des enfants : l'enfant, le chat sont symboles de liberté et de vitalité, d'une certaine qualité de mouvement qui entremêle innocence, instinct et création incessante. Il s'agit donc de les récupérer, de les sacrifier, et pour cela le meilleur moyen consiste à consommer leur chair par la « Démate ». Toute redéfinition de l'existence par le passage au virtuel est apparition d'un nouveau monde, d'une *seconde vie,* mais elle n'augmente pas la vie, puisqu'elle en capture et supprime définitivement la chair, l'odeur, le son. Contre cette logique sacrificielle, le gambit paternel du père d'Annah ne suffit plus, comme le montre le destin de Caleb. Il faudra qu'un enfant trouve, par un surcroît de vitalité pure, la réponse au pouvoir disciplinaire de la Ville.

Car c'est bien à la « discipline » qu'à nouveau Damasio s'est affronté. La discipline consiste, selon Michel Foucault, dans *Surveiller et punir*, en une technique ou une stratégie politique permettant de maximiser la rentabilité des corps humains (rendre une armée plus efficace, un peuple plus productif) en réalisant par ailleurs, et paradoxalement, une déflation de la présence du pouvoir. Plus le pouvoir réellement souverain est invisible, tels les rois d'Assyrie et les rois mèdes selon La Boétie[1], plus il est efficace, dans la mesure où l'arme inédite qu'il utilisera sera la mise en réseau généralisée des regards et des visibilités. Pour contrôler le réel, il faut le quadriller : le découper en carrés (voir la prédominance du carré, du cube, dans la Ville, image de la « pixellisation » du monde) et tisser un réseau où le pouvoir se trouve partout prolongé et démultiplié. Il est intéressant de se souvenir, grâce à Foucault, qu'un tel système de gestion de l'espace fut inventé pour répondre aux épidémies de peste. La discipline quadrillante est une stratégie qui s'applique essentiellement sur un réel *pestiféré*, et qui consiste à en maintenir la relative accessibilité (même en régime disciplinaire, les flux circulent), quoique la méfiance soit désormais la tonalité fondamentale sous laquelle on vivra et percevra le monde.

1. La Boétie écrit en effet : *« Les rois d'Assyrie, et après eux les rois mèdes, paraissaient en public le plus rarement possible, pour faire supposer au peuple qu'il y avait en eux quelque chose de surhumain et laisser rêver ceux qui se montent l'imagination sur les choses qu'ils ne peuvent voir de leurs propres yeux. Ainsi tant de nations qui furent longtemps sous l'empire de ces rois mystérieux s'habituèrent à les servir, et les servirent d'autant plus volontiers qu'ils ignoraient qui était leur maître, ou même s'ils en avaient un ; de telle sorte qu'ils vivaient dans la crainte d'un être que personne n'avait jamais vu. »*

Nombre des solutions intimes, enfantines, félines, féminines, charnelles et sensuelles (l'enfant, le chat, la femme) trouvées par les enfants de la C@ptch@ avaient été expérimentées dans *Le Bruit des bagues*. Nouvelle plus rapide, efficace, elle permet à Damasio de rendre sensibles les effets de contraction du monde produits par un acquiescement aveugle au techno-marchand. Que sont en effet ces bagues ? Comme tout anneau, un symbole de pouvoir, d'encerclement, donc la rechute du monde ouvert en un monde clos. Le processus va en deux directions : plus je laisse émettre sur mon compte des informations en direction du monde le plus lointain, plus, simultanément, c'est mon monde intime qui se contracte. Face à cette contraction, un « appel d'air » s'impose : il prend ici le visage d'une femme, cette « elle » qui avait culminé dans l'« Aile » de *Une stupéfiante salve d'escarbilles de houille écarlate*, et conjurera la « ligne de mort » des bagues par la « ligne de fuite » qui déterritorialise jusqu'au Maroc... et à la paternité. L'air s'incarne aussi dans la figure du « hacker », figure (neu)romantique de la révolte anarchique, du tricheur magnifique qui connaît de l'intérieur toutes les ficelles du pouvoir et du système, et peut ainsi les doubler, les prendre de vitesse, recréer, par le « black-out » l'événement désaturateur par lequel la réalité redeviendra vivante. La solution est toujours une fulguration, et les grands mouvements chers à Damasio (coulée, bond, volte) trouvent leur récapitulation incandescente dans la foudre, celle du coup de foudre amoureux (qui peut motiver un engagement politique), celle de l'événement, celle de l'attentat, celle du hacking.

C'est exactement ce qu'opère Spassky, le héros des *Hauts® Parleurs®*. Dans une mise en scène plurielle opérant par récits rapportés, Alain Damasio émet l'hypothèse d'une privatisation du langage, qui en est aussi, paradoxalement, la plus extrême dépersonnalisation. Il y a ici un point délicat à saisir : lorsqu'on cherche à transformer une réalité en propriété *individuelle*, on la perd comme réalité *singulière*. C'est parce qu'elle était unique qu'on la veut à soi, mais dès qu'elle est à soi, elle cesse d'être unique. Ainsi en va-t-il, dans la nouvelle, des mots, devenus objets payants, stéréotypés, uniformisés. Ils sont dégradés : du signe, on passe à la marque, et à son inévitable ®, exact contrepôle de l'air damasien (vent, foudre, aération, amour, liberté). L'analyse deleuzienne du capitalisme est ici pleinement opératoire pour lire efficacement la nouvelle. En effet, le capitalisme arrache les mots à leur ancien système de codage, souvent despotique (l'Académie française, création royale, garante du sens des mots…), pour les faire circuler à l'état de flux marchands. Libération absolue du langage ? Remise en mouvement généralisée des signifiants ? Non, puisque cela s'accompagne immédiatement d'une axiomatisation : le mot est affecté du *right* — ® —, donc capté et réinvesti dans un système de règles où la liberté de parler des individus leur sera facturée, pour la première fois dans l'histoire de l'humanité.

La cible du capitalisme, ce qu'il veut à la fois utiliser, rentabiliser, et détruire (*double bind*), c'est le singulier. C'est le fait qu'une situation, un être, un mot puissent revêtir toujours le poids, la force, la chair, de ce qui est unique, irreproductible, inclonable. C'est l'*intensif* (ce qui fait qu'un être vivant « tient », en une unité intégrative et dynamique, sans se résumer à la simple juxtaposition ou à l'agrégation de parties), c'est le déictique (le pouvoir de désigner une chose qui apparaît comme pour la première et pour la dernière fois, soustraite à l'empire du multiple). La cible ultime, ce sont, pour reprendre la terminologie deleuzienne, toutes les *heccéités* dont l'agencement produit une réalité riche, un univers de désir et de liberté. Quelle astuce, quel gambit, quel retournement salutaire, dès lors ? Un jeu d'enfants : faire de la cible privilégiée un hacker, de la proie un rebelle, et aller s'insérer au cœur de l'axiomatique pour en faire trembler les axiomes jusqu'à les faire exploser.

Descendre aux Enfers, retourner la Capture contre elle-même, c'est aussi ce que va accomplir Clovis Spassky. Spassky, héros damasien typique, quitté, porte en lui un surcroît d'amour et de sens de la chair. Il est donc apte à utiliser la technique du « monomonème maniaque », à se concentrer sur la puissance singulière d'un son, d'un morceau de mot, pour en réactiver le sel, et la puissance de germination sonore. Spassky éclaire d'ailleurs le goût prononcé d'A. Damasio pour les néologismes et les calembours :

dans l'échange arasant des signes, ces techniques sont des armes politiques. Elles permettent de transformer l'oreille, de rendre à nouveau irrécupérables les signes, les textes, les voix. Le principe de raréfaction, déjà vu dans *So phare away*, est à l'œuvre ici aussi : la rareté protège et, à ce titre, mérite d'être préservée (nonchaloir) ou bien, si jamais elle menaçait de sombrer dans l'impersonnel, d'être réactivée (non-chat loir, non-chat lent…).

Le monologue final de Spassky, morceau de bravoure militante et stylistique, est très significatif. Dans ce texte à thèse, où l'on croit parfois relire le Marx des *Manuscrits de 1844* (et son analyse célèbre de l'argent, inspirée de Shakespeare, comme opérateur magique d'inversion des qualités les unes dans les autres, qui fait que le laid qui a de l'argent devient beau…), Spassky choisit d'épouser la logique des axiomes capitalistes jusqu'au bout, jusqu'à l'écœurement, jusqu'à en révéler l'absurde. Il joue les règles du système contre lui-même, seul moyen d'en révéler le noyau d'inhumanité et de vacuité. C'est par ce gambit que Spassky recrée bel et bien une langue libre, restitue au langage son dynamisme propre, et ressuscite la vie des formes et des codes, par-delà la monétarisation mortifère des mots. Le mouvement politique est alors susceptible de se pluraliser en essaimant : d'un bond, d'une volte salutaire accomplie par un être héroïque, des processus ressurgissent, en une marée que plus aucune axiomatique ne parviendra à enclore.

C'est dans *Une stupéfiante salve d'escarbilles de houille écarlate* qu'à notre sens la série de succès dynamiques que nous venons d'évoquer — succès esthétique, existentiel, politique — trouve à la fois son origine (chronologiquement), son sommet, et sa récapitulation. Dès l'apparition d'Alticcio, avant même l'écriture de *La Horde du contrevent*, Alain Damasio détient le secret d'une mise en mouvement de l'être, d'un surmontement possible de toutes les limites d'une vie humaine (la rupture amoureuse, la solitude, la fatigue, la possibilité de figer la pensée dans l'erreur ou le simulacre). En faisant naître Barf, petit enfant-dieu fou (de joie) qui a pour seule règle un principe d'infidélité à soi-même, Damasio écrivait dans l'atmosphère sereine d'une immanence qui ne regrette rien des temps précédant la mort de Dieu. Écrire après la mort de Dieu, après l'évanouissement de la pensée substantialiste, après le descellement de l'un et du multiple au profit du multiple, après la fin des grands récits aussi, ne devait pas dicter de nostalgie ou de déploration, mais au contraire devenait l'occasion d'une écriture du mouvement, et en mouvement.

Selon un fragment énigmatique d'Héraclite, le temps du monde (ou de notre vie) est un enfant qui joue au tric-trac ; notre monde n'est régi par aucun principe d'ordre, il est la « royauté d'un enfant », anarchie joyeuse et créatrice baignant dans un climat d'innocence. Barf est l'un de ces enfants. Comme beaucoup d'enfants, il est à la fois innocent et cruel, et son jeu perpétuel, jeu sans principe et sans constance, jeu jouant avec l'idée même de règle, interfère avec le brûlant amour d'Île et d'Aile au point de mettre en péril la vie d'Île, en l'obligeant à prendre part à la course aérienne qui se joue dans Alticcio. Barf est le père du risque, et par conséquent l'exact symétrique de la petite Annah, enfantée par le refus de tout risque. Barf est l'événement d'une vie des formes généreuse et efflorescente, n'obéissant à aucune harmonie préétablie ; il est l'anti-Providence.

Le temps du monde, chez Damasio, est circulaire : il fait éternellement retour, et ce retour engendre des effets d'élévation de la vie à des degrés de plus en plus affirmatifs, joyeux et solaires ; c'est ce que suggère la course folle à laquelle Barf contraint hommes et créatures extraordinaires. Cette circulation, ou ce cercle élévateur, est la manière de faire consister l'infini du temps et du mouvement, et est la solution apportée par le récit lui-même à la destructuration temporelle — chaos, effondrement ou évanouissement — que subit Île, bellement rendue par le « faseyage polychrone », le jeu sur les temps et les modes grammaticaux. Laisser tout advenir et tout revenir dans l'épreuve suprême où l'on risque sa vie, c'est ce que parvient à accomplir Île, lorsqu'il décide de « partir avec l'image de la joie crue » ; c'est cette acceptation absolue de tout qui lui permet finalement de survivre. Nietzsche, encore, est là, en sous-jacence, à chaque page : vivre et être en mouvement signifient acquiescer à l'innocence du devenir, jusqu'à désirer que tout revienne, vivant, multiple, coloré :

« Mais dites-moi, mes frères, que peut encore l'enfant, dont le lion lui-même eût été incapable ? Pourquoi le lion ravisseur doit-il encore devenir enfant ?

« C'est que l'enfant est innocence et oubli, commencement nouveau, jeu, roue qui se meut d'elle-même, premier mobile, affirmation sainte.

« En vérité, mes frères, pour jouer le jeu des créateurs il faut être une affirmation sainte ; c'est son *propre vouloir que veut à présent l'esprit ; qui a perdu le monde, il conquiert* son *propre monde*[1]. »

On peut lire là la clé de l'écriture du mouvement chère à Alain Damasio. Elle tient en la conjugaison de deux éléments apparemment contradictoires : le mouvement a toujours déjà été là, multiple et infini, mais il nous revient pourtant toujours, par un geste créateur de monde, de le faire consister, de composer avec lui une trajectoire singulière, de le recréer en somme. La beauté, l'amour, la liberté sont trois dynamiques multiples qui ne peuvent s'éteindre, et pourtant il faut toujours, par-delà les simulacres que l'époque ne cesse de nous en proposer, les refaire, les recomposer, les ressusciter. S'intégrer à un mouvement, à une lame de fond, à une onde vibratoire primordiale, s'intégrer soi comme être consistant en prenant en cours de route cette immense trajectoire, et

1. Nietzsche, *Ainsi parlait Zarathoustra*, « Des trois métamorphoses », GF, trad. Geneviève Bianquis, p. 65.

néanmoins avoir toujours à la préparer, à la susciter, à la faire advenir : c'est à faire cela que nous aide l'écriture d'Alain Damasio, par quoi elle est comparable à l'art du *shapeur*, cet artisan fabricant de planches de surf toujours singulières. Les dix nouvelles qui viennent d'être lues sont comparables à dix planches de surf permettant de *s'entendre du mouvement*, selon l'heureuse expression de Gibus de Soultrait[1], et de constituer, par là, notre « intégrité ». La vie qui souffle dans les récits de Damasio est bien cet immense élan liquide ou énergétique pur (le vent, le vif, le mu… et leurs avatars et déclinaisons : l'enfant, le chat, la coulée charnelle ou sensuelle, le bond) qui vient parfois s'individualiser dans la matière. L'élan vital bergsonien de l'*évolution créatrice* est ici à l'œuvre : la vie est une gerbe surabondante dont les retombées et les arrêts provisoires rendent possible notre existence ; mais toujours nous gardons le sens de cet élan primordial qui jamais ne se laisse enclore. De même, les personnages damasiens sont de grands « vivants », c'est-à-dire de grands claustrophobes, amoureux de l'air et de l'Ouvert. Champions de toutes les aérations, celles de l'espace, du son, des mots, du collectif, et de ce fait totalement libres, entrés en un jeu d'échos fou avec les mouvements du monde, les personnages d'Alain Damasio tracent et suivent leurs lignes de fuite, tel le surfeur qui n'existe et ne consiste que dans la *furtivité*.

1. Voir *L'entente du mouvement*, Gibus de Soultrait, Éditions Surf Session, 2011.

Premières publications des nouvelles du recueil

Les Hauts® Parleurs®,
in *Une autre mondialisation en mouvement*,
Éditions Mango Documents (2002)

Annah à travers la harpe,
in *Ceux qui nous veulent du Bien*,
Éditions La Volte, 2010.

Le Bruit des Bagues,
in *L'Expansion*, n°723 (2007), fin modifiée par l'auteur pour le présent recueil, en mars 2012.

C@ptch@,
nouvelle inédite.

So Phare away,
in *Galaxies*, n°42 (2007)

Les Hybres,
in *Chimères*, n°75 (2011)

El Levir et le livre,
in *Libelle* éd. du DESS de la Sorbonne (2001),
et en roman graphique chez Organic Éditions (2009)

Sam va mieux,
in *Le Jardin Schizologique*, Éditions La Volte (2010)

Une stupéfiante salve d'escarbilles de houille écarlate,
nouvelle inédite.

Aucun souvenir assez solide,
in *Galaxies*, n°38 (2005)

Les Hauts® Parleurs® 11

Annah à travers la Harpe 55

Le bruit des bagues 89

C@PTCH@ 107

So phare away 155

Les Hybres 205

El Levir et le Livre 225

Sam va mieux 265

Une stupéfiante salve d'escarbilles de houille écarlate 291

Aucun souvenir assez solide 353

Postface de Systar : Portrait de Damasio en aérophone 357

DU MÊME AUTEUR

Aux Éditions la Volte

AUCUN SOUVENIR ASSEZ SOLIDE (Folio Science-Fiction n°474)

LA HORDE DU CONTREVENT (Folio Science-Fiction n°271

LA ZONE DU DEHORS (Folio Science-Fiction n°350)

LE DEHORS DE TOUTE CHOSE

LES FURTIFS (Folio Science-Fiction n°674)

« Sam va mieux », nouvelle dans LE JARDIN SCHIZOLOGIQUE : NOUVELLES APPARUES DANS LE MIROIR

« Le Chamois des Alpes bondit », nouvelle dans FAITES DEMI-TOUR DÈS QUE POSSIBLE : TERRITOIRES DE L'IMAGINAIRE

« Serf-made-man ? Ou la créativité discutable de Nolan Peskine », nouvelle dans AU BAL DES ACTIFS, DEMAIN LE TRAVAIL

Aux Éditions Gallimard

SO PHARE AWAY et autres nouvelles (Folio 2€ n°5897)

Chez d'autres éditeurs

EL LEVIR. Nouvelle graphique, APDRAMA-Organic

MONDIALE TM. Illustrations de Beb-Deum, Les Impressions nouvelles

« Définitivement », nouvelle dans APPEL D'AIR, Éditions ActuSF

« Disparitions », nouvelle dans APPEL D'AIR, Éditions ActuSF

« Étranger, ici on aime les étrangers », nouvelle dans DÉCAMPER : DE LAMPEDUSA À CALAIS, La Découverte

« Hyphe... ? », nouvelle dans ÉLOGE DES MAUVAISES HERBES : CE QUE NOUS DEVONS À LA ZAD, Les Liens qui libèrent

« Trois nuances de jaune », nouvelle dans GILETS JAUNES : POUR UN NOUVEL HORIZON SOCIAL, Au Diable Vauvert

Dans la même collection

598. Laurent Kloetzer	*Vostok*
599. Erik L'Homme	*Phænomen*
600. Laurence Suhner	*Origines* (QuanTika, III)
601. Len Deighton	*SS-GB*
602. Karoline Georges	*Sous-béton*
603. Martin Millar	*La déesse des marguerites et des boutons d'or*
604. Marta Randall	*L'épée de l'hiver*
605. Jacques Abeille	*Les jardins statuaires*
606. Jacques Abeille	*Le veilleur du jour*
607. Philip K. Dick	*SIVA*
608. Jacques Barbéri	*Mondocane*
609. Romain d'Huissier	*Les Quatre-vingt-un Frères* (Chroniques de l'Étrange, I)
610. David Walton	*Superposition*
611. Christopher Priest	*L'inclinaison*
612. Jacques Abeille	*Un homme plein de misère*
613. Romain Lucazeau	*Latium I*
614. Romain Lucazeau	*Latium II*
615. Laurent Genefort	*Étoiles sans issue*
616. Laurent Genefort	*Les peaux-épaisses*
617. Loïc Henry	*Les océans stellaires*
618. Romain d'Huissier	*La résurrection du dragon* (Chroniques de l'Étrange, II)
619. Romain Delplancq	*L'Éveil des Réprouvés* (Le sang des princes, II)
620. Jean-Philippe Jaworski	*Chasse Royale – Les grands arrières* (Rois du monde, II-2)
621. Robert Charles Wilson	*La cité du futur*
622. Jacques Abeille	*Les voyages du fils*
623. Iain M. Banks	*Effroyabl Angel*
624. Louisa Hall	*Rêves de Machines*

625.	Jean-Pierre Ohl	*Redrum*
626.	Fabien Cerutti	*Le Marteau des Sorcières* (Le Bâtard de Kosigan, III)
627.	Elan Mastai	*Tous nos contretemps*
628.	Michael Roch	*Moi, Peter Pan*
629.	Laurent Genefort	*Ce qui relie* (Spire, I)
630.	Rafael Pinedo	*Plop*
631.	Jo Walton	*Mes vrais enfants*
632.	Raphaël Eymery	*Pornarina*
633.	Scott Hawkins	*La Bibliothèque de Mount Char*
634.	Grégory Da Rosa	*Sénéchal*
635.	Jonathan Carroll	*Os de Lune*
636.	Laurent Genefort	*Le sang des immortels*
637.	Estelle Faye	*Les Seigneurs de Bohen*
638.	Laurent Genefort	*Ce qui divise* (Spire, II)
639.	Ian McDonald	*Luna – Nouvelle Lune* (Luna, I)
640.	Lucie Pierrat-Pajot	*Les mystères de Larispem, I* (Le sang jamais n'oublie)
641.	Adrian Tchaikovsky	*Dans la toile du temps*
642.	Karin Tidbeck	*Amatka*
643.	Jo Walton	*Les griffes et les crocs*
644.	Grégory Da Rosa	*Sénéchal II*
645.	Saad Z. Hossain	*Bagdad, la grande évasion !*
646.	Al Robertson	*Station : La chute*
647.	Peter Cawdron	*Rétrograde*
648.	Fabien Cerutti	*Le Testament d'involution* (Le Bâtard de Kosigan, IV)
649.	Yoon Ha Lee	*Le gambit du Renard*
650.	Sabrina Calvo	*Toxoplasma*
651.	Karoline Georges	*De synthèse*
652.	George R. R. Martin / Lisa Tuttle	*Elle qui chevauche les tempêtes*
653.	Katherine Arden	*L'Ours et le Rossignol*

654. Laurent Genefort — *Ce qui révèle* (Spire, III)
655. Léo Henry — *Thecel* (INÉDIT)
656. Grégory Da Rosa — *Sénéchal III*
657. Romain d'Huissier — *Les Gardiens célestes* (Chroniques de l'Étrange, III)
658. Thomas Spok — *Uter Pandragon*
659. Estelle Faye — *Les nuages de Magellan*
660. Chris Vuklisevic — *Derniers jours d'un monde oublié* (INÉDIT)
661. Annalee Newitz — *Autonome*
662. Nicolas Texier — *Opération Sabines* (Monts et merveilles, I)
663. Ray Bradbury — *Le Pays d'octobre*
664. Patrick K. Dewdney — *L'enfant de poussière* (Le cycle de Syffe, I)
665. Mary Robinette Kowal — *Lady astronaute* (INÉDIT)
666. Lucie Pierrat-Pajot — *Les mystères de Larispem, II* (Les jeux du siècle)
667. Lionel Davoust — *La messagère du ciel* (Les dieux sauvages, I)
668. Thibaud Latil-Nicolas — *Chevauche-Brumes*
669. Nicolas Texier — *Opération Jabberwock* (Monts et merveilles, II)
670. Ernest Callenbach — *Écotopia*
671. Adam Roberts — *Jack Glass, l'histoire d'un meurtrier*
672. Élisabeth Vonarburg — *Chroniques du Pays des Mères*
673. Pierre Alferi — *Hors sol*
674. Alain Damasio — *Les Furtifs*
675. Michael Roch — *Le livre jaune*
676. Yoon Ha Lee — *Le stratagème du corbeau*
677. Ian McDonald — *Luna – Lune du loup* (Luna, II)
678. Gareth L. Powell — *Braises de guerre*

Tous les papiers utilisés pour les ouvrages
des collections Folio sont certifiés
et proviennent des forêts gérées durablement.

Composition : IGS-CP à L'Isle-d'Espagnac (16)
Impression Novoprint
à Barcelone, le 2 janvier 2022
Dépôt légal : janvier 2022
1er dépôt légal dans la collection : janvier 2021

ISBN : 978-2-07-292750-8 / Imprimé en Espagne

440173